荒俣 宏
幻想文学翻訳集成

欧米幻想ファンタジー精華
【第一巻】

妖精
幻想詩画帖

春陽堂書店

妖精《フェアリー》の国で

エルフランドからの画集

リチャード・ドイル
画

IN FAIRYLAND

A Series of Pictures from the Elf-World

妖精の国の合唱リハーサル。音楽のすきな森の精エルフがひなどりにうたをおしえている

身分と家柄ばかり)。函の中身は、うつくしいことこのうえもない高貴な宝石をちりばめたイヤリング、ネックレス、はたまたブレスレット——姫君のくちびるにはおよばないが真っ赤なさんご、姫君の目のように青いトルコ石、負けずおとらずかがやかしいダイヤモンドですと、すくなくとも妖精王子はそういった

ひとりの王子がはるか遠い国からやってきて、きのこの玉座にすわるちょっと気ままな小妖精フェアリー族の姫君にひざまずき、みずからの冠をささげている。王子は、心と、それから手もささげて、さらに姫君に、多数のお供の行列に運ばせてきた金の函のなかの、値もつけられない宝物を贈ろうとしている（お供のエルフがたは、妖精の国で最高位をしめる

恋愛ごっこ

木のぼり

たまご盗み

おひるやすみ

フェアリーが、先々のみちで花をまくためにまちかまえている。そしてこの行列には、いちばん身分のたかい北方妖精のトロル族、地の精コボルト族、水の精ニクス族、こびと妖精ピクシー族、樹の精、鳥たちに蝶たち、そのほかこの王国の住人たちがしたがっている

エルフ族の王様の凱旋行列

山の妖精ゴブリン族のちかい親戚にあたるこのえらい王様は、髪がとても長くていらっしゃる、おでましのときは四人の見ならい騎士にささえてもらわないといけない。つゆはらいの

いたずらっこエルフ

おやすみになるエルフ族の王様

蝶とおどろう

勝ちぬき戦

小さな種族のあそびや気ばらしのひとつとして、
むかしは妖精の国の速さ自慢のかたつむりによる競争があった

これは前にはなしたこれは前にはなした凱旋行列のつづき。でも、エルフたちのいたずらやおふざけ、また鳥たちの思いつきの冗談のせいで、行進にとり残されてしまっている

フェアリー族の女王様の伝令

エルフとフクロウたち

やってきた甲虫に、ボーッ！

ちょうちょいじめ

エルフのあかちゃんにおべべを着せる

失恋

月あかりをたよりにする伝令

押してもらっている、三人目は空をとぶゴブリンにたすけてもらっている、背にエルフを一人のせたかえるは、いましも水にとびこもうとしているようだ。それを見た魚が水の上に顔をだし、気をつけてよ、といっているみたい

睡蓮とフェアリーのひと群れ。これは壮麗な水の上の大行進か？　それとも水の精たちが遊び戯れているだけなのか？
ひょっとすると、水上の競争をしているところ？　睡蓮のボートに乗ったひとりの水の精ニンフは、かわせみにひっぱってもらっている、また睡蓮にのっている一人は水鳥に

セレナーデ

夕方の飛行

こどものあそびあいて。妖精の国にすむ住民の風俗と慣習

じゃあ、ばいばい

押し入り

あそびたわむれる森のエルフ

フェアリーの女王様は、サラブレッドの蝶一二頭引きのかるい空中馬車にのり、
ドライブにでる。

どうやらお二人のあいだにいさかいがあったようだ。ただ、小さな使いの妖精がなかにはいって、女王様に仲直りの相談を伝えているようすだ。おそらくそれで、やさしい妖精たちも安堵して、よろこびのあまりにおどりくるっているのかもしれない

この絵は、一見するだけだと、妖精たちの夜のダンスを描いたものに思える。けれど、大切な女王様のほうは手前のくらがりにすわりこんでらして、いっぽう王様のほうはきのこに乗って背中をむけてらっしゃるのは、どういうことか。

きのどくな、からかわれる小鳥

ちょっと　じゃましちゃう

つり浮き草にあつまって

月光をあびてのまどろみ。妖精たちはおどりつかれ、眠りについた。きっと、仲直りができたのだろう。これからもおしあわせにと祈りたい

これは三幕の寸劇
舞台は傘のあるきのこ。出演は恋わずらいのエルフと、気まぐれなフェアリー。
左列上：幕あけはフェアリーをさがすエルフの登場。
右列上：みつけて、そのあとこうなった。
右列下：フェアリーは逃げ、エルフはこんなありさま

荒俣宏　幻想文学翻訳集成

欧米幻想ファンタジー精華【第一巻】

妖精幻想詩画帖

妖精幻想詩画帖

目次

妖精《フェアリー》の国で――エルフランドからの画集
リチャード・ドイル
1

妖精の国で
詩　ウィリアム・アリンガム
39

「ケルトの黄昏」より三編
W・B・イェイツ
75

サクノスを除いては破るあたわぬ堅砦
ロード・ダンセイニ
87

高利貸
ロード・ダンセイニ
117

秘密の共和国
ロバート・カーク
125

城―ひとつの寓話―
ジョージ・マクドナルド
145

お目当ちがい
ジョージ・マクドナルド
171

イオナより
フィオナ・マクラウド
209

雌牛の絹毛
フィオナ・マクラウド
225

海の惑わし
フィオナ・マクラウド
239

しあわせな子ら
アーサー・マッケン
247

リアンノンの霊鳥
ケーニス・モリス
259

栄光の手—乳母の物語—
リチャード・バラム
269

小鬼の市
クリスチーナ・ロゼッティ
293

召された乙女
ダンテ・ゲイブリエル・ロゼッティ
337

夏の女王—あるいは、ユリとバラの馬上仕合《トーナメント》—
ウォルター・クレーン
351

妖精の国のスケルマースデイル君
H・G・ウェルズ
373

お化けオニ
A・E・コッパード
399

過ぎ去った国の姫君《プリンセス》
A・E・コッパード
435

「妖精幻想詩画帖」解説
荒俣 宏
447

初出一覧
511

Illustrated by Laurence Housman
From *Goblin Market* (1893)

構成
荒俣 宏

装画
ゲアダ・ヴィーイナ
Contes de mon père Le Jars（1919）より

装幀・本文設計
柳川貴代

編集協力
牧原勝志
伏屋 究

企画
香川眞吾

校閲
株式会社鷗来堂

妖精の国で

詩　ウイリアム・アリンガム

夜明け

第一のフェアリー

フェアリーたち　エルフたち！
夜がおわった
影はうすれ
枝々はふるえだしている
おまえたちもそろそろ起きて
ひかりにむかってうたいなさい
フェアリーたち　さあ、はじめなさい――
そら、鳥もさえずりだした

第二のフェアリー

もう夢もとろけだした
あたらしい朝日のもとでは古くなって
ねむくなったお化けもゴブリンたちも
地獄へとんでかえらなきゃいけない
星の夜はかわっていくよ
下までおりた星は沈みだし
空のたかみにある星もかがやかなくなり
空のむこうにかくれだした

第一のフェアリー

おきなさいよ　フェアリーたち
丘があかるくなった
花も草も
つゆをふるわしている
はねまわるへび
たのしそうにさえずる小鳥

蜜蜂もとびまわる
　あたらしい朝がきた

第二のフェアリー
ちいさな雲がよろこびにみちて
　みんな真紅にさざなみたっている
世界の果てのむこうに
まがまがしい夜がひっこんでいく
ごらん、なんておごそかに
　日輪の王がおでましだ
とたんに朝がひろびろと
　黄金色にあふれでていくよ

第一のフェアリー
フェアリーたち　起きなさいってば！
　声をあわせて
ちいさいたてごとをかなで　笛も鳴らせ

澄みわたる音で、かんだかく
枝々にせいぞろいして！
　声をそろえてね！
朝がすっかりひろがって
歌をまっているから

第二のフェアリー
つぐみとひばりも声をださずに
　わたしたちの歌をまってるよ
すぐに音楽のさざなみを
　さあうたいだせ！
みんなに幸運がくるよ
わたしたちのうたを聞いたらさ　耳を澄ますんだ——
わたしたちがだすたくさんの声が
　ひとつにまじりあうのを

全員の合唱

きんいろに　きんいろに
　ひかりがひろがる
手をとめずに　たのしく　はげめよ　あそべよ
花さく原に
　森のこかげに
夏の日の暮れるまで！
夏の日の暮れるまで！
　ふわふわと　かろやかに
みんなの歌をしっかりと
いまあかるいうちに　いそいで
　果樹の花がさいている
　ばらの花がさいている――
夏の日の澄んだ青い空のもと
夏の日のあいらしい青空のもと

　泉も　せせらぎも

みどりふかい森の隠れやも
丘も谷も

そして　しおからい海のさざなみも
いずこにさすらう者たちよ！
フェアリーの恋人たちよ——
この夏の日のちからがつきぬかぎりを！
この夏の日の長寿がおわらぬかぎりを！

午前

ふたりの妖精

やあ　おはよう！
　おはよう　ごきげんよう！
なにかあたらしいできごとを聞かせてくれないか
おてんとうさまはいまどのあたりに？

　　　　　　　　　　お午《ひる》咲きの花たちよ
おまえたちも　もう目をさますころだ
わしらはかわりにねむるのだが　なにか起きなかったか
日の出からこっち　なにかなかったか？

四匹の野のかたつむりに　おいらは這うぐあいをおしえてた
競争があるから　いちばん強いのをえらんだ
おまえのほうは？

あまい露のしずく玉がかくれているところへ
五十人そろって　でかけてた
すみれ花の青く　あたたかい芯にたまる極上のお酒をとりに
先月は　さんざし花だった
来月は　仙人草――
それで、各月のいろいろな　ばらも――
びんに封じて冬の楽しみにする
地上が霜と闇に閉ざされるから
おまえはどのお酒がいい？

　　　　どれでもありがたいが
やっぱりいちばんはばらの酒だな
　雪のふる中の
　ばらの酒ときたら、もう
たちまち春の陽ざしがかえってきて、ひかりかがやくよ！

なるほど、エルフにはたまらんだろうな
洞窟にとじこもって　一杯やるときだからな

いい季節ばかりがいいとはかぎらない
どの季節にもたのしいことはあるからな
　　白ばらのお酒も
　　さっぱりしていい味だし
けども、紅ばらの露　あれはおいらのお気に入りだ！
　　くれない色のつぼみは
　　おれらの夏の血がさわぐ
のめば　おれらの脳みそのなかで小夜鳴き鳥《ナイチンゲール》がうたいだす
　　　　森のなかみたいにな！

露とりにくるなかま内には
とりたてのうまいところをちょっとずつ味見して
よっぱらっちまう　なまけ者がいるな

ほれ　草の上によこになり
きのこの下でねむりだすやつが　蜂にでも
鼻のあたまをさされりゃいいんだ

さて　そろそろ
お午のしらせがきこえるころだろう

小さい音だから　目がさめないのもいるな
そういうやつらは、ぜったい　夕《よる》のごちそうをやるものか
かわりに　ずっと向こうの沼の見張りでもさせてやる
やっ、あの音楽はなんだ？　――しずかに！

正リュート奏者のクリンゴリングが
うたどりを百羽　輪になって並ばせて
朝からずっと合唱のけいこをさせているんだよ
結婚式にうたうお祝い歌を　ああしてきいきい　わぁわぁと
たかくひくく　あまく優雅に

独唱と合唱を　うまくまぜて
あのひとはさすがにじょうずだ
百羽ものさえずりをみごとにあわせる

あ　ロスリングがきた　ほら
ほんとに、宮殿のできごとならなんでも知ってるやつだ

第三のフェアリー
おはよう、おふたりさん

おはよう　ようこそ

なにかあたらしいできごとはないか
わがいとしい姫様が、どうしたご事情か
うるわしいお目を伏せられてふさぎこまれておられるとか
求婚者たちのせいで姫様が苦しまれておられるってほんとか？

早くいえばそうなんだけども、あ　ちょっとまった
だれかが来る　もしもし　どこからおいでかな?
旅のお方とお見うけするが

第四のフェアリー

これは失礼　こんな青い帽子をかぶっておりまして
みなさまのように緑の葉の色ではありませんが
ちかって悪意ある者ではありません
ご親切な方たち　わたしは盗人でも間諜《スパイ》でもないのです
ただ　世にきこえた森のお国をひとめ拝見いたしたく、
こうしてはるばる　旅してまいりました
とりわけ妖精の世間に知れわたる
歌にまでうたわれたうるわしい姫君を拝見できぬものかと
みなさまは　しばしば姫のお貌を拝されておいでですか?

第三のフェアリー

毎日のことさ

噂どおりのおうつくしさでしょうかだって?

あんたはまだご存じないんだね　聞かせてあげよう
青に金　白に桃色があったって
そんな絵具で姫様の神々しいお貌は描けませんて
この世にあるいちばんすばらしい美であっても
あのお方の足元にもおよびませんからね

たとえていうなら　地上のほたると宵の明星　という?

おや、それは気のきいたたとえだ　クリンゴリングよりも
うまいじゃないか
そうなんだ、それ以上におうつくしいんだ

あんた　フェアリーさん　今夜のまつりにきなさらんか
日が暮れてから二時間すぎに　そうすれば
〝森の国のよろこび〟を拝することができるから
でも　しつれいになりませんか

なんのなんの　りっぱな紳士とお見うけするよ
きっと歓迎される

聞けば、ちかぢかご婚礼をあげられるとか

国のきまりにしたがって　次の満月にな
どうしても結婚なさらないといけない
沼の精だろうと　地の精《コボルト》だろうと
巣穴から這い出てきそうな　つのと鉤爪のある地虫だろうと

それで、いまの求婚者というのは？

三人いますよ

ブロートリングに　ルドリングに　ロフトリングだ

ところが姫様はどれもお気に召さない

一人目はみにくいデブのお金持ち

けちんぼな魔女の孫ときた

こいつがお姫様の気を引こうとして

自分みたいにでぶでぶしたしゃくやくの花や

八重咲きのけし花やら、不細工な金の作り物を

これ見よがしに贈ったりする

一つを運ぶだけでも、肩のちからじまんを十人も

エルフが総がかりだった

第一のフェアリー

ああ、あれね　おいらも見た

第二のフェアリー

まえに聞いたのは、それ以上のはなしだったぞ

第三のフェアリー

次のルドリングってのが軍人妖精で、元帥なんだ
ひげがほうきみたいで、反対派をこれで一掃してたよ
下のフェアリーにはちょっと眉をしかめて
「これ、頭《ず》がたかい」と命令する
「これ、頭がたかい」だとか「ひかえおろう」といばるくせに
姫様の前に出たとたん　にこにこ顔にかわる
なんとかして姫様のおこころを射んとして
でれでれした猫なで声をだすんだ
その声ってものは　大切なたまごをねらう
盗人におどしをかけるかけすだって　だしゃしない
（そう、ジンクリング　あんたもときどきやるような）
そうぞうしい声をさ

第四のフェアリー

で、ロフトリングとやらのほうは？

それがだね

ロフトリング王子のひげはじつにえらそうなんだ
どこにもないような鼻だ。
のっぽのとこへもってきて、妙なぐあいにゆがんでる。
それでもお高くとまり　目上風をふかせて
わしらの森にやってくる
だが　こっちもこころえているから、おでましのときには
やかましくさえずる小鳥どもをだまらせておく
ばった一匹にも音をださせないようにしなきゃならない
それが民《たみ》ぐさのつとめだからね
わしらがいとしの姫様も　儀式ばって融通のきかないところには
ほとほとうんざりなさってらっしゃる――
「姫君　おそれながらおゆるしを」だの、「ひとこと申しのべる光栄を」などと　もう朝から晩までこの調子さ

それでは見込みもありませんね

ああ、とてもじゃないが!

そんなことにでもなれば　森はかんこどりが鳴いちまうよ
あ　旅のお方　これはいささか
おしゃべりがすぎたようだ

緑の帽子のみなさん方　どうもおせわになりました
わたしはブライトキンと申す者　生まれは
あの青《あお》い山《やま》のてっぺんあたりです
こちらの見張り兵には　暮れがたの空にみえるいちばん高いもみの木の上からでも見て
おられるはず
では、夕がた宮殿にうかがうまで　おいとまいたします

こっちはロスリングという名だ、紳士の妖精さん
しばしのおわかれだが　どうか忘れなさんな

おれはここにいるから　あんたと落ちあい
道案内をしてあげる

ではごめん　ごめんください　日が暮れたらまた

午のしらせ

みなさま　おしずかに！
妖精たち　おしずかに！
午もまさに日ざかり
谷や丘の上にある
森のなかはどこも
なりをひそめ
飛ぶ鳥も這うむしも——、
なべて静粛《しじま》をまもりあれ
木立も　くさむらも
空の気も　地のつちも！
みなさま　ご静聴！
静粛を乱さぬこと！
では　どなたも
おやすみなさい
しばしの午睡《まどろみ》を！

たそがれどき

妖精ふたり：ロスリングとジンクリング

あぁ　かわいいジンクリング！　なかよしの！
フェアリーのごちそうのあいだ　どこへ行ってたの
宴会のさいちゅう　あちこちさがして歩いたのに
とうとうみつからなかった
きっと遅れてきたんだね　おまつりはもうすんだ
お日さまだってもう沈みかけてる

ちがう　ちがう！　遠くまで行ってたんだ
樹々の先端のはるか上　数キロもあがって
何十キロ、いやもう二十キロも空をとんだ
とんぼは速くて　たかくとぶ
死頭蛾はしっかりととぶ

けど、そのどっちよりも　乗りごこちにかけては
くちばしのくいちがった小鳥のほうが上だ
　うるわしい沼の精エルフィン＝メアさまに
お聞かせする伝言をおあずかりしたんだ

それじゃあお役目で？

　　もちろんお役目だ　大切な
おまえにもいえない伝言だよ

きれいなお方だったかい？

　　そりゃあもう　三倍も別嬪《べっぴん》だ
このお方がかげった水宮殿からおでましになり
発光する池の面《おも》を浮きわたっていかれるすがたの
たおやかさといったら
真珠色のお月さまのひかりさえいろあせて見えた

星のかたちをした睡蓮《すいれん》たちもそろって頭《こうべ》をたれ
どのしずく玉も　うっとりと見送るのさ
せめてもあの流れるような御髪《おぐし》に
ふれることができたらと願いながらね
いっぽう　フェアリー衆は　水晶みたいな池面を
つぎからつぎへとすべってくる
水鳥の背なかにまたがっているのもいたし
陽気なさかなとじゃれあいながら
あの方の歩かれるさざなみのみちへ
寄りあつまってくるのもいた

あんたを歓迎する宴はひらかれたの？

もちろんだとも

はちすと葦《あし》の葉かげでね
宴のあいだ　さざなみの調べが
浮いているおれらのまわりに流れて

おれらのよろこびをいやが上にももりあげてくれる
軽口《ジョーク》やらわらいやらで　楽しいのなんのって
池の下のほうで　さしこむひかりに照らされながらおどる
しずく玉のダイヤのかがやきより
ずっとあかるくて　はなやかなんだ！
――けれど、長居することができない！――
真っ白なあのお方の御手にくちづけして　ああ、おわかれだ
鳥の背にとびのって　大急ぎで帰ってきた
で、こっちもなにか　おもしろいことがあったのか？

　　　　　　　　　　　それがおおありだったんだよ

こんなはなし　二度と聞けないね

蜘蛛《くも》の戦いか？――それともすずめばちか？――あぶないね
ふくろうをからかったの　りすを追いまわしたの？
それともだれかちいさなエルフが、おきのどくに
くねくねしたうさぎ穴にはまったとか？

宮殿の大きな樹があぶないのか？
　そうだ、おまえ　午やすみの子守りうたのまえに出あった
　あのブライトキンとかいう
青い帽子の旅人をおぼえてるだろう？

あのひとも　ここの宴会に行ったのか？

　　　　　　いいからまず
だまってわたしのはなしをお聞きなよ
あのひとは、そりゃ行ったよ　わたしといっしょに
侍従のひとがとてもうやうやしく　わたしらを
上座《かみざ》あたりへ案内してくれた
姫様が会釈なさり　ブライトキンがお貌をみつめた
まるでおどろきに撃たれたようにね
姫様のおやさしいお目も
あいらしいおどろきをあらわされて
旅人フェアリーをみつめられた

お料理とお酒がはこばれると
クリンゴリングが目新しい鳥、五羽に歌をうたわせだした
すると　急用の騎士見習いがはいってきて
旅人の名と生国をただした
「むらさきの兜《パープル・ヘルム》の国のブライトキンともうします
青い山からまいったフェアリーの騎士です
森の国を観たいの一心で来てしまいましたが
姫君さまのご勘気にふれやせぬかと」
もちろんお叱りはない
それでわたしたちは安心してすわった
木陰のあずまや、お気に入りの輪で
いまはおしゃべりして　クリンゴリングも
歌のメロディにくわわって
ブライトキンといとしい姫君のあいだには
リュートの一体感をつくる弦《いと》と弦よりもよほど
共鳴しあう気持ちがうまれたようだった
しまいには　かれもリュートをとって、うたいだした

おくゆかしさのなかにもたくみな技を見せて
かれの舌の先に蜜がついているようだった
はじめはささやきかけるメロディが
ひだをなす丘のあいだを落ちるせせらぎのように速くなり
ちかくなるにつれて一羽の鳥のようなかたちをなし
しまいにはとうとう　愛そのもののかたちになって
どれもが愛の音《ね》とことばにかわった

と、まえぶれもなにもなく
トランペットの叫び声がわたしたちをちぢみあがらせた
あたたまりかけた花をおそう雹《ひょう》のあらしみたいに！
またたくまの　するどい音だった！――みんなが立ち上がった
ただ、姫君だけがおだやかでおやさしく　問われた
「だれかがこのあずまやにきました　見てきなさい」と

で、だれだったんだ　ロスリング？　はやくいうんだ

青い山の国の王だったよ　ああ
いきなりみなの耳を引きつけた
はじめ王の顔は　無作法に鳴りひびいたトランペットのように
いかめしく　おそろしかった
けれど　王の暗いこわさは　すぐにかわった
わたしたちが忠誠をつくし敬愛するティターニアの御子
あの姫君のおだやかな威厳のまえで
月のおもてをおおった雲のように　消えたんだ

姫君に祝福あれ！

けれど　その横柄な王はどこから来た？

ありえないはなしだけど　かいつまんでいうよ
王子であって世継ぎでもある　王の独り《ひと》王子が
山の境界のなかで
それはきびしく　うらやむほど手あつく　養育されていた

ところが今日　境界すべてをのりこえて　逃げだした
エルフはだれもゆくえを知らない　今日、いなくなった
しかも地霊族《ノーム》の領主が、いま、宝石にかざられた王子の妃を
山の国の宮殿にお連れするところだったというのだから　そんなばかな、だよ！
それから伝令が　怒りくるった王にこう報告した
灰色のはとの羽根に乗って領国内の森を
とびぬけていく王子を見たと
しかも　王子は森の国の姫君の行列に合流したことまでも――
「なんと　姫様！　それはほんとうのことにあられるか？」
「ほんとうかどうか、わたくしにはわかりませぬ、大王陛下」と、
森の国の姫がこたえたとき、ああ！　ブライトキンがその場にたちあがったんだ
「わが息子よ！」と、王は叫ぶよ
「あやつを捕らえよ！縛りあげよ！　しかしすばやく、
姫君があいだにはいられた――
「おまちなさい！　だれもこの場をうごいてはなりませぬ！
フェアリーランドのほこりにかけて！　大王陛下、陛下はここ　森の国の領地で
王子様をみつけられました　ですが、ここは

わたくしのしろしめす領土　オベロン皇帝を除き、いかなる者もフェアリーの力にあらがえませぬ
王子様はご自分の意志でここへまいられました
ですから、ご自分の意志で出られるでしょう
わたくしはそうした事情を知りませんでしたし」
そこで王子が口をひらいた「姫、もしあなたが行けとお命じになられるなら、わたし
はフェアリーランドの誇りにかけて
即座にここを去ります　それ以外では、ここを去りません！」
というわけで、手短にはなすと、こういうことになるんだ
おふたりが愛しあっていることは、
生まれたての星よりもはっきりしている
山の王はその愛を認めた
すべてめでたしめでたしっていうわけだ

で、おふたりは今どこだ
王と王子さまは？

どこかへ行かれたよ
夕焼けの最後のひかりとともに
あすにはまた　ここへおいでになるだろう
無数の高貴な方々といっしょにね
そして次の満月は——ご婚礼の宴というわけだ！

ああ　めでたい！　いちばん偉い方も、いちばんそうでないひとも
お祝いの宴にくわわるだろうね
そしてすばらしい結婚お祝いの品を贈るんだ

わたしは　お姫様がよろこんでくださるお祝い品がわかる——
まだら羽根のちょうちょうの車引きが一団
まっすぐにとんでいくか、そうでなければ
こずえのあいだをらくらくと縫ってとべるのがいい
夏の空をさっそうと飛んでいくのもいいなあ

ごくろうさまだったね　ジンクリング——じゃあ、おやすみ

野ねずみみたいにねむくなったわ　わたし
前足と鼻をくるりと巻きこんで眠りたい

クリンゴリングのかなでるリュートが聞こえる！
もみの樹のこずえをゆらしながら
おだやかに三日月さまへむかって

おいらはもう目をさまして音を聞いていられないなあ
わたしはねむそうな月光を見ながら　もすこしここにいる

それじゃあお先に、　おやすみ！

ええ　おやすみなさい！

日没のあと

クリンゴリング　そしてかすかな合唱

月はいま　しずみゆく
エルフ族が大えだに揺られて
昼の妖精たちはまどろみにおちて
夢が森じゅうに這いうねる

月あかりがひろがると　われらは浮かれさわぐ
森に闇がつどうと　われらはねむりに沈む

かがやけ　天上のちいさな星！
愛がおとずれる　しあわせな愛が！
はやくこい　しあわせな婚礼の夜よ
まあるく　あかるい　満月よ！

そして月の輪が西にひくくかかるまでには
踊りもおひらきにして寝どこにつこう！

リュートよ　その弦をしずかにさせてくれ
うたう声はみんな黙せ！
歌はひくく　ゆっくり　ねむりをさそうに
森の回廊にそって　消えていけ！

おまえの甘美な音楽のうち　愛の歌にまさるものはない！――
しっ、しずかに――わたしたちはしずかだ――ねむりについた

「ケルトの黄昏」より三編

W・B・イェイツ

Illustrated by Vernon Hill
From *Ballads Weird and Wonderful* (1912)

「物語のかたり手」

本書に収めた多くの物語は、パッディー・フリンという、ちいさくてきらきらする目をもった老人がわたしにかたったものだ。かれはバリソデア村の湿った一間《ひとま》小屋に暮らした。この村は、かれがよく口にしたことばによれば、スリゴ州でいちばん〝おだやか〟な――つまり、いちばん〝妖精〟じみた、という意味だが――ところだ。もっとも、別の人の意見では、ドラムクリフ村とドラムアヘア村に次いで二番目だともいうが。わたしがはじめてかれに会ったとき、かれは自分でマッシュルームを料理しているところだった。二回目に会ったときは、垣根の下で楽しそうに眠っている最中だった。ほんとうに、いつも陽気なひとだったが、かれの目（それは、くねくねした巣穴からようすをうかがうときの家うさぎみたいにすばやかった）には、ほとんど喜びの一部といっていいような哀《メランコリー》しみが見えるように思えた。そう、純粋に本能じみていて、どんな動物にもあるような霊的な哀しみが。

それでもかれの人生には、こころが折れることがたくさんおきた。なぜなら、かれは歳とっていて、変わり者で、しかも耳がきこえないために、子どもにしばしばいじわるされたからだ。おそらくはこのせいで、かれは楽しみや希望をひとにすすめたのだった。たとえば、聖コルムキル（アイルランドの聖者）がどうやって母親を元気づけたかという話をするのが好きだった。聖人が「お母さん、今日のご機嫌はどうですか」というと、「とても悪いわ」と母親は答えた。すると聖人は「でも、明日のほうがもっと悪くなるでしょう」といった。翌日、聖コルムキルがまたやってきて、まったく同じ会話を交わした。でも、三日目に母親はこういった。「今日はかなりいいよ、神様のおかげだね」と。すると聖人も答えた、「明日はもっとよくなりますよ」と。かれはまた、士師《しし》（古代イスラエルの指導者）が最後の審判日に善き人に報い、堕落した人を永遠の火によって罰する際に、分け隔てない笑みをどのようにおくったかという話も、好んでかたった。かれは自分を陽気にしつづけたり、あるいは陰気にしてしまうふしぎな光景をたくさん見ていた。わたしがかれに、妖精を見たことがあるか聞いたら、かれはこう答えた、「わしがやつらに意地悪されてないかってか？」わたしはさらに尋ねた、「バンシーという妖精を見たことがあるか？」と。「見たとも」と、かれは答えた。「あっちのほうの水辺で。両手で川面をたたいてた」

わたしはこうしたパッディー・フリンの語録を、かれに会ったすぐあとに、その話やことばをほぼいっぱいに書きとめたノートから、すこしばかり用語の変更を加えて、ここに複写した。

そのノートをいま眺めて、最後の空白になっている数ページまでいっぱいに書きつくせなくなったことを、悔やんでいる。パッディー・フリンは亡くなったのだ。わたしの友人のひとりが、かれにウィスキーをたくさん飲ませた。いつもはたいてい素面《しらふ》だったかれは、大量のウィスキーを見て、すっかり雄弁になった。それで数日間飲みとおして、そのあとに死んだ。老齢と、これまでの辛苦とが、かれの体を、若いころのような大酒に堪えられなくさせた。かれは偉大な物語のかたり手だった。わたしたちのようなふつうのロマンス語りとちがって、天国や地獄、煉獄、妖精界に地上界のことをすっかりはなし尽くせる技をもっていた。かれはしなびた世界に住んではいなかった。けれど、ホメロスに負けないくらい多くの時代のありさまを知っていた。おそらくゲールの人々はかれの話によって、古代の素朴で豊かな想像を呼び返すだろう。文学とは何なのか、シンボルとできごとを手段とする喜怒哀楽《ムード》の表現にすぎないのか？そして、その喜怒哀楽の中で自分を表現するのに天国、地獄、煉獄と妖精界を必要としているものは、この荒れ果てた地上界しかないのか？　いや、ある日、天国と地獄と煉獄と妖精界をすべて混ぜあわせ、また野獣の頭部にひとの胴体をつなぎあわせたり、岩の心臓にひとの魂を押しこむことをあえておこなう人間があらわれるまでは、どの感情も表現方法を見いださないのか？　前へ進もう、物語のかたり手たち。心がもとめるいかなるものをも攫《つか》みとろう。そして、恐れるな。

すべては存在する、すべては真実だ、また地上界はわたしたちの足下にあるちっぽけな塵《ちり》にすぎない。

「三人のオバーン族と悪い妖精たち」

その暗い王国(妖精界のこと)は、あらゆる秀でたものたちで満ちている。地上よりもたくさんの愛がある。地上よりももっとたくさんの踊りがある。そして、地上よりもはるかに多い宝物がある。世の始まりのとき、地上はひとの欲望が満たされるように創られたかもしれない。でも、今は地上も古くなり、倒れて腐りはてた。わたしたちがもうひとつの王国から宝物をくすねようとするのも、ふしぎではないのだ!

スリーブ・リーグ(アイルランド北西部のドニゴール州にある断崖。高さは約六〇〇メートル)に近いある村に、かつて友人が住んでいた。ある日かれは、〝キャッシェル・ノーア〟とよばれるラース(アイルランド南部、ティペラリー州にある古代の砦跡)のあたりを散策しにいった。と、そこへ、やつれ顔に伸び放題の髪をして、ぼろぼろになった衣をまとう男がやってきて、穴を掘りだした。友人は近くで働いている農夫の方を向いて、あの人はだれだね、と尋ねた。

　農夫は、あいつなら三人目のオバーン族だ、と答えた。数日後、友人はつぎのような話を知った。異教時代に、莫大な宝がこのラースに埋められ、何人かの悪い妖精が護りの役についたという。ところがいいつたえがあって、宝物はいつか発見され、オバーン族のある家族の所有になるといわれていた。その日が来る前に、三人のオバーン族が宝を発見して死ぬにちがいないというのだ。すでにもう、二人までがそのとおりの運命に遭《あ》っている。最初の一人はどんどんと掘りつづけて、宝を収めた石棺がちらりと見えるところまでたどり着いた。ところがそのとたん、大きな毛むくじゃらの犬が山から下りてきて、かれをこなごなに引きちぎった。次の朝、宝物はふたたび地中深く消えてしまった。二人目のオバーン族は、掘って掘って、また棺を掘り当てるところまで行っただけでなく、ふたをあけて、なかにひかっている黄金を見ることもできたという。そしてこの三人目は、宝物を見つけたとたんに自分も恐ろしい死に方をするにちがいないと覚悟しているけれど、そのあとは呪いも破れて、オバーン一族の子孫もようやくむかしそうだったような永遠の大金持ちにもどれるはずだ、と、この話をしてくれた農夫は信じこんでいる。

　近隣の農夫には、宝物を実際に見た人がいた。かれは草のうえにあった野うさぎの脚骨を見つけた。それを拾い上げてみると、骨には穴が開いていたので、農夫はそこから中を覗いてみると、地下に山と積まれた黄金を見た。かれは大急ぎで家に帰って、踏み鋤《すき》を持ちだした。けれど、もういちどラースに戻ってみたが、宝物があった場所をどうしても見つけられなかった。

「宝石を食う者」

ときに自分が世俗の関心から心を閉ざし、しばらく悩まされることのない時間が欲しくなったとき、わたしは白昼夢を見ることがある。ときにおぼろで影のような、またときに、まるで自分の足元にある物質界のようにあざやかで現実らしい夢を。そうした夢はどうやっても自分の意志で制御できないのだ。夢には夢の意志があった。あっちへ行ったりこっちへ来たり、自由自在に変化する。

ある日わたしは、真っ暗で底も知れない穴をぼんやりと夢みた。穴のまわりには円形の胸壁があり、この胸壁のうえに数知れない尾なし猿が群れて、てのひらの宝石を食べていた。宝石は緑色に、また真紅にかがやき、猿たちはこれを癒しがたい空腹に駆られるがまま、むさぼっていた。ここはケルトの地獄であって、しかもわたしの行く地獄、すなわち芸術家の行く地獄を見ているとわかった。いや、うつくしく、しかもおどろきに満ちたものをあまりにもはげしい渇望とともにもとめていったあげくに、いつか平安とかたちを失い、醜く俗なるものに堕ちた人、そうした人のすべてが行きつくところだ。またわたしは、そうではない人が行く地獄も覗いたことがあった。そのひとつには、黒い顔と白いくちびるをもつ地獄のピーターという者がいて、ある見えない影を奇妙な両天秤にかけていた。天秤には、犯した罪だけでなく、実行しなかった善行もが載せられていた。その天秤が上ったり下ったりする光景も見た。けれども、ピーターのまわりにいる影の群衆の個々がいったい何者なのかは、わからない。

わたしは別の機会に、あらゆる姿をとった魔物の大群を見た——魚のようなのや、蛇のようなの、尾なし猿や犬のようなのが——わたし自身が見た地獄の暗い穴のそばにみんなですわって、穴の底からかがやき出る月のような天国の反射光を眺めていた。

サクノスを除いては破るあたわぬ堅砦

ロード・ダンセイニ

Illustrated by William F. Northend
From *The Fortress Unvanquishable,*
Save for Sacnoth (1908)

歴史よりも古い森、丘陵とは幼いころから乳を呑みあって育ったその古い森に、アラスリオンという村があった。その村の人々と、小暗い森道を歩む野生のものたちとの間には平和が保たれていた。人間に近いものや獣のやから、妖精や小鬼や、樹々やせせらぎに住む小さな聖霊の一族、どの相手とも平和に共存していた。村人たちは村人同士仲むつまじく、また領主ロレンディアクとのあいだにも調和をはぐくんでいた。村の正面には草ぶかい原野がひろがり、その向こうにはまた森がつづいていた。しかし家々の裏手は軒端ちかくまで樹々が迫り、緑の苔に包まれた巨大な梁と横木と藁ぶき屋根をもつ家々をまるで森の一部のように見せていた。

さて、これからわたしが物語ろうとする時代に、アラスリオンは大きな悩みごとをひとつかかえていた。夕暮れになると夢が太い樹幹の間から平和な村に降りてきて、村人の心に腰を据え、夜を徹してかれらを地獄の焼野へ誘っていくからだった。そこで村のまじない師が邪悪な夢を払うために呪詛を投げかけた。しかし夢はあいかわらず闇とともに樹々のあいだを抜けて、村に降りてくることを止めなかった。そして村人の魂を夜な夜な恐ろしい場所へ連れ去り、そこでかれらの口からあからさまに悪魔を称えることばを誘いだすのだった。

人々はアラスリオンで睡るのを恐れるようになった。やすらぎの不足から、ある者は疲れ果て、紅《くれない》に染まっていた顔色をうしなった。またある者はあらぬ恐怖にかられて地獄の焼野の幻覚を見た。

そこで村のまじない師は自邸の塔にのぼった。恐怖のあまり寝につけない村人は、塔の頂きからやわらかな光を放つ孤灯のかがやきを、一晩じゅう眺めていられた。次の日、薄明が消えて夜がまたたく間に寄りつどうころ、まじない師は森のはずれにおもむき、そこで特別な呪詛を解きはなった。その呪詛は、邪悪な夢と悪霊に対して絶大な力をおよぼす、いまわしく恐ろしげな呪詛だった。それはすでに死語となったものを含めた数多くの国語で記された四十行の詩だった。そのなかには、平原の人々が駱駝《らくだ》を呪うときに用いることばや、鯨捕りにいそしむ北海の漁師たちが獲物を岸辺に誘いこむとき発する叫び声や、象に鼻を鳴らさせるときのことばが含まれていた。そして四十行の詩はどの行もＷＡＳＰ（ワスプ、虻《あぶ》の意味）という韻を踏んで終わっていた。

しかし夢どもはあいかわらず森から忍びこんで、人々の魂を地獄の焼野にいざないつづけた。まじない師はやっと、その夢たちがガズナクから生まれでたものであることを突きとめた。そこでかれは村人を呼びあつめ、かれらに向かって、自分がいま人間にも野生のものにも等しく力をおよぼす最後の呪詛を解き放ったこと、しかしその呪詛は星の宇宙に君臨する最大最強の魔術師ガズナクから生まれでたにちがいない夢どもに対して、今までなんの効力もおよぼせないでいることを、打ち明けた。かれは、彗星の到来を語りその再訪を予言している大著「魔道諸家集」から抜いた幾行かを、人々に読んできかせた。それから、ガズナクが彗星に乗って地球へやってくること、二百三十年に一度地球を訪れて途方もない大堅砦を築きあげ、人間の魂を喰いあさるために夢どもを差しむけること、そしてその堅砦はサクノスという長剣をもってする以外けっして破れぬことを、語ってきかせた。

村のまじない師に敵を打ち払う力がないと聞かされたとき、村人の心には冷たい戦慄が走った。

そのとき、領主ロレンディアクの長子レオスリックが口をひらいた。当年二十歳の若者盛りだった。「善き巫術の師よ、サクノスの剣とは何ぞ」と。

すると村のまじない師はこたえた。「年若き領主の御子よ、まず聴きてあれ。サクノスの剣はまだこの世に生まれておらぬ。なんとなれば剣は、タラガヴヴェルグとて大いなるものの髄を護りて、いまだそが体内にあればなり」

レオスリックはいった。「タラガヴヴェルグとは誰ぞ。またいかにせばそが許へ至り得んや」と。

そこでアラスリオンのまじない師はこたえを返した。「かれ、北国の沼地に巣食い、村々に禍いをもたらす鱗つきの竜なり、背の皮は鋼、しかして腹の皮は鉄。しかれども、髄に沿いたる背皮のはざまには、この世ならぬ鋼にて成りたる細き部分あり。この細き鋼こそサクノスなり。だが、それを切りとることも溶かし分くることも能わず、背より剥ぎ取るはおろか、掻き傷ひとつ付け得るものもこの世に絶えてなし。とはいえ、その鋼は善き剣をつくりあげるにふさわしき長さをば有し、その幅もまさに満足すべきものなり。しかしておんみはタラガヴヴェルグに剣をもて挑み、炉の内においてかれの背皮すべてをサクノスより溶かし落とすべし。しかれどサクノスの鋼を磨き得るものはこの世にただひとつ。それはタラガヴヴェルグみずからが有せる鋼の眼の片われなり。また残せし一方の眼をばサクノスの柄《つか》に結い付けるを忘るべからず。そはおんみに代わりて周囲を視ん。タラガヴヴェルグを破ることの難《かた》きはいうにおよばず、そが背皮を貫きとおす剣の望むべくもなし。そが背皮は破るあたわず、ゆえに焼くも沈むるも益なし。タラガヴヴェルグを殺める方策はただひとつ、飢えをもて攻むることなり」

　それを聞いてレオスリックに悲しみが落ちかかった。しかしまじない師はことばをつづけた。

「もしもタラガヴヴェルグを三日三晩、杖一本もて食物から遠ざけつづくること能わば、かれ三日後の黄昏に飢えて死なん。かの竜は不敵のものなれど、かれとても弱き部分を絶えて持たぬ不死獣にはあらず。なんとなれば竜の鼻はただ鉛にてつくりあげられてあればなり。剣にては破らるるを知らぬ青銅の表皮へ斬りかかりても、傷つけ得ぬことは初めから明《あ》からさまなんめるが、ひとたび竜の鼻に向け杖にてこれを執拗に叩かば、竜は違えることなく、痛みよりその身を退《の》かしめん。しかしてかかる方策をば用うればタラガヴヴェルグを自在に操るを得、も

Illustrated by William F. Northend
From *The Fortress Unvanquishable, Save for Sacnoth* (1908)

って食物より遠ざけることも可能とならん」

するとレオスリックがいった。「タラガヴヴェルグの食物とは何ぞ」

アラスリオンのまじない師はこたえた。「人間こそ食物なり」

しかしレオスリックはひるんだりはしなかった。ハリモミの樹から一本の大きな枝を切りとり、その夕暮れは早ばやと寝についた。しかし次の朝、夢魔からめざめたかれは夜明け前に床をぬけ、五日分の食糧をたずさえて北がわの沼地へ延びる森へ足を踏みいれた。幾時間か森の薄闇のあいだを通り抜けていき、その森を出たときはちょうど、地平線からはるか高みへと昇った太陽が荒野の水溜りに燦然と照りはえていた。しばらく行くと、軟泥のなかに深々と捺されたタラガヴヴェルグの爪跡が見つかった。両方の爪のあいだには、掘られた溝のような尾の跡もあった。レオスリックは寺院の鐘に似た唸りを発するタラガヴヴェルグの青銅製の心臓音が聞こえるところまで、その足跡を追っていった。

その日最初の食事を摂ってから半時《とき》経ったところで、タラガヴヴェルグは心臓を打ち鳴らしながら村へ向かいだした。すると村人たちは、そうすることが義務でもあるように、ひとり残らず街路へ出てきて竜の前に立った。迫ってくるタラガヴヴェルグを待つ焦躁感、その金属の心臓で次の獲物はどれにしようかと愚鈍な考えをめぐらしながら、扉から扉をまわるタラガヴヴェルグの鼻の音、村人はそのどれにも耐えられなかった。だからだれも逃げようとは思わなかった。いくらタラガヴヴェルグから遁れようとしても、いったん獲物をこれと決めたが最後、竜はまるで宿命のように飽くことなく、何日も何日も追いかけてくる。どうあがいてもタラガヴヴェルグから遁れることはできないのだった。竜に迫られたとき樹にのぼった人間がいた。しかしタラガヴヴェルグはその樹の近くへやってくると背をまるめ、少し前屈みの構えになって、樹が倒れるまで体当たりを喰らわせた。こうしてレオスリックがその面前にあらわれたとき、タラガヴヴェルグは小さな鋼の眼の片方でかれの姿をとらえ、ゆるゆるとした動作で獲物に迫りだした。心臓の鼓動が谺《こだま》を曳いて口から響きでた。竜の迎撃を見たレオスリックは、かたわらに難を避け、竜と村とのはざまに立ちはだかって敵の鼻づらをしたたか打ちすえた。すると杖の一撃はやわらかい鉛の上に瑕《きず》を残した。タラガヴヴェルグは無器用に踵《きびす》をめぐらし、夜な夜な墓を抜けてさまよい出る邪霊にとり憑かれたせいで声を与えられた教会の鐘の音にそっくりな、恐ろしい悲鳴を発した。それからかれは唸りをあげてレオスリックにおどりかかった。けれどこんどもまたレオスリックは横ざまに身をひるがえし、手にした杖で敵を打ちつけた。タラガヴヴェルグは響きわたる鐘の音に似た声で叫んだ。そして竜鰐《わに》がかれを襲い村に攻めかかるたびに、レオスリックは幾度ともなく杖で敵を打ちすえた。

その日一日レオスリックは杖いっぽんで怪物を駆りたて、相手の心臓を怒りのあまり高鳴らせ、苦痛を与えて悲鳴をしぼり出させながら、食物の得られぬ遠つかたへとおびきだした。

夕暮れ近くになって、タラガヴヴェルグはかれを嚙みくだこうとする意図を棄てた。そのかわり杖を避けるためにかれの前方へ走っていった。鼻づらは痛みがひどく、まっ赤に脹れあがって輝いていた。村人たちはその光に集まり、鳴りものや弦の調子にあわせて踊りまわった。

鳴りものと弦の音を耳にしたとき、タラガヴヴェルグは飢えと怒りに襲われた。その憤激はちょうど、自分の城でもよおした宴の最中に敵の手に落ち、焼き串が次つぎに回されるうちにその上で上等な肉が焼きあがっていく音だけを聞かされた領主が抱く、そんな怒りに似ていた。だがかれは、その夜一晩はげしくレオスリックを攻めたてつづけた。そして時には、いますこしで相手を闇のなかに取り押さえられるところまで迫った。光を放つ鋼の眼は、夜のなかにあっても昼同様にものを視ることができた。夜が明けるまでレオスリックはじりじりと後退していった。夜明けの最初の光が射しでたとき、二人はふたたび村近くまでやってきていた。とはいっても敵同士がはじめて出喰わした場所ほどには村に近くない。タラガヴヴェルグがひと晩かかって回復した失地に比べて、レオスリックがその昼間に得た距離はずっと大きかったのだ。

次の日もレオスリックは、竜鰐が人間をひとり食べる定刻がやってくるまで相手を遠方へ追いたてた。竜がこの若者と出会ったのは、一日に行なう三度の食事時間のうちの一時だった。残りの二度は、いつも正午と夕暮れに決めていた。しかし食事のために人間をさがす時間がやってくると、タラガヴヴェルグはひどく猛り狂いだした。レオスリックに向かって急激に攻撃をしかけてきた。しかしかれを捕らえることはとうとうできず、どちらも肩をいからせて持ち場を護り通した。とはいえ鉛でつくられた鼻づらに加えられる杖の痛みが竜鰐の飢えをしのいだとたん、かれは唸り声を止めた。その瞬間からタラガヴヴェルグは急に弱々しくなった。その日も一日、レオスリックは杖をつかって竜を追いたて、夜になってからもその場所を護り通した。こうして三日めの夜が明けたとき、タラガヴヴェルグの心臓は絶え絶えの鼓動に変わった。そのありさまは、まるで疲れた人間が鳴らす鐘の音そのままだった。たったいちどタラガヴヴェルグは蛙を捕らえようとしたが、あと一歩というそのとき、レオスリックに奪い去られた。正午が近づくころまで竜鰐は長いことジッと横たわっていた。レオスリックは竜のそばに立って、頼り甲斐のある杖に身をあずけた。疲れは極みに達し、睡魔のいざないも烈しかったけれど、この竜鰐にとって最も大きな歓びは、いま物を喰らうことにあった。タラガヴヴェルグに終局が見舞うのは早かった。午後になると息が荒くなり、咽喉が喘ぎに波うった。必死で遠方へ逃げのび、次第に足音を消していく食獣のそれのように、かれの吐息が速さと弱さを増していったのは、かず多くの狩人たちが角笛を吹き鳴らしはじめた夕暮れ近くだった。かれは最後の力をふりしぼって村へ迫った。しかしレオスリックは鉛の鼻づらを叩きながらまわりを跳び交うことを、あいかわらず止めない。心臓の鼓動音はとうとう耳にも届かない弱々しいものに変わった。それはちょうど、名も知れぬ他界の死者を悼んで丘のかなたに鳴りひびく教会の鐘の音を思わせた。やがて太陽が没し村の窓々に灯が点った。冷気が世界を満たし、どこか小さな花園で女が歌をうたった。するとタラガヴヴェルグはいちどだけ頭をもたげ、飢えのために息絶えた。そしてかれの生命が、破られたことのない肉体から抜けでたとき、レオスリックは竜のそばに横たわって睡りについた。ずっと後で村人たちが星明かりの下にあらわれ、睡っているレオスリックを担い、村まで運んでいった。村人の列が通り過ぎるとき、だれもが低い声でレオスリックを褒めたたえた。かれらはさる屋敷のさる寝壇にかれを横たえ、その外で鳴りものも弦も奏でることなく無言の踊りに興じた。次の日村人たちは歓びでざめきながら、竜鰐をアラスリオンの村へ曳きずりこんだ。レオスリックも、すっかり瑕《きず》ついた杖を持って村人に同行した。アラスリオンの鍛冶屋である逞しい大男が巨大な炉をつくり、灰のなかにサクノスだけが光り輝いて残るまでタラガヴヴェルグを溶ろかした。それからかれは、鑿《のみ》でえぐりだした小さな眼の一方を取って、サクノスの縁を研ぎはじめた。鋼の眼はすこしずつ摩耗していったが、なくなってしまう前にサクノスの二面の刃を鋭く磨きあげた。残った片眼を柄尻《つかじり》に埋めこむと、そこが青い輝きに染まった。

その夜レオスリックは闇のなかで目をさまし、剣をとると、ガズナクを捜しに西へ向かった。暗い森のなかを、夜が明けるまで歩きとおした。次の日の朝も、午後も、ずっとだ。しかしその午後かれは平原にたどりつき〈だれも行かない土地〉のまんなかでガズナクの堅砦を仰ぎ見た。一マイルほども隔ってはいない前方に、山脈のような偉容を誇る砦があった。

その土地は沼地つづきで、たいそう淋しい。堅砦は白い偉容を沼地のなかから突きだしていた。無数の胸壁がある。灯がともった輝かしい窓がたくさんある。頂きの近くには白い雲がいくつか浮かんでいるけれど、尖塔のうちの幾本かは雲の上にふたたび姿をあらわしている。レオスリックは沼地に足を踏みいれた。タラガヴヴェルグの眼がサクノスの剣柄から瞳を光らせた。タラガヴヴェルグは沼地をよく知っていた。剣がレオスリックを右にめぐらせ、左に押しやって、危険な場所を避けさせた。だからかれは無事に砦の防壁へたどりついた。

防壁には鋼の直壁を思わせる扉があった。どの扉にも鉄の玉石が打ちつけられ、どの窓の上にも石で造った鬼面の水落としがあった。防壁には堅砦の名が大きな真鍮の文字で掲げられていた。〈サクノスを除いては破るあたわぬ堅砦〉と。

レオスリックはサクノスを鞘から引きぬいた。すべての鬼面が笑みを浮かべた。その笑みは貌から貌を伝い、ついに雲のただよう破風のかなたに昇っていった。

そして、サクノスが抜きはなたれた。すべての鬼面が笑みを浮かべたとき、その光景はまるで、血ぬられた戦場をはじめて雲間から覗いたときの月が、そのおそるべき一夜をともに過ごす死者たちの濡れた貌のうえを遮《よぎ》っていく光を、思わせた。レオスリックは扉に近づいた。その扉は、遠き父祖たちが〈聖なる涙の寺院〉を築く巨大な礎石として切り出した大理石サクレモナよりも堅かった。また、どんな石よりも美しかった。当時サクレモナは僧侶の祝福を受けていた。切り出しが禁制となってからは、人々も家を建てるのにその石を用いなくなった。丘は、その醜い傷あとを晒しながら南を向いて寂しく陽光に照らされていた。鋼の扉は驚くほど大きい。その扉の名は〈谺《こだま》の門〉、あるいは〈出撃の道〉と読めた。

そこでレオスリックはサクノスを揮《ふる》って〈谺の門〉に打ちかかった。サクノスの谺がリンリンと尾を曳いて巨大な回廊にひびいていくと、砦の竜が一斉に吼え声をあげた。そして最も遠くにいる竜の吼え声が喧噪のなかにわずかな音を加えたとき、薄明に照らされる破風の下に雲をまとってまどろんでいた窓がひとつ、いきおいよく押しひらかれた。ひとりの女が悲鳴を発した。はるかな奈落の底で父親が娘の声を聞き、彼女の死が間近いことを知った。

こうしてレオスリックは恐ろしい気合いとともにサクノスを揮いながら先へすすんだ。〈砑の門〉あるいは〈出撃の道〉を護る灰色の鋼は、世界の剣に抗うためにと鍛えに鍛えられた甲斐もなく、音響とともに打ち破られ、無数の細片に砕け散った。

レオスリックはサクノスを握りしめ、扉に開けた大穴をくぐり、暗い洞窟に似た広間へと踏みこんだ。

象が鼻を鳴らしながら逃げていった。レオスリックはサクノスを握ったままその場にたたずんだ。象の足音がずっと遠くの回廊へ消えていくと、もう静寂を乱すものはなく、洞窟のような広間はシンと静まりかえった。

まもなくかなたの広間につどう闇が鈴の音のように心地よい旋律を奏ではじめた。

レオスリックは闇のなかで待った。鈴の音は近づくにつれていよいよ音量を加え、朗々と広間中にこだました。見ると二人ずつ対《つい》になった駱駝の隊列が砦の奥からあらわれた。人々はアッシリア産の三日月刀を吊るし、そろいの鎖かたびらをまとっていた。兜から垂れる鎖づくりの面頬《めんぼお》が、駱駝の動揺にあわせて揺れていた。

洞窟じみた広間にあらわれた隊列は、レオスリックの前で停まった。駱駝の鈴が鳴り、そして静まりかえった。やがて隊列の将とおぼしい人物が、レオスリックに語りかけた。

「わが主ガズナクは、おんみの死を目のあたりにせんと思し召しておられる。どうかわれらと同道されたい。さすればわが主ガズナクの企てたるおんみの死に様《ざま》がいかなものか、とくとお明かし申せるゆえ」

そういって、かれは鞍頭《ひざがしら》に巻いてあった鎖を解いた。レオスリックがこたえた。

「よろこんで同道いたそう。われはガズナクを殺めにまいった」

そこでガズナクの駱駝隊は、測り知れぬ深みに睡る吸血の妖魅を呼び醒ますような、気味わるい笑い声をあげた。隊列の将はいう。

「わが主ガズナクはサクノスを除いては破るあたわぬ不死の者。さらにサクノスみずからをも妨ぐる甲冑をまとい、この世で第二に恐るべき剣を有しておられる」

するとレオスリックがいった。「われはサクノスを持てる者なり」

かれはガズナクの駱駝隊にいどみかかった。まるで歓喜の衝動を受けておのずから動きはじめたように、手のなかに握られたサクノスが頭上たかくあがり、空を切って振りおろされた。それを見たガズナクの駱駝隊は遁走を開始した。騎者たちは前方に身をかがめ、駱駝を笞打った。騒がしい鈴の音を残して、柱廊や回廊や円蓋の広間を抜けて、砦内部の闇のなかに散っていった。さいごの響きが消え去ったとき、レオスリックはどちらへ進むべきかと戸惑いした。駱駝隊がずいぶん色々な方向に逃げ散じたからだった。それでかれは、広間のまんなかで巨大な階にぶつかるまで直進した。レオスリックは広い踏み段の中央に片足をのせ、そのまましっかりとした足取りで五分ほど階をのぼった。レオスリックがたどる広大な広間には灯らしい灯がなかった。光といったら、そこここに見うけられるはざまから洩れてくる明かりばかりだった。外界では早くも闇が深まろうとしていた。階は二つの折り戸に向かって延びている。どちらも明けはなたれたままだから、レオスリックはその隙間をくぐって前進しつづけようとした。しかしそれ以上先へはすすめない。壁から壁を伝い、もつれるように、あやなすように、天井から垂れる花づな模様を織りなしていく綱が部屋全体に満ちあふれているように見えたからだ。部屋全体が花づなのとばりに厚く閉ざされ、暗く翳っていた。綱は、触れると柔かく、きめこまやかな絹のように軽やかだった。けれどレオスリックはそのどれをも断つことができない。近くへ寄っていくと揺れながら遠方にしりぞき、やがて三ヤードも前進するとまた重い外套のようにかれの周囲を包みこむ。そこでレオスリックは後方へ下ってサクノスを引きぬいた。サクノスは音ひとつたてずに綱を断っていき、断たれた綱がこれも音をたてずに床へ落ちた。レオスリックはサクノスを揮って進路を切り拓きながら、ゆっくりと前進していった。ちょうど部屋の中央までやってきたとき、サクノスを揮って厚く垂れこめた花づな模様のとばりを分けていたかれは、とつぜん雄羊よりも大きな蜘蛛を見た。蜘蛛のほうも、小さいがそのなかに多くの罪を宿し持つ瞳をじっとかれに注いだ。そして蜘蛛はいった。

「魔王のおんためにと長年つむぎあげてきたる、わが努めの巣をば壊せしうぬは、誰ぞ」

するとレオスリックはこたえた。「われはレオスリック、ロレンディアクの嗣子なり」

するとレ蜘蛛がいった。「ならば、うぬの手足を縛る糸をさっそくにつむぎあげん」

レオスリックはもう一束の綱を断ち切ったあと、糸をつむいでいる蜘蛛に一歩近づいた。蜘蛛は糸から貌をあげ、こういった。「わが糸を苦もなく断ち切るそが剣は、いかなる銘を持てるにや」

レオスリックはいった。

「それサクノスなり」と。

そのとき蜘蛛の貌を覆っていた黒髪が右と左に分かれ、蜘蛛の渋面があらわになった。しかし黒髪はすぐにもと通り貌におおい被さり、闇のなかで艶々しく光る罪多い瞳を除いて、なにもかもが見えなくなった。レオスリックが相手に迫るより早く、蜘蛛は一本の綱にしがみついて高みの梁までよじ登り、そこにうずくまって唸り声をあげた。しかしサクノスを払って道を拓きながら、レオスリックは部屋を横切り、向かいがわの扉に達した。こんどの扉はかたく閉ざされていて、把手も手の届かぬ高さにある。しかしかれは〈出撃の道〉あるいは〈谺の門〉と呼ばれた入口を切り拓いたときと同じように、サクノスを揮って扉を抜けた。こうしてレオスリックは灯のまたたく部屋へ闖入した。そこでは貴婦人や貴族たちが大卓をかこんで宴にうち興じている最中だった。あたりには数千もの蠟燭が輝き、その光は、貴族たちが汲む酒や黄金の大燭台に照り映えていた。貴人の貌が灯影のなかで濡れそぼつように輝いていた。純白の卓掛け、銀の食器、貴婦人たちの髪に飾られた宝石。その宝石はどれも、日がな一日その貴玉にだけかかずらう史家どもをひとりずつ専有する、由緒深い宝物だった。卓と扉のあいだに二百人の給仕が百人ずつ対をなして長々とうち並び、たがいに顔を向けあっていた。扉に開けた大穴を抜けてレオスリックが宴の席に闖入したとき、だれもかれを見ようとはしなかった。しかし一人の貴族が給仕に問いを発した。すると給仕たちは、レオスリックにもっとも近い位置にたたずむ給仕へ届けるまで、同じ問いを隣りどなりに手渡していき、とうとう百人めに伝えおくった。すると最終位の給仕は、相手を見つめる振りも見せず、レオスリックに問いを投げかけた。

「うぬは何故ここに参った」

レオスリックがこたえた。

「ガズナクを殺めに参った」

すると給仕はそのこたえを卓の向こうはじまで口伝えに伝えていった。「ガズナクを殺めに闖入せし者なり」と。

するとこんどは、もうひとつ別の問いが給仕の列を渡ってきた。

「うぬの名は何という」

問いを伝えた列とは向かい合わせの一列が、こんどはかれのこたえを運び返した。

そして皇族のひとりが口をひらいた。「よいか、あの者の悲鳴が余らの耳に届かぬところへ、追いやってしまえ」

するとか給仕たちはその命令が最後の二人にとどくまで口伝えにことばを運んだ。二人はレオスリックを捕らえようと迫り寄った。

レオスリックはその二人に剣を示しながら言った。

「これぞサクノスなり」

二人の給仕は声をそろえて、いちばん手近い給仕にことばを伝えた。

「あれぞサクノスなり」と。

そして悲鳴をあげると、どこかへ逃げ去った。

二人ずつ対になって、給仕という給仕が次々に同じことばを発した。「あれぞサクノス」そういって悲鳴をあげ、どこかへ逃げ去った。最後の二人が食卓にそのことばを伝えたとき、部屋に残る給仕はひとりもいなかった。つづいて皇族と皇女があわてて席をたち、部屋から逃げ出した。だれもいなくなったあとの豪華な食卓は、いつになく小さく、無秩序になり、また歪んでも見えた。こうして、ひとり残った部屋で次はどの扉を破るべきか思案にかかったレオスリックの耳もとに、たおやかな楽の音が遠くからただよってきた。それは睡りに落ちるガズナクのために吹きならされる魔法の演奏者の旋律にちがいなかった。

その遥かな楽の音をめざして、レオスリックはさっき打ちやぶった扉のちょうど真向かいにある戸口へ向かった。そこを抜けると、ほかの部屋同様途方もなく広い、異様な美しさをたたえる女性が席をならべている部屋に出た。そして女性たちは声をそろえてかれに問いかけた。かれの目的がガズナクを殺めることにあると知った彼女たちは、ガズナクこそサクノスを除いては破るあたわぬ不死の者だから、とかれをさとして、どうか自分たちのあいだにとどまるよう哀願した。あるいはまた、夜な夜な腰板の周囲をめぐり、折りに乗じては腐った樫を破って侵入する狼から自分たちを護ってくれる騎士が、どうしても欲しいからといってかれを引き止めた。もしも彼女らが人間の女だったなら、レオスリックもおそらくそこにとどまる決心を固めたろう。彼女らはたしかに奇妙な美しさを有していたが、その眼窩には瞳のかわりにゆらゆらとまたたく鬼火が燃えているのを見てとったとき、かれは、その女たちが熱にうかされたガズナクの夢にすぎないことを知った。だからこそ、かれはこう告げたのだった。

「われはガズナクおよびサクノスにのみかかずらう」

そういって、かれは部屋を通り過ぎた。

サクノスという名を耳にした瞬間、女たちは悲鳴をあげた。眼窩に燃えていた鬼火が勢いを弱め、小さな火花に変わった。

レオスリックは彼女たちをその場に残し、サクノスを揮いながらさらに遠い扉へ突きすすんだ。

顔に、外の夜気を感じた。気がつくと、二つの奈落のあいだを走る細い一本道にたたずんでいた。軒はまだ頭上だというのに、左も右も、眼のとどく限り堅砦の防壁が深い直壁となって下へ落ちている。そしてかれの前方に、星々のちりばめられた二つの奈落があった。なぜならばその奈落は地球の裏側にまで通じ、向こうがわの空をあらわにしているからだった。そんな二つの奈落をわたって、その一本道は延びていた。上へ上へとのぼってはいくが、その両側は、まったくの垂直壁となって彼方へ落ちこんでいる。砦の離れ屋へ延びる唯一の道を取りまく奈落の向こうがわで、レオスリックは魔法の韻律をかなでる楽士の調べを耳にした。歩幅で一歩とはない狭い筋道にしたがいながら、かれは抜き身のサクノスをたずさえて前進した。足もとの両奈落では、前面といわず後方といわず、口々に魔王サタンを称える歌をくちずさみながら吸血の妖魅が翼をはばたかせていた。まもなく道の途中に、睡ったふりをしている大竜ソクの気配を感じた。かれの尻尾が片側の奈落に垂れさがっていた。

レオスリックはかれに近よった。すると闖入者を充分に引き寄せたところで、ソクがレオスリックに襲いかかった。

かれがサクノスを深々と突きこむと、ソクは悲鳴を残して奈落へ落ちていった。落下しながら、闇のなかで四肢をクルクルと旋回させた。落ちて落ちて、叫びが風を切る響きほどのかすかな音に変わり、いつのまにか聞こえなくなるまで落ちつづけた。一度、二度、レオスリックは星がほんの一瞬翳り、また輝きでるのを見た。そして星々が示したこの一瞬の翳りが、この世に残されたソクの肉体のすべてだった。そこから少し隔ったところに潜んでいたソクの兄弟ルンクは、これはきっとサクノスにちがいないと気がついて、一目散に逃げていった。かれが奈落の道をたどっていくあいだじゅう、堅砦の屋根をかたちづくる巨大な円蓋は闇を集めて、どこまでもレオスリックの頭上に延びていった。こうして奈落の向かい側が視野にあらわれたとき、レオスリックは一対の奈落に向けて巨大な拱門を開《あ》けはなっている部屋をみとめた。拱門を支える柱ははるか頭上に延び、右に左にわだかまる薄闇のなかへ消えていた。

拱門の支柱が礎えを置く暗い直壁のはるか下方に、何本も枠をはめこんだ小さな窓が見えた。枠のあいだから、ここで述べるべきではないものがちらりちらりと垣間見えた。

二つの奈落の下方に輝く巨大な南の星座を除けば、光らしい光は絶えてない。けれど拱門のあいだに見える部屋のなかには、足音を忍ばせて動く光があちこちにうかがえた。

そこでレオスリックは針路を変え、その大部屋に踏みこんだ。

これら途方もない大拱門をくぐるとき、自分がなんともちっぽけな存在のように思えた。

夕暮れの最後の弱光が、地上を制覇した魔王サタンの偉業を称える陰鬱な彩りに塗られた窓を通して、輝いていた。壁の高みに、その窓があった。流れるような蠟燭の灯影が、こっそりと下方に消えていった。

サクノスの柄から絶え間なく周囲をうかがうタラガヴヴェルグの鋼の眼が、かすかな青光りを放つのを除いて、ほかに光はなかった。巨大な猛獣のねっとりとした体臭が、部屋じゅうに重々しくたちこめていた。

敵の存在を嗅ぎつけるサクノスを前方に突きだしながら、レオスリックはゆっくりと歩をすすめた。柄のなかの眼が、かれの背後に用心ぶかく視線を投げかけた。

怪しい気配はなかった。

円蓋を支える柱廊の柱に何ものかが潜んでいたとしても、そいつは息を継ぎもしなければ身動きひとつしなかったにちがいない。

魔法を使う演奏者がかなでる楽の音がすぐ近くから聞こえた。

部屋の遠はじにあるいくつもの大扉が、とつぜん右に左に音をたてて開いた。数瞬のあいだ動くものの姿をみとめずにきたレオスリックは、サクノスを握りしめて待った。やがてウォン・ボンゲロックが息をはずませながら近づいてきた。

かれこそは最後にして最も忠誠厚いガズナクの衛兵だった。たったいま主人の手を涎で濡らすことをやめ、ここへあらわれたのだった。

この獣に接するガズナクの態度は、竜を扱うというよりもむしろ子供を扱う親のそれに近い。折りに触れては卓の上で白い煙をあげている柔かな人肉を、手ずから与えることもあった。

ウォン・ボンゲロックは長大で、しかも構えが低い。その瞳に狡猾の光がうかがえる。レオスリックに向けて、忠実な胸から邪悪な息を吐き出した。背後には甲冑を着こんだような尾が揺れていた。まるで水夫が甲板を鳴らしながら錨の索を引きずっていくようだった。

ウォン・ボンゲロックは、自分がいまサクノスを相手にしていることをよく心得ていた。なぜならば、ガズナクの足もとにうずくまりながら、ひとり静かにみずからの運命を占うのが、長年このかたかれの身についた習慣だからだった。

レオスリックは竜の吐く息のなかにすすみ出て、サクノスを振りあげた。

しかしサクノスが高く振りあげられたとき、柄尻にあるタラガヴヴェルグの眼が竜を見つめ、敵の狡猾ぶりを見てとった。

竜は口を大きく開き、剣のような牙をレオスリックにむきだし、革の口唇を上方にひきつらせた。しかしレオスリックが頭めがけて剣を突きたてたとたん、相手はまるでさそりのようにずる賢く、甲をつけた尾を頭の上から振りおろした。その光景を、サクノスの柄に埋めこまれた眼が見守った。そしてサクノスがとつぜん横ざまになぎはらわれた。しかし切りさいたのはサクノスの刃でではなかった。もしそんなことをしていたら、雪崩に乗った松の樹が登山者の胸めがけて突きささるように、両断された尾先がかれの頭上に降りかかったはずだった。そうなれば、レオスリックはもちろん串差しになる。そうではなくサクノスは刃の胴を使って横ざまに襲いかかり、空鳴りともども左の肩越しへ尾を切りとばしたのだ。一瞬、尾はかれの甲冑に触れ、そこに溝を残した。だが次の瞬間、先端を切り落とされたウォン・ボンゲロックの尾がレオスリックを見舞った。それをサクノスが受けとめると、さらに尾は金切り声とともに刃とレオスリックのはるか頭上へ躍りあがった。それからは剣と牙を結びあわせる激闘がはじまった。剣は、サクノスにしかできない攻撃を繰りだし、ついに大竜ウォン・ボンゲロックの邪悪で忠実な生命を大傷の果てに消し去った。

レオスリックは死んだ獣を跳びこえて前進した。甲冑を着こんだような体がまだ震えていた。しばらくのあいだ竜は、疲労にあえぐ馬に曳かれて田園の畑地を耕していく鋤刃《すきは》のように揺れうごいていたが、やがてその痙攣も止み、ウォン・ボンゲロックは錆ついてそこに横たわった。

レオスリックは開けはなたれた門へ向かった。床にそって、サクノスが静かに血をしたたらせていった。

ウォン・ボンゲロックがあらわれた開け放しの門を抜けて、レオスリックは楽の音を響かせる回廊へ侵入した。ここは、すくなくとも闇以外のものを仰ぎ見ることのできる最初の場所だった。これまで見上げてきた屋根は山のような高みへと延び、闇のかなたに消えてしまっていた。しかし今度は、狭い回廊に沿って、大きな鈴が頭上近くに低く垂れさがっていた。真鍮でつくられたどの鈴も回廊の幅いっぱいの大きさがあって、それがいくつも並んでいる。そしてかれが鈴の下を通るたびに、ひとつひとつ音色を奏でていく。その声は悲しみに満たされて深く沈み、まるで死んだばかりの人間に、あるいはかれの末期の瞬間に、そっと語りかける鈴の音そのままだった。レオスリックが下を通ると、どの鈴もたった一度だけ鳴りひびいた。儀典でも執りおこなうように重々しく、決まった間隔をおいて鳴りひびいた。かれが歩みをゆるめれば、鈴は寄りあつまり、歩みを早めればお互いに間隔をひろげた。それに、頭上でうち鳴るそれぞれの鈴の谺が、かれの歩みよりも先んじて隣りの鈴に侵入者の訪《おとな》いを囁き声で知らせた。かれが足を停めなどすれば、鈴は一斉に響きを発し、かれがふたたび歩みはじめるまで肚立たしく鳴りつづけた。

これらゆるやかで長々しい音色にはさまって、魔法の楽士が奏でる楽の音も聞こえた。その調べはいまとても悲しげな挽歌に変わっていた。

こうしてレオスリックは〈鈴の回廊〉の端へたどりつき、そこにある小さくて黒い扉を目のあたりにした。背後に延びる回廊は鈴の音が響かせる谺に満たされた。どの鈴も儀典について囁きを交しあっていた。楽士の挽歌は、異国の賓客がかたちづくる仰々しい行列のように、ゆるゆると谺のあいだを抜けていった。そのどれもがレオスリックに悪意を抱いていた。

レオスリックが手を触れると、黒い扉はすぐに開いた。大理石を敷きつめた広大な王庭の、ひろびろとした空気が顔を撫でた。王庭のはるかな上空には、ガズナクの手で喚びよせられた月が輝いている。

ガズナクはそこに睡っていた。まわりに魔法の楽士を控えさせ、かれらはみんな弦を爪弾いていた。睡りに落ちているときでさえガズナクは甲冑をまとい、手首とうなじと顔だけを露わにしていた。

しかし、王庭の驚異はガズナクが結ぶ夢にすぎないのだった。この広い中庭のかなたには暗い奈落がまどろんでいる。そして奈落に向かっては白い大理石の階《きざはし》が一本延びている。その階は白い彫像を配した露台やテラスにつづき、そこからふたたび広い階となってさらに下へと延びていき、姿も定かではない小さな生きものが彷徨する闇のなかのテラスへと通じている。そのすべてがガズナクの夢だった。かれの心から湧きだし、大理石となって楽士が楽の音を奏でる奈落の縁を過ぎていった夢だった。そして魔法の楽の音に護られて睡るあいだ、ガズナクの心からは美しくしなやかな尖塔や高楼が絶え間なく空を差して伸びていった。鈴が鳴り、楽士の挽歌がひびくその中で、雨落としの醜い鬼面が不意に尖塔や高楼の上からいくつも姿をあらわした。巨大な黒影があわただしく階とテラスを駆けぬけ、奈落のなかで落ち着かなげな囁きを交した。

レオスリックが黒い扉から奥へ足を踏みだしたとき、ガズナクは目を醒ました。かれは右にも左にも瞳をめぐらさぬままむっくりと起きあがり、レオスリックの正面に立った。するとと魔法使いたちは弦を掻き鳴らして死の呪詛を奏であげ、いっぽうその呪詛を払い落としたサクノスの刃に沿って、蜂の羽音に似た低い響きがわきあがった。サクノスを振りおろすまでもない、刃の唸りを耳にした魔法使いたちは突如立ちあがり、弦で悲鳴を掻き鳴らしながら逃げ散ったからだ。

ガズナクは鬨《とき》の声をあげ、サクノスを除けばこの世で最も強大な剣を鞘から抜きはなった。かれの夢がすでにかれ自身の運命を予言したというのに、迫りくるガズナクの口もとには笑みが浮かんでいた。こうしてレオスリックとガズナクが剣をかまえて接近しあった。どちらも相手を睨みつけ、ことばひとつ交さなかった。しかし二人は次の瞬間、戦闘にうつり、剣を切りむすんだ。どちらの剣も相手を知っていた。どこから来た剣なのかも知り尽くしていた。ガズナクの剣がサクノスの刃に打ちかかるとき、それは瓦ぶきの屋根から降りかかる雹《ひょう》のように輝きをあげて、いつも跳ねかえった。しかしそれがレオスリックの甲冑に打ちあたるときはいつも、薄板を何枚も剝ぎとった。そしてガズナクの甲冑を襲うサクノスの剣は、その攻撃の数少なさとは裏はらに熾烈をきわめた。だが剣はいつも唸りをあげて戻り、そのあとに傷ひとつ残さなかった。ガズナクは戟を交しながら、左手を頭上近くに置きつづけた。隙をついてレオスリックが、敵の首めがけて烈しく正確な一撃を繰りだしたとき、ガズナクはみずからの髪をひっつかみ、頭を高々とあげた。サクノスはうつろな空間を切り裂くばかりだった。それからガズナクは元通り頭を頸の上に乗せた。しかも機敏な手さばきで剣を揮った。髯だらけのガズナクの頸めがけて、何度となくサクノスを見舞うのだが、ガズナクの左手はかれの攻撃よりもす早かった。頭がひょいと上へあがり、その下を空しく剣がよぎっていった。

戟の響きをほとばしらせた死闘は、レオスリックの甲冑がことごとく床に落ち、大理石に血だまりをつくりあげるまでつづいた。ガズナクの剣はサクノスの刃と嚙みあうたびに、まるで鋸の目のように窪んでいった。だがガズナクは傷ひとつ負わず、あいかわらず笑みを浮かべて立ちはだかっていた。

レオスリックがようやくガズナクの咽喉をうかがい、狙いをさだめてサクノスを放った。するとガズナクはふたたび自分の髪の毛をつかんで、ひょいと頭をもちあげた。しかしサクノスが打ちかかったのは咽喉もとではなかった。咽喉もとでなく、そのかわりに相手の左手へ切りかかった。サクノスがブウンという音をあげて左手の手首を断ち切った。ちょうど大鎌が一本の花を刈りとるさまに似ていた。

断たれた手は血をほとばしらせて床に落ちた。すると突然ガズナクの頸から血が吹きだし、落ちた頭からも血がしたたった。天に聳える尖塔は地へと崩れ落ち、広く美しかったテラスはすべて萎《な》えいるように消え去った。王庭は露と消え、一陣の風が湧きたって柱廊を吹きはらった。こうしてガズナクの巨大な殿堂はことごとく消えさった。二つの奈落は、語るべき物語をもうすっかり語り終え、これ以上なにも話すことがなくなった人間が口をつぐむように、とつぜんかたく大口を閉じた。

レオスリックは、夜霧が絶えいろうとする沼地で周囲を見まわした。そこには堅砦も竜の声も、人間の囁きもなかった。かれの傍らにたったひとり、すでに息絶えた邪悪で醜怪な老人が横たわっていた。老人の手と首は、胴体から切り離されていた。

やがて荒野のかなたから陽が昇った。陽が昇ると、あたりが見ちがえるほど美しくなった。名匠の手で奏せられるオルガンの響きに応えて——名匠の魂が熱を帯びるにしたがって音量とたおやかさを増していくあの響きに応えて、いつかその全霊をかたむけた賛美を高らかに歌いあげていくように、沼地の夜明けがその美をひろげた。

すると鳥たちが歌いだした。レオスリックは家路にしたがって沼地を去り、まもなく小暗い森へやってきた。昇り行く朝日の光が、道ばたに立つかれを照らしだした。邪悪な老人の萎えした首をたずさえて、かれは正午前にアラスリオンへ戻りついた。村人が歓喜の声をあげ、こうしてその夜をかぎりにかれらの悩みは消え去った。

これが、サクノスを除いて破るあたわぬ堅砦に加えられた攻撃と、その堅砦の陥落とにかかわる物語である。神秘に満ちた古えの日々を愛でる人々に語られ、信じられてきた物語である。またある者は、真実を証言するという虚勢を張りながら告げる。ある熱病がアラスリオンを襲い、去っていったのだと。そしてこの同じ熱病がレオスリックを夜の沼地へと誘いだし、そこでかれに一夜の夢を結ばせ、荒あらしく剣を揮わせたのだと。

しかしまた別の者はいう。この世にアラスリオンという名の村は存在しなかったし、ましてやレオスリックなどという人物の実在したためしはなかったのだと。

いずれ諸説を競わせる必要はない。庭師たちはこの秋の木の葉をすでに集めつくした。その古事を、だれがふたたび目のあたりにし、だれがふたたび脳裡に焼きつけ得ようか？　そして、あの遠い古えの日にもち上がったできごとを、いったいだれが真実と証言できようか。

高利貸

ロード・ダンセイニ

Illustrated by Sidney Herbert Sime
From *Time and the Gods* (1906)

　ゾヌーの市民《たみびと》の言うことには、大神ヤーンは光り輝く小さな宝玉を山と積みあげたうしろに高利貸のように座して、両の腕で宝玉をしっかりかかえこみながら暮らしているという――。大神ヤーンの爪ある手につかまれている輝やかしい宝石は、せいぜい水滴ほどもないのだが、そのどれもが各々一つの生命《いのち》なのだという――。ゾヌーの市民の言うことには、大神ヤーンがあの妙案を思いついたとき、地上には生命《いのち》あるものなど絶えてなかったのだそうな。そこでヤーンは、「時《タイム》」が生まれる前から輪《リム》のはるか外がわ、その喜びも悲しみもない輪のはるか外に住んでいる影たちを招きさそった。ヤーンはかれらを迎えると、宝玉の山を見せた。宝玉の一つひとつはうちに光を宿しており、牧草の緑が中できらきらしており、青い大空とささやかなせせらぎが眺められ、小さな庭の果樹園に咲く花々がかすかに見分けられた。

　また、天に吹く風が見えるもの、荒れ野が下にひろがっている蒼穹が見えるけれども、風で草が押し曲げられているので平野にしか見えないもの、などがあった。けれどもほとんどの影が借りたのは、休みなく波が寄せる海をまんなかに宿す宝玉だった。そうして影たちは「生命」

というものにしげしげと見入り、緑の原と海と大地、そして大地の園を目にした。すると大神ヤーンが言うには――

「予は汝らに『生命』を貸し与えるであろう。汝らはその生命を携えて、下界の摂理にしたがい汝らの業《なりわい》を成し果たすがよい。また汝らには緑なす原や園にて、一筋ずつの影を下僕として召し連れることを許す。ただそれだけのために、汝らはその経験をもって自身の生命を磨きあげ、汝らの悲しみをもって角を丸くすることに努め、最後にはまたそれを予に返すであろう」

そこで影たちはこの申し出を受け入れ、生命を磨くことと影を下僕に持つことを承諾した。かくて、この取り決めは掟となった。

ところが影たちはそれぞれ、生命を携えて、分散し、ゾヌーや他の国々へ落ち着いたのだった。それぞれの場所で影たちは経験をもってヤーンの生命を磨き、また人間としての悲しみを用いて新しき輝きを発するまで生命を削っていった。以来、かれらは命のうちに新しい場面がかがやきでるのを知り、これまで緑の国や海原しか見えなかった生命の中に、都市や帆船や人間を見るようになった。すると高利貸の大神ヤーンは取りかわした契約を忘れぬようにと、いやましの声を掛けるのだった。さて人々が自分らの生命に大神ヤーンを喜ばすような景色を加えると、ヤーンは沈黙した。けれどもその目を楽しませぬ景色が加えられたりすると、ヤーンは決まりなのだからと言って、かれらに「悲しみ」という重税を課した。

けれども人々は高利貸しの言ったことを忘れ、決まりをもっと好都合なものにしてほしいと要求する者が出てきた。自分達が汗みどろになって生命を磨き終わったあとは、ヤーンへ返却するのでなく自分のものになるべきだと言った。そうすれば、かれらの生命が自らの悲しみで原石を削り、磨きあげる苦しい仕事にも楽しみをを見いだせるのだ、と。しかし、かれらの生命が多くの経験によって光りはじめると、大神ヤーンの親指と人差し指がふいにかれらの生命の上に伸びてきて、人々は元の影に戻されてしまうのだった。けれども輪の外はるかに戻された影の一人が、言う――

「わしらはヤーンのために辛い仕事に励んだし、地上の悲しみを寄せ集めてあの宝玉を磨きあげてやったのだ。なのにヤーンはわしらに何もしてくれなんだ。こんなことならこの輪の外で何の憂いもなくただよっていたほうがましだったわい」

そして、影たちは、決まり作りの巧みな大神ヤーンの策に乗って、二度とふたたびあんな高利に苦しめられないよう、誘惑には用心した。ただし大神ヤーンはただ坐して微笑んでいる。自分の宝物庫の価値が増すのを眺めながら。影たちを誘惑して静かだった生活を人間としての苦役に変えてしまっても、一片の憐れみさえ垂れることなく。

大神ヤーンはさらに多くの影を誘いこみ、生命を磨かせる仕事につけた。もう古くなった生命をふたたびかれらに貸し与え、もっと光らせようとした。ときには王が所有した生命を影に与え、乞食として地上へ送りこんだり、また逆に乞食の生命を貸し与えた影に王の生活をさせたりした。いったいヤーンは何をしたいのだろう？

ゾヌーの市民は、自分で磨いた生命がいずれは永遠に自分のものになるよう決まりを変えることを約束させたのだが、やはりヤーンへの畏怖と、決まり作りの巧者だという恐れが消えなかった。

それに加えて、いつかヤーンの影の宝石が夢に見たとおりの輝きに到達する日を、「時」がもたらすのではないか、と言う者も出てきた。さすればヤーンは地上にしばしの休息を与え、もはやわしら影たちを悩ませることもなくなるだろう。そうなればきっと、ヤーンはあの下品な顔で命の山を見つめながら、ジッと坐りこむようになるにちがいあるまい。なぜなら、大神ヤーンの魂は、外ならぬ高利貸の魂なのだから、と。

だが、違う意見をもつ影がいて、自分の言うことのほうが正しいと誓って、こうも言った。「わしらにはまだ、あのヤーンよりも高位におわす古《いにしえ》の神々がござる。ヤーンが得意とする決まり作りそのものを創られたのだから、いつかヤーンがはなはだ不利益となるように取り決めを修正してくださるだろう。そうなれば、あの下品なヤーンは忘れられてコソコソと逃げだし、たまさか何処かの無人島に辿り着きでもしたら、一滴の飲み水をあらそって、雨と大喧嘩でもはじめるだろうて。なぜなら、ヤーンの魂こそ、高利貸のそれなのだから。そして生命たちよ――古い神々のことなんて誰が知るものかね、どんな思し召しかも、わかるもんかね?」

秘密の共和国

ロバート・カーク

Illustrated by Johann Heinrich Fuseli
From *Titania and Bottom* (1790)

シー、あるいはフェアリー、いわゆる〈善い者たち〉（いじわるな仕打ちにあわされぬよう、そう呼んでいるらしい）は、天使と人間のちょうど中間の性質をもっていて、その昔は魔物たちがそう思われていたのと同じように、知性をもつ真面目な霊魂と、ふわふわ軽くて変わりやすい霊体（アストラル体ともいう）との中間にいるものと考えられている。雲を圧縮したものに多少は似ていて、たそがれどきにいちばんよく見えるらしい。かれらの体は、それを動かす魂の精妙な力にとても柔順で、だから気ままにあらわれたり消えてなくなったりできる。なかには海綿みたいにすかして向こうが見える、とても薄い純粋な体、あるいは容れものをもっているので、まじり気のない空気と油のようにぴりりとする上等の精霊酒だけを飲んで生きているものもいる。また、小麦や酒にしても、分量や質感がもっとたくさんあるものを食べる精霊もいる。小麦は、地上に生えたものを妖精が盗んで食べる。牛やネズミみたいに小麦を食糧の一部にしている妖精は、体が半分透明なだけだ。だから今この時代にも、パンを割ったり、槌を叩いたり、とにかくお気に入りの場所である小さな丘で、そうした奉仕作業をしてくれる妖精がいるのだと、たまに噂になることがある。また、キリスト教が異教を追いだす以前のその昔、どこか荒びた土地にかれらがはいりこむと、やがて家々は静まり、台所はきちんと整理がすみ、食器もみんなきれいに洗ってもらえた。そういう家の霊をブラウニーと呼ぶ。

わたしたち人間がうんと収穫をあげれば、ブラウニーは食べもの不足をきたし、また逆なら（というのは、かれらとていつどこででも思うがままに食べものを手に入れられるわけではないので）、しばしばかれらは泥棒をして小麦の山を積みあげるが、それでも、あまり絞りとれるものではない（と、妖精たちは表現するのだが）ことを思いしらされる。ただしそれでも、盗まれるほうの人間にとっては大きな損失だと思われることが、よくある。

凝りかたまった空気でできたかれらの体は、ときによるとフワリと浮き、また、ときによると別の形に変わって、空気が通る大地の穴や裂けめを抜け、いつものすみかへ戻ることもある。窪みや洞がたくさんある地中には、生きものが住まない場合でも、ほかの種類の生きもの（大きいのも小さいのもいる）が暮らしているもので、この宇宙にはまるっきりの荒野は存在しない。

わたしたち（妖精よりはもっと地上的な生きもので、いたるところに根を張っている）は次に、その別種の住民について、自分たちのことを説明するときと同じように一所懸命、語りつくしてみたいと思う。けれども、わたしたちが住んでいない若干の土地では、かれらはわたしたちと同様、地上で暮らしているのだ。かれらが掘った畔《はた》のあとが、とても高い丘の稜線あたりにまだ残っているし、そういう重要な仕事の場が森や林ならば、妖精たちはそこに畔をこしらえている。

かれらは各季節のはじめに、かならず住居を移し、そうやって審判の日が来るまでさすらっている。ひとつところに落ち着けないから、旅をして住居を変えることで、心をなぐさめているのだ。そのカメレオンみたいな体で、袋や手荷物をもち、地面にちかい空気のなかを泳いでいく。だからそうした季節の変わり目に、巫女や「第二の視覚」をもつ男（女はなかなかその資格がとれない）は街道あたりでかれらに出喰わして、こわい思いをする。そういう目に遭った人は決して、季節の変わり目に旅をしようとは思わなくなる。そういうわけで今も、スコットランドから移住してきたアイルランド人のあいだには、各季節の最初の日曜に浄めの意味をもって欠かさず教会へ出かける人が多い。自分自身を、そして小麦と家畜を、かれら放浪の民に襲われたり盗まれたりしないようにと。そして、このような迷信深い人々の多くは、お勤めのことなどあたかも知らないか、あるいは頭から気にかけていないかのように、次の季節の変わり目がやってくるまで、教会には顔を出さなくなる。ただし、お祈りやお説教を総動員すれば、闇夜に飛んでくる矢から身を護ることもできる。

妖精たちはたくさんの部族と身分に分かれており、子供もいれば看護師もおり、結婚、死、葬式と、見かけだけはわたしたちと同じ習俗をもっている（ただし連中が、物真似劇のつもりか、あるいはわたしたち人間のあいだでそうしたことが起きるのを予告するために、おこなっているのでなければの話だが)。

第二の視覚をもつ人々には、かれらが葬式や宴会で飲み食いする姿も、はっきり見えるという。だから多くのスコットランド系アイルランド人は、かれらの宴会の仲間に加わったり、あるいは毒を盛られたりすることにならないよう、集会の席では食事を口にしない者が多い。また、中つ国の人間にまじって、死体を入れた箱や柩を墓場へ運ぶかれらの姿も、見ることができるという。そのふしぎな能力にめぐまれた人のひとりから聞いたのだが、その男はある集会の場で「ダブル・マン」、つまり同じ人間が二つところにいるという現象を見たそうだ。つまり、地上の人間とそっくり同じ姿をした者が天上と地中にもいるのだが、それでも第二の視覚をもつ人は秘密の目印か、あるいは秘密の操作によって、苦もなく正体を見抜くことができる。ある人の亡霊や「ダブル」のそばを通り越し、見慣れたほんとうの隣人に近寄って話しかけることができる。さらに、そういう人の言うことには、かれらの姿は刻々、また場所ばしょで、異質な化けものじみた動物に変わることがあるのだそうな。たとえば海にいる魚で、頭巾や法衣をつけた旧教の坊主にそっくりのものがいる。ローマ期に信じられていた善きダイモンと悪しきダイモン、それに各個人に割り当てられた守護天使などは、もともと妖精たちを見誤ったものにすぎないという。第二の視覚をもつ人々は、そっくり同じ姿をしたこの人間もどきを「ともに歩く人」と呼ぶ。まるで双子のように、伴侶のように、影のようにつきまとい、それがときによると人間のあいだにまじって歩きまわっている。たとえ、もとの人間が死んでも、あるいは生きていても、同じように。よく、死んだはずの人間がひょっこりと家に戻ってくるが、こんなとき人々は、数日のうちに本物の霊が帰ってくると予知する。この複製、こだま、生きている肖像画も、しまいには仲間のところへ帰ってしまう。こうしてひとりの人間に長いことつきまとっている妖精は、かれらにしかわからぬ目的があって、仲間が仕かけてくる秘密の攻撃から人間を護ったり、あるいは単にその人間のやることなすことをそっくり真似したりする。しかし、昔の魔女の話からもわかるように、軽い空気の体をもつ精霊でも、見知らぬ異国の霊に身をやつした精霊でも、かれらはみんな（すくなくとも苦しみや憂鬱を和らげてくれるが）サテュロスみたいに跳ね回ったり踊りくるったりする。まるで不吉な鳥のようにピーピー、キーキー、不浄のユダヤ教寺院やサバトの祭りで鳴きさわぐのも好きだ。もしも招かれたり、熱心にもとめられたりすれば、この奇妙な仲間は姿をあらわし、人間と親しくもなる。他方、事情が異なれば、かれらは対話をするさえむずかしい存在にもなる。第二の視覚をもつ人々の話によると、大食らいの人間のそばに来る妖精は、やはり大食らいのエルフで、これを「いっしょに食べる人」とか「きっちり食べる人」と呼び、いつもタカかサギのようにガツガツしているくせに満腹することがない連中だ。とはいえ、かれらもどうやら食べものを別の場所へ運んでいくらしい。というのも、こうした地中の民はその住まいで物を食べることがほとんどないからだ。ただし地中での食事といっても、料理は清潔だし、まるで魔法のあやつり人形みたいな気のよい子供たちが用意をしてくれたりもする。

かれらの家は大きくてきれいだといわれるが、(よほどの折りがないと) 普通の人間には見ることができない。ラクランドだとか、それに類した魔法の島のように、モミの灯や、いつまでも消えないランプ、それに油を注ぎ足さなくとも燃えつづける火があるという。寝ている最中に妖精に連れさられ、妖精の子供の世話をさせられたという体験をもつ女も、まだ生き残っている。その子供たちというのが、やっぱり (鏡に映したように) 親に似て大食で、(まるで、仮りの体をもった大食らいの精霊みたいに) はじめの姿かたちは、うまいことかすめ取ってきた食べものをむさぼり食うのに適したものになっているが、やがて寿命が尽きると自然死でも迎えるようにその体を脱ぎすてる。子供と火、それに食べものをはじめとする生活必需品は、乳母役の女が部屋にはいるが早いか、目の前にパッとあらわれる。しかし外へ出る通路がどこにも見あたらず、その家では他の部屋でいったい誰が何をしているかもわからなかったと、女たちはいう。子供が大きくなると、女たちは死ぬか、元の住居に返されるか、または、希望すればそこに居つづけることもできる。しかし、地中の民がその秘密を洩らさないために巧妙な手を打つ気にさえなれば (たとえば香油を塗って、ガイグズの指輪をはめたときと同じように、姿を変えたり、遠くはなれたところに物を転移させたり、などなど)、かれらはプッと息を吹きかけたり、生まれつきのと後に訓練で獲得したのと、その両方の輝かしい瞳の魔力にかけて、女たちを苦痛なしに殺すことができる (ちなみに、この瞳の魔力は両方とも、同じ器官を通じて作用するから、二つを切り離すことができない)。あるいは、女たちの口がきけないようにしてもいい。村人たちは今日なお、女が妖精に盗みとられないように、パンと聖書、それに鉄のかたまりを置く。ちなみに、冷たい鉄のもっている粗野で感じ慣れた重みが、地上に住む以外のものをこの上なく恐れさせるとの噂が、一般に知れわたっている。その理由というのは、地獄のある場所が寒気の嵐と、まっ赤に燃え盛る金属の火焔のあいだであって、北の鉄（磁石が北を指すのはこのためだが）は反感の力によって、不吉で不潔な生きものが近づこうものなら震え、縮みあがるからなのだ。そういうわけでかれらは、同じ苦しみがぶり返したり、あるいはぶり返すのを恐れて、北にかかわりのあるものを嫌う。かれらの衣装とことばづかいは、自分たちが住みついている土地の人々のそれによく似ている。だからスコットランドの高地地方なら格子縞とまだら色の服を、アイルランドならスアナク（格子縞の服）を、身につける。ことばはほとんどしゃべらず、たいていは明瞭で荒っぽくはない口笛を吹いてことばの代わりにする。どこの土地でも、喚びだされた悪魔たちはその土地のことばを使うものだが、地中の民の場合はとくに明瞭に土地のことばを使う。妖精の女たちは糸つむぎがとてもうまく、染めものも縫い取りもなかなかの手際だという。しかし、それが物質として手に触れることのできる立派な素材を、これまた物質として落ち着いた道具を使ってほんとうに取りあつかっているのか、それともただ不可思議な蜘蛛の巣や、手に触れることのできない虹を材料に、地上の人間が布を縫う手さばきを真似しているだけのまぼろしなのか、いかんせんそこのところが生身の人間の感覚には捉えがたいので、わたしも読者のご推測にまかせたいと思う。

妖精の男たちは、われわれ人間がよく見せる陰気で悲しげなふるまいを真似するか、あるいは想像で真似をするかして、遠くへ旅に出る。それに、かれらのあいだでもたくさんの突発事が起きる。たとえば急な集会、喧嘩、けが、傷、そして葬式が、地上と地中の両方で発生する。かれらはわれわれより寿命が長いが、そうはいっても最後には、すくなくともこの世から消えてなくなる。かれらの信奉する教義のひとつに、ものごとは決して滅びることなく、ただ（太陽や年月と同じように）すべてが多かれ少なかれ輪廻転生し、あらたに進化して生まれ直すのだ、という考え方がある。それからまた、この世に創造された生きものの体は勝手に動くもの（それがある種の生命といえる）だとか、じつは動きまわる体などはあるわけがなくて、そこに別の生きものが宿って動きまわっているだけだ、との考えもある。とにかくそんな調子で、生命の容れものとなり得るもっとも小さな粒子のことにまで話は及ぶ。

妖精の民には貴族の支配者や法律があるけれども、はっきりとした信仰や愛や、万物の生みの親である神への献身といったものは存在しないと噂されている。創造主やイエスの名を聞けば、かれらはかならず姿を消してしまう（イエスに対しては、地中と地上に住むすべての民が、自発的にか、あるいは強制されて、こうべを垂れる）（ピリポ伝第二章十節参照のこと）。それに、聖なるその名を聞いたあとは身勝手なふるまいができなくなる。タイブルスディア、すなわち妖術使いはこの民を使い魔とし、いつでも好きなときに呪文をとなえてかれらを誰の前にも出現させることができる。ちょうどエンドルの魔女がそうしたように、かれらはいつも確実に。妖術使いがいうとおり、人を傷つけるような使いを喜んで引き受けるが、人に良い知らせを伝えに行くことはほとんどしないらしい。妖精がかれの前にあらわれても、その姿にいちいち驚いたりわななないたりしないけれども、しかし（よくあることだが）不意にかれらが出現して胆をつぶすことはある。妖術使いにとっては、そういう目に遭わないことが喜びなのだ。なにしろ妖精のなかにはずいぶんと醜い者もいるのだから。こちらをじっと、不気味に見据える視線や威嚇といったようなものに出会うのは拷問にひとしい。かれらは、備えている力を目いっぱいに使っていつも悪さをしかけるわけでもない。苦痛を与えられることもない。ただいつも黙りこくってふくれっ面をしていることを除けば。しかし噂では、かれらはおもちゃみたいに楽しい本をたくさんもっているそうだが、そうした本の効能は、おどけてコリバント僧（女神キュベレの司祭僧）みたいに大騒ぎに熱中するときにだけあらわれるようだ。ちょうど、前にもっていたよりもさらに軽くて陽気な新しい霊が瞬間的にかれらの中にはいりこみでもしたように、恍惚として踊りまわる姿を見せるときがある。ほかにもバラ十字団の出す本にそっくりの体裁の書物も所有している。が、むろん聖書はもっていない。魔法と魔法返しに使う雑多な本にまじっている場合もあるにはあるが。それでもかれらは自分の身を護ることをしない。かわりにほかの動物をあやつるのだが、人間の武器では傷つけられる心配がないのだから、それでかまわないのだろう。人狼や魔女がもっているほんとうの体は、（自然霊たちが力をあわせて、かれら自身に向けてくりだされた攻撃の威力を長びかせたり倍加させたりするので）、深手を負わせられることがある。しかしアストラル体のどこかが攻撃され傷つけられてさえも——たったひとつの竪琴を弾いたとき、ある種の調和音に反応して近くにある第二の竪琴の弦が共鳴するのとは違って——第二の体などもたないかれらは——じつにがっしりした体をひとつだけもちあわせたかれらは、実際の肉体にまでアストラル体の傷の影響が及ぶこともない。傷つけられたアストラル体は、裂かれてもすぐにもとのように結合する空気みたいに、治ってしまうのだ。あるいは、傷つけられて痛みを感じたとしても、かれら妖精は人間よりもずっと腕のいい医者だから、すぐに傷を治してしまう。重症におちいるわけがない。かれらは齢をとってすこしずつ衰弱し、最後に死ぬだけなのだ。かれらがなぜいつも悲しそうにしているかについては(ルカ記第十三章二—六節に見える人々のように)、ある人にいわせると、もはや変わりようのない輪廻の最終段階に来たとき自分の身がどうなっているか、それが不安でくよくよ考えごとをしつづけるためらしい。また、もしかれらが狂喜して踊りださんばかりになるときでも、その貌は鬼頭(死体の頭)が押し殺した嘲笑の表情をうかべるような、あるいは自分たちが心からそうするというよりもむしろ別の力に強要されていやいや喜ぶかのような、ちょうど舞台で演技するみたいな感じだ。しかし第二の視覚をもつ人々のなかでも、文字の読み書きができず、不用意な観察しかしない者の話は、趣きがちがっている。ある者の見解によれば、地下の民は肉体をすてた魂で、しばしこの下落した境遇にとどまり、生前におこなった善行のおかげで手にはいった体を借り物として使っているという。水のように形が定まらず、流動性があるエーテルの体は、放っておくと拡散してどこかへさまよいだし元の無に帰って消えてしまう魂を、ひとところに止めておくための容器だという。しかし生前にこれといった善行を積まなかった魂は、肉体から脱けでると、動きのとれぬ状態になって眠っていなければならない。さらに、別の意見によれば、低地地方のスコットランド人が生霊と呼び、アイルランド人がタイスないし死者の使い（ときに猛り狂った犬となってあらわれるけれど、もしも十字を切り呪文を唱えるのが間にあえば、瀕死の病人の代わりに他の動物で満足して帰ってゆく）と呼ぶものの正体は、なんのことはない、死期の近づいた人から脱けだした気が外へ出て同じような姿に固まっただけのもの（船や軍隊がときに空中にあらわれるように）でしかなく、これをアストラル体と呼んでいる。風にあおられる野火のように不安定で、魂でもないし、まがいものの精霊でもない。しかし（前にもいったように）、世の中にはたくさんの人がいて、自分たちなりの思惑や主張というものを保持しており、しかも、それらを詳細に突き合わせてみると、人によって意見がまちまちで食い違いもいくつか認められるから、どれがほんとうでどれが偽ものかは、にわかに判断できない。

かれらが使う武器は、まず最も地上的な要素をそなえており、鉄を使うことはほとんどないが、おおかたは石ころを武器にしている。黄色くてやわらかい平石がそれで、逆棘のある矢がしらによく似た形をしている。だがこれを、投槍のようにすさまじい勢いで飛ばすことができる。こうした武器（どうやら人間の技を超えた力と技術で作られたらしい）は、雷のように精妙な性質をいくらかもちあわせており、皮膚を破らずに生きものの急所を襲うことができる。わたしはかつて、動物についた傷を目撃し、手でさわってみたこともある。その結果からいえば、妖精の武器がつけた傷は、まさに髪の毛一本の幅で攻撃する必殺の落雷とは違っていたし、その外見はすくなくとも完全に防ぎようがない傷というふうでもなかった。

第二の視覚をもつ人々は、よそから頼まれて奇妙なものごとを発見するのではなく、発作だとか急の失神を通じ、その一瞬に異常な能力が宿ったかのような状態になってはじめて、妖精を目撃する。そういう力は、ふだんはその人に発現しない。そこでわたしは、ことあるごとにひとりの霊能者と話をし、かれが鉄製の武器で妖精のひとりを二つにたたき切って攻撃を遁れたという告白を、降霊状態での会話のなかで引きだした。が、そのときは、あきらかに両断にしたはずの体がどこにも見あたらなかったという。あるいはまた、妖精と格闘をしたという話も聞いた。隣人たちも、この人物がたまに、ある場所でフッと姿を消してしまい、何時間かするとふたたび姿をあらわし、元の場所からは矢の届くほどの範囲に位置を変えているところを、ちゃんと見届けてもいた。当人の話では、そこへ行くと体が透明になり、地下の民と出喰わして格闘をする羽目になったらしい。いまだ聖化されていない人々（つまりフェイ〔ｆｅｙ、妖精の意味もある〕と呼ばれる人）は、地下の民の武器にやられて傷を負うといわれている。この武器にやられると、人はそれまでの習慣とはまるで違うふるまいをしだし、急に人が変わってしまう。なぜそうなるのか、理由は今でも判然としない。それからまた、不意討ちを受けてもこれを避ける方法がない（自分の力で対決することもできないし、天の助けをもとめることもできない）。第二の視覚をもつ人が、あるとき、たまたま自分のかたわらに立った人が血みどろのすがたになるのを目撃した（むろん、ふつうの人には健康な人間にしか見えないわけだが）。第二の視覚をもつ人は驚いて、その男にむかい、「すぐに逃げろ」と警告した。けれども、ごく当たりまえの男であったその人物は、いくら周囲を眺めても差し迫った危険が感じられなかったので、かれの発見と警告を笑いとばした。しかし笑いとばしたそのくちびるが閉じるが早いか、不意に敵がそばへ跳んできて、例の武器でかれを突いた。ついでに飼い牛もほかの動物も撃った。いわゆるエルフ・ショット（妖精の攻撃）といわれるもので、かれら地下の民は血祭にあげた犠牲の最も純粋な部分――つまりエーリアル体とエーテル体を（むろん、死んだらの話だが）食べて生きている。そこはいちばん霊的な部分で、食べれば寿命が大いにのびるのだ。蒸留酒のひとつに水命というのがあるが、あれと同じように、地上の肉体を解脱して生きる活力を与えてくれる。いずれにしても、こういう攻撃を受けた人を治すには、指に穴をあけるしかない。あたたかな人間の手から流れでてきた霊気が、毒を塗った投矢に対する有効な解毒剤になるのと同じだ。

大気の変化に敏感な体をもち、嵐が来るのを予知できる鳥やけもののように、この透明な民も、自然という名の本によって来たるべきものごとをいち早く予知する能力に、われわれ人間よりずっと長けている。なにしろわれわれ人間は、あらゆる元素の混濁物から出たかすに塗りこめられ、いくらかは純粋な霊の部分も息をつまらせられているのだから、無理もない。そこへゆくと、鹿はずいぶん遠方から、人間や火薬（最近の発明物だが）を嗅ぎあてる。腹を減らした猟師はパンを、ヤマガラスは腐肉を、嗅ぎあてる。清浄で霊妙な空気によって長らく浄められてきたかれらの脳は、ささいな事物に起こるささいな変化さえ見のがさないだろう。そして第二の視覚をもつ人の場合にも、われわれのあいだにまじっている見えない民の動きを予兆として捉え（大いなる摂理によって、天地空の大変事が起こることを警告する任務に邁進し）、人々に次のように訴えてまわるのだ――わたしは見たよ、見るからに健康な人が歩くその脚に、うねうねと翻《ひるがえ》る屍衣が這いのびていこうとしているのを。それはやがて膝へまつわりつき、腹まで這いのぼり、次には肩へ、しまいにはすっぽり頭を覆うのを。でも、ほかの人には見えやしないよ、と。しかもかれは、予兆の各段階が進展していく経過から、いったいいつごろその人間が屍衣をまとうことになるかを、かんたんに計算することができた。そしてかれは、屍衣が頭へ這いのぼったときに、相手に向かって墓場へ行く機が熟したぞと告げてやった。

たくさんの土地に妖精の丘があり、山の民は、そういう場所を歩きまわったり拾いものをしたりすれば、危険なうえに聖所を汚すことにもなると信じている。そこから土か木を持ち帰ると、祖先の魂を自分の家に住まわせることになるそうだ。だからそのために、どの墓地のそばにも、近くに埋められたその死体がまたよみがえるまで魂をおさめておく穴や塚が用意されている。そしてこれが妖精の丘になるのだ。かれらは遠くへ行くときには空気の体を使う。この見えない存在が家のなかを動きまわり、大きな石を放り投げるといわれる。しかしダニエル書第十章十三節にあるとおり、どこにでも人間を護ろうとする親しくて慈悲ぶかい精霊が対抗手段を講じてくれるから、人間が被害に遭うことはあまりない。かれら目に見えぬ存在は、たとえば人を殺したり殺されたり、大けがを負わせたり負わされたりした事実を知らせようとしたり、あるいは生前に埋められたまま忘れてしまった宝のことを知らせたいがために、安らかな眠りにつくことができない不幸な魂たちなのだそうな。そしてかれらは、霊を喚びだした術師にだけそっと打ち明けたあと、安堵して成仏するのだそうだ。

わたしが以前住んでいた土地のとなりで深刻な不作が発生した一六七六年頃のことだ。ある夜二人の女が奇蹟的な幻影の啓示を受けとった。二人はたがいに遠くへだたったところに暮らしていたが、シーブルタハ――つまり〈妖精の丘〉と呼ばれる塚に隠されている宝の幻影を見た。宝が目の前に浮かんだとき、はじめはただの錯覚かと思われたが、そのうちに、その場所を告げる声がはっきりと耳に響いてきたという。そこで二人はがばと寝台から起きあがり、指定された場所へ出かけていったところで偶然に鉢あわせし、おたがいの目的を察しあった。そして力を合わせて塚を掘り、使える金や昔の硬貨の小さなものをたっぷり詰めた一ペック(約九リットルほど)もある大きな容れ物を発見した。それを二人で山分けして、硬貨ひと皿と食糧ひと皿と引き換えに、土地の人々に売りはらった。この話を信用させる物証はずいぶんあり、その硬貨は今なお保管されている。しかしその声の主が良い天使なのか悪い天使なのか、あるいは地下の民か、それとも宝を隠した本人の迷える魂がそれを見つけだし、何らかの目的で女たちに知らせたものなのか、この判断は他の人々にゆだねたいと思う。

かれら地下の民は、言いあいや疑惑や議論、そして反目や偏見をもちあわせている。どんな生きものの中にも無知な連中はいる。また、どんなに幅広い知識の持ち主でも、すべての物事に精通することはできない。悪徳や罪についていえば（ただし、かれら自体の法律がどうなっていようとも、われわれの倫理基準に照らして悪徳は悪徳、罪は罪なのだが）、それに付け加えて自然状態と都市内での公正もふくめて、かれらはそのような基準を無視して不正や不当を犯すこともある。たとえば、すでにいったように、子供のために人間の乳母を奪ってきたり、人間の子をさらったり（どうやらかれらの見えない領地を継がせるためらしい）、いずれの場合もさらわれた子は決して帰ってこない。毒づいたり苛立ったりといったような異常心理には、かれらはそれほど動かされないらしい。うらやみ、いじわる心、偽善、うそ、そして知らんぷりといった振るまいについても同じだ。

われわれの宗教が命ずるところでは、これら深奥なる問題には好奇の目をやみくもに向けてはならぬとかいわれる。そのとおり、古今の歴史は異様なる出来事の明白な事例をたくさん示して、分をわきまえた探究をするように勧めている。たしかに、ピグミー、妖精、ニムフ、セイレーン、亡霊などについては、どれほど多くの書物が書かれたかわからない。真実が書いてあるのはそのうちの十分の一ほどだとしても、しかし火のないところに煙は立たずともいう。

英国の文筆家ですら、グラマーガンシャーにあるドリー島については、岩の割れ目に耳をつければ、うなりを上げる声、槌を打つ音、甲冑のぶつかる響き、鉄剣の打ち交わされる音がはっきり聞きとれるだろう、と書いている。その昔マーリンがかれら地下の民に魔法をかけ、アウレリウス・アムブロシウスとブリトン人にわたす武具をきたえる仕事を命じて、マーリン自身が帰還するまでかれらにそれをつづけさせたのだと。ところがマーリンは戦場に倒れ、帰らぬ人となったために、かれら働きものの鍛冶師たちは、縛を解きに帰ってくるはずの人物を失い、そこで永遠に仕事に精だしているという具合に。

城

―ひとつの寓話―

ジョージ・マクドナルド

Illustrated by Austin Osama
From *The Golden Hind, A Quarterly magazine of Art & Letter*, Vol. 1 No. 4 (1923)

大きな山の裾野の一部をかたちづくる高い崖のいただきに、見上げるほど高い城があった。それがいつ、どうやって建てられたかを知る者も、いなかった。また、城の建てかたについて何ごとかを理解していると公言する者も、いなかった。城を見上げる者はだれも、ああ立派で気高いお城だな、と思った。それに、ある個所が別のところとうまく調和していなくとも、賢明でつつしみぶかい人はそれを不恰好なぞとは呼ばずに、きっとまだわれわれの知らないもっと高度な建築原理にしたがって建てられたのだろう、と考えた。こういう結論にみんなが辿りついた裏には、まだだれも建物のぜんたいを見とどけたものがいないという事実があずかっていた。事実、建物のうちでもいちばんよく人目に触れている部分ですら、山から湧いてくる厚い霧のとばりにいつもどこかが覆いかくされていたし、また太陽がこの霧の上から輝きでると、蒸気のとばりを通して見える建物のその部分は、うすぼんやりと見えるだけにかえって奇妙な神々しさを帯び、おかげでそれが夕暮れの国に建つ天の宮殿の一部に含まれているのではないか、と思えるほどだった。だから、城を見る者たちにすれば、そういう部分は以前に見たことのあるものなのか、それとも今はじめてごく一部が垣間みえたものなのか、それを区別することがほとんどできなかった。

もちろん、城のなかに人は住んでいたけれど、内部がいったいどういう造りになっているのか知りたくとも、それを知る術がまるでなかった。そこに住んでいる人々でさえ、ときによると、今までにはいったことのない部屋を見つけるありさまで、それも一度や二度は、はるか大昔からおぼろげな伝説としてだけ伝わっていた完全なひと続きの部屋（寝室、化粧室、ホールなどがセットになった一区画）が見つかったりした。人によっては、ある日とつぜん、すばらしい宝物類がいっぱいに詰まった秘密の部屋が見つかって、そのなかからソロモンの指輪が出てくるにちがいない、と期待することもあった。ソロモンの指輪はもう何世紀にもわたって地上から姿を消していたのだが、精霊を支配する力をもち、それを手にいれれば、だれしもなりたいと願っている〈世界の王〉になれるという噂だった。また、ときによると、これまでだれ一人上がったことのない、うねうねと延びる狭い階段をのぼっていって、新しい尖塔に辿りつき、そこから下を覗いてみたら、まわりを囲む土地の目新しい眺望が、正面にパッとひろがることもあった。こうした尖塔が、いったいあとどのくらいあるのか、またどのくらい高くなるのか、だれにも見当がつかなかった。それどころか、城が礎としている岩盤についても、ちょっとやそっとの調査で大きさが分かるような生やさしい広さではなかった。この方面の探索におもむいた家族の一党は、納骨堂と地下通路が迷路みたいにあって、それに、下へ下へとつづく果てしない階段がひとつの地下面からまたさらに深い地下面へとつづいているのを見て、結局のところ山全体がこんな調子に彫りこまれ、掘り抜かれているのだと、結論を下さざるを得ないほどだった。またかれらは、こうした恐ろしい地下世界には想像もおよばないような生きものがいることを、ぼんやりとだが感じとっていた。かつて探索の手が、とある大きな黒い淵のみぎわにまで伸びたことがあったけれど、黒い闇以外には何ひとつ見えなかった。かれらは恐ろしさのあまり尻尾を巻いて引きあげた。というのも、ふいにかれらの心に、この淵が地球の中心そのものにまで届いているにちがいないと直観したからだった。考えてみれば、今までつづけてきた探索は単にその上っ面を撫でてきただけのこと。そう、目の前にあらわれたその恐ろしい暗闇は、神秘的でしかも人間の理解を超えている上に、星さえも光らないはるか遠い空ろな空間と、関係をむすんでいるにちがいなかった。

城がたっている崖のふもと、それもごく少数の道を除いたら辿ってゆくこともできないところに、深い池があった。周囲を高い崖に囲まれており、水そのものは夜空のように澄んでいるのに、崖の影をうけているせいでとても黒くみえた。城にあるひとつの扉(それがここへはいるための唯一の入口だった)からは、岩を彫りあげた広い階段が伸びて、池へと下っていき、その水面に消えていた。人の噂によると、その石段は池の底そのものにまで達しているということだ。

さて、この城には兄弟と姉妹からなる一系の大家族が住んでいた。だれも、自分たちの父と母を見た者がなかった。若い子どもたちは、年上の兄さん姉さんから教育をうけ、それにみんな誰とも知れない人がやってくれる世話と管理の下で暮らしていたが、そういう暮らしに慣れすぎているせいで、そのからくりについてはほとんど関心を示さず、名なしの権兵衛(nobodyは「誰でもない」の意)が世話をやいてくれるのだろうと思っていた。手助けや進歩や喜びや愛などは、まるで〈混沌〉や年老いた〈夜〉が勝手に与えてくれる自然の恵みにしか思えなかった。しかし伝説は言う——いつかある日(それがいつかはまるで分からない)家族の父がやってきて、そのときに城はだれもいなくなるのだ、と。なぜなら、父は、どこに住んでいるかは分からないにしても、まだちゃんと生きているからなのだ。そういう日がくるまで、残った兄弟姉妹たちは差しあたって、いちばん年長の兄に従い、相談役たちの言うことに耳を貸さなければならなかった。

それでも、家族のほとんどは、みんなで〈自由〉と呼んでいる状態をとても愛したし、別に決まりも強制もなく好きなように行ったり来たり、のぼったり降りたり、ぐるぐる回ったりしてそこらを駈けめぐることを好んだ。それだけにかれらは、みんなが〈兄の横暴〉と名づけた状態に堪えられなかった。一度だれかが、年長の兄さんはわれわれ家族の一員にすぎないから、べつに言いつけどおりにしなくともいいんだよ、と言った。すると別の一人が、いや兄さんはほかの人と違う、だからぼくたちのことが理解できないのだし、こちらだって兄さんに従うことはないのだよ、と言った。それでもときおり、兄がやってきてみんなの顔をまじまじと見ると、弟や妹たちはちぢみあがり、言いつけに背を向けられなくなるのだった。なぜなら、兄は堂々としていて、厳しく、しかも力が強かったから。いちばん年長の妹を除くと、心から兄を愛する者はいなかった。そしてその妹はとても美しく寡黙な性質《たち》で、その目の光りかたには、どこか瞳のうしろの奥ふかくに光が宿っているような印象を与えるものがあった。でも、兄を愛しているこの妹でさえ、たまにはかれをとても厳しい人だと思うことがあった。というのも、兄はいちどでも物ごとをこうだと明言したら最後、決してその考えをあらためなかったからだ。だから彼女も、たまには兄を忘れて自分のやりかたに従い、兄のいないところでひとりそっと楽しんだ。ただし、この兄は、ほとんどの弟妹たちにとってある意味の〈見張り人〉であった。〈見張り人〉の役めは、家族の秩序を保つことにあった。だからみんなは怒りを感じ、兄を嫌った。それでも、兄には服従しなければならないという変にうしろめたい感じを、全員が抱いていた。それで、いちどでもはっきりと兄を無視する行動に出たことのある者は、いつか父がこの家に帰ってくるという古い噂を、とても平静に受け取れぬようになった。けれど実際は、そんな古い話や父のことを、だれも真面目には考えていなかった。どだい、毎日ちゃんと顔を合わせる兄をも軽んじているほどの家族が、なんで一度も会ったことのない父の噂を気になぞするものか――みんなが兄のことで口にする主な不満というのは、要するにかれが楽しい勉強や道楽を邪魔するところにあった。かれが口うるさく言うのは、そうしたつまらない楽しみに熱をあげていないで、身のまわりにあるたくさんの驚きのなかから、喜びではなく真実を見つけなさいということだけだったのだ。みんなが真実の追究以外の勉強に戻ったり、楽しく暮らしたりするのを、兄は許さなかった。そうではなく、せっかくの勉強なら最高のものをもとめることにまず集中し、その後でおのおのその価値と気高さに従って別の対象にも目を向ければいい、と。でも、この言いつけは、自分たちより気高いものになぞ関心をもたない家族の目には、味もそっけもない命令としか映らないのだった。そして情況は、しばらくこんな調子ですんだ。兄がいなければ、もっといい目がみられるのに、と家族は思い、一方兄のほうは、自分がいなければ何もできない弟妹たちだと心配しながらも、自分の手にゆだねられた仕事を果たすことに心をくだきつづけた。

そしてついに、ある日、手あたり次第に隣人を招待していちばん豪華な部屋で大宴会を催そうという考えが、同時にみんなの頭に浮かんでしまい、そのことで一堂に集まって相談がもたれることになった。いや、隣人どころではなく、天でも地でもおよそ人の住んでいる場所から、来られる人をすべて呼び集めようとした。かれらはたいそう気位が高かったから、疑いもなく地上で最高の宮殿に住んでいると信じている自分たちのことを悪く言うような連中が、わずかでもまぎれ込むだろうなどというふうに、誰ひとり考えもしなかった。しかし事態をもっと悪くしたのは、こうした部屋べやがかならず城の持ち主にだけ使われていくようにと命じた古い伝説の存在だった。たしかにそのとおりで、家族たちはその部屋にはいるたびに、あまりの気高さとすばらしさにすっかり心を奪われて、いつもかならずその古い伝説を思いだし、話の内容を信じずにはいられなかったのだから。もちろん兄は、家族の者たちが今それを忘れることを許さなかった。けれど、まさか邪魔されることはあるまいと安心しきっていた家族のあいだに、突然割ってはいってきた兄が、みんなを叱りつけたのには驚かされた。だれでもいいから呼び集めろという無鉄砲ぶりもさることながら、問題の夕べに招かれてくる人びとはもちろんのこと、どこの馬の骨とも知れない人間を、まだ見ぬ父にしか使えない神聖な部屋にはいりこませようという企てが、兄には我慢できなかったのだ。ただ、あいにくなことに、そうでなくとも誘惑的な大宴会の浮かれ騒ぎに話が盛り上がって興奮した家族たちは、せっかくの楽しみを奪いとられたと思いこんで怒りだし、おたがいに目を見かわしあった。そしてどの目も、こう言った――「おれたちのほうが大勢で、兄さんは一人だ。力を合わせて兄さんを追いだしてしまおう。兄さんはいつも粗《アラ》ばかり探して、おれたちがあんなに無邪気に楽しみを味わおうとしているのを邪魔した――まるで、おれたちが悪さをしたがっているかのようにだ！」

そうしてひと言も声を出さずに、全員が兄の上に押し寄せた。かれは家族のだれより強かったのだが、はじめこそ応戦できても最後には数の力に押しつぶされた。ほんとうのところ、家族のなかには、兄が力に屈するよりもずっと前に自分から抵抗しなくなったことに勘づいた者がいたし、もっと気の弱い家族はこの無抵抗ぶりをかえって恐ろしがった。ともかく弟妹たちは兄を縛りあげ、たくさんの階段を伝って地下へ運び降ろした。壁に鉄の鉤がついた地下納骨堂があり、そこには錆びついた分厚い鎖がついていたことを思いだして、かれらは兄をそこへ連れていき、鎖でぐるぐる巻きにした。そして兄をそこに残すと、城の上階へ出ていくときに、大きくて窪みだらけの青銅扉を閉めていった。

さて、宴の準備にどこもかしこも騒がしくなった。だれもが、来たるべき大宴会のことを噂しあった。ところがだれも、自分はこれこれのことをやったと、具体的な行動の話をする者がいない。それで、ふいにひとりの顔が蒼白になった。それからまたひとりが。けれどその蒼白さはいつか消えてしまい、もうだれもそのことを気にしなくなって、前以上に精力的に、ひたすら行きあたりばったりの仕事にはげむだけになった。近隣から遠方まで遣いが放たれた。しかし特定の個人や家族に対してではなく、人の集まる場所なら手当り次第にお触れを出して、定められた日に来て、そのあと何日か城の住人のもてなしを享けようと思う者はだれでも歓迎すると公けにしただけであった。招待に応えるために、たくさんの人がすぐさま準備に取りかかった。しかし近隣のうちでもとりわけ高貴をもって聞こえる名士たちは、出席をことわった。それも、べつに誇りが許さないからというのでなく、宴会の開きかたの無鉄砲さと不作法さによるものだった。なかには、主人みずからがやってきて正式に出席を乞う場合を除いては決して他人の館に出向いてはいけないということを、古くから家系の法度としているところもあった。またなかには、あそこに住んでいる人々の正体をよく承知しており、かれらの外見にどうしても虫の好かないところがあったせいで、一時もあの家族と一緒にはいられないという思いから、即座に出席をこばんだ人もいた。それでも、たくさんの人が(派手好きなばかりでなく美しくて無垢な人々も決して少なくなかった）出席することを承諾した。

そのあいだに城の大部屋は準備万端ととのった——すなわち、かれら家族たちが飾りものをして、せっかくの部屋をかえって見苦しくしたのだった。なぜならば、平素からあたりに厳しさと気高さとをただよわせている部屋べやは、ふつうの人が広い空の下や丘や雲のなかを歩くときに感じるあの自由や解放感をもって、あっという間に部屋べやを歩きまわってしまう尻の軽い家族たちにとってみると、最初から相応しくないものだったからだ。ある日、職人たちが忙しくたち働いているときに、すでにお話しておいたいちばん年長の妹が、たまたま理由もなく大部屋にはいってきた。すると突然に、壮大な広間にかかわる聖なる想いが湧いてきて、彼女の心をとりこにした。ごてごてと飾った装飾類が目の前から消え去って、彼女はまるで父の面前に立っているかのような気持になった。それで、すぐにひざまずき、へりくだりの心を示した。すると急にその想いが薄れて消え去り、部屋の気品をそこなうけばけばしい花綵模様やつづれ織りや絵画だけが目に映った。彼女は泣きくずれ、急いで外に走りでた。仕事をやめさせるにはあまりに遅すぎた。もう止めようにも止まらない。今はひたすら来たるべき楽しみのことだけに熱中している家族たちにとって、彼女はただの予言者カサンドラ（ギリシャ神話に出てくるトロイの女予言者。転じて運命を予言する女の意）にすぎなかった。運のわるいことに、兄が投獄されたとき、彼女は現場に居あわせなかった。事実、数日間というもの自分のことに忙殺されていたから、城のなかでどんなことが起きているかをろくに注意していなかった。

ただかれらは一人残らず、全員が集まる宴には当然彼女もあらわれるだろうと思いこんでいた。それに、なにか行動を起こす場合は、ときに応じて彼女に忠告をしてもらう習慣まであったのだから。

とうとう待ちあぐねた日がやってきて、参会者が集まりだした。暑い夏の夕べだった。暗い池が西のほうに薔薇色の雲を映しだし、そのあかね色のあいだを、思いおもいに彩った旗をかかげる派手な色合いの小舟が、列をつくって、城のある苔むした岩にむかってすすんできた。樹や花はすでに眠りに落ちたらしく、甘い夢の吐息をはきだしていた。笑い声と低いささやき声が池のなかから湧きあがって、高い窓から客を待ちうけていた若者や娘たちの耳にとどいた。かれらは広い踊り場に降りて、参会者を迎えるために扉の前の階段のいちばん上に立った。夕べの宴はゆっくりと始まった。目にも口もとにも同じ笑みが浮かんで、それが参会しはじめた人々のあいだを光線のように飛び交った。どことも分からない源から発して、あるときは波のようにうねり、またあるときは漣《さざなみ》のように寄せて、天井の高い部屋べやを満たした空気の海を伝ってくる音楽。それに舞踏用の広間では、手に手をとった人々の姿と動作とが、内に籠った音楽にあわせて鋳型に嵌められたように固まったり、またそれが解けたりすると、音楽はもはや客たちを踊らせるだけではなくなって、まるでその場の支配霊みたいに、新しい舞踏のための新しい楽曲が湧きあがるよりも先に、目新しくてその場に相応しい香りをふり撒き、高だかと掲げられたランプにともった炎にも新しくふさわしい彩りを添えたのだった。拍子をとりつづける踊り手の足の下で、床がたわんだ。しかし家族のうちには、その夕べに二度めの驚きを味わう者が出て、一家の特徴としてあらわれる蒼白さが、ときにはその顔にあふれた。それも無理はなかった。踊っていると、かれらの足の重みに床が応えてかすかに浮きあがるかのように、下から応力がはたらくのを、足許に感じたからだった。そして宴のあいだじゅう、年長の兄は地下牢に横たわっていた。王侯貴族がずらりと座をかこんだなか、目の前でヘロディアスの娘（サロメのこと）が踊りくるっているというのに、ヘロデ王の城にひとり閉じこめられていた洗礼者ヨハネ（ヨハネは捕えられて、サロメの願いにより首を斬り落とされる）さながらに。外では、だれの気も魅かない暗い夜が城のまわりをしっかり取り囲んでいた。雲がまわりから湧きあがり、今は頭上に群れ集まっていたからだ。めったに訪れない音楽の途切れめの折りに、かれらは寂しげな風のたてるごうごうという唸りをたまに耳にしたけれど、それがどこから吹きそめどこへ吹き去るのか、知ろうとも思わなかった。それがどこで生まれてどこで消えるのか、想像もつかなかったし、興味もなかった。

しかし宴が最高頂に達したとき、俗っぽい喜びを力としてごく上辺にだけ創られた頼りないかりそめの自信も絶頂に達し、とつぜん落雷の音を発して音楽を中断させた。まるで荒れ狂う海のひびきを雷鳴が掻き消すかのように。窓が破れ、どっと雨が降りこんで、押し寄せる風のうねりに乗るかのように水が広間のなかへ流れこんだ。光が吹き消された。そして今は内部のすっかり暗くなった大部屋が、頭上を覆う闇の空から閃いた目くるめく光の矢のせいで、逆にいっそう暗くなった。窓の外を覗く勇気をもっていた者たちは、息もつがさずに閃く光の噴射の青い輝きを頼りに、崖のふもとにある池を見た。いつもはあんなに静かであんなに暗い池が、明るく照らしだされている。それも水面だけでなく、水底までの深さの半分が見透かせた。だから、池の水は風にあおられ、這いうねる炎にさんざめく火の海か、それとも白熱を受けて半ば溶けた真鍮の大へビのように揺らぎだし、まるで大地と空とがいっぺんに光を放って、炎をあげる稲妻の共通の源に一変したかのようになって、その強烈な螢光さえも透明な水の下からあふれでてくるかと見まごうほどになった。

さっきまでは音楽のみちびくがままにその形をつくる生きた粘土細工だったかれらの動きは、とたんに乱れた。もとの個々人に戻って、一体化していた魂も消えうせて、みんな濡れそぼち凍りつき、口もきけずに、まつわりつく夜もかまわず立ちつくした。光、秩序、調和、そして目的がどこかへなくなって、代わりに混沌が力をとり戻した。生命の流れが凍りつき息絶えて、もとの源へ逆流していった。そしてどの心にも、これこそがただひとつの現実であって、さっきまでは夢物語であったことを絶望とともに認めるという、いちばん性質の悪い確信がとり憑いていてしまった。いちばん年長の妹は手を握りしめ頭を垂れて立ちつくして、まるで次に起こるできごとを待つかのように、言葉もなく震えわなないていた。けれど、長く待つ必要はなかった。恐ろしい閃光と雷鳴とが城を揺るがした。そしてそれにつづいた息抜きの静寂のなか、彼女はその鋭い耳で、はるか地下から鎖の鳴る音がひびいてくるのを聞きつけた。それからじきに、鉄のひびきにつづいて重々しい足音が耳に伝わってきた。兄さんが近くまで上がってきたのだわ、と彼女は思った。闇のなかではあったけれど、厚く覆った新しい雲の怪物が吼え狂うなかで、兄が部屋にはいってくるのを彼女は知った。一瞬のち、怒りくるった青い光がたてつづけに明滅しはじめ、数瞬のあいだその状態をつづけて、人々のただなかに立った兄の姿を照らしだした。気味わるく、いかめしく、しかも身動きせずに、兄は立っていた。髪の毛もあごひげも伸び放題だった。顔は蒼白くて、目も大きく空ろだ。光が、まるで中心に集中するかのようにかれの周囲に集まっていった。実際、光は頭上の嵐の空からではなくて、かれの体から放射され、明滅するのだと信じこむ者も、いたほどだった。落雷が牢の壁を切り裂いて、ガードルみたいにかれをぎりぎり巻きにした鎖の先についた鉄の鉤をうち壊したのだ。かれはその手に鉄の枷棒を握りしめていた。納骨堂の床から拾いあげたものだった。嵐のどんな烈しさよりもかれの貌のすごさに恐れおののいて、参会者たちは金切り声や泣き声をいっせいにあげながら、嵐の夜のなかに駆けでていった。嵐がすこしずつ弱まって、最後の閃光が、顔を床に埋めてひれ伏す弟や妹たちを照らしだした。それから、かれらのまんなかで仁王立ちになった恐ろしい人影も。

夜があけた。だのに弟や妹は倒れたままで、兄もそこに立ちつづけた。しかしかれの口から言葉が出ると、みんなは立ちあがり、おどおどとはしていたけれど思いおもいの義務を果たしに立ち去った。いちばん年長の妹が最後に起きあがった。立ちあがって自室にもどり着くまでには、ほんとうに必死の力をふりしぼらなければならなかったので、戻ったとたんに彼女はまた床に倒れ伏した。そうして、何日もそこに横たわりつづけた。兄の命令で、例の宴の大部屋は付属の部屋も含めてすっかり扉を閉ざされた。子どもじみた飾りものもそのまま、こわれた窓からまだ雨が降りこむのもかまわず、何にも手をつけずに。「こうやって放りだしておけ」と、兄は言った。「雨と霜とが塗料やつづれ織りを剥がして部屋べやを浄めてくれるまでは。あの広間の柱や拱門を傷つけたりできる嵐はないからな」

この一日は重たい気分で過ぎていった。嵐は去ったのに、雨だけは残った。熱情が失せて、あとには涙だけが残った。どんよりして暗い、霧みたいな低い雲が城と池を覆い、近隣の目からすっかり隠しこんでしまった。かれらが知っているうちでいちばん高い尖塔に登っても、そこにはまつわりつくような蒸気の衣が張りめぐらされているだけで、目を洗い心に希望をもたらすものは何ひとつ見えなかった。ほかの塔に比べて楽に百フィートは高く聳えたった高い尖塔が、ひとつ立っていた。そこからだと、下にある黒い雲塊を寝台代わりにして寝そべる白霧が見えた。しかし不運なことに、その塔はまだ家族が見つけだしていないものだった。そのすぐ傍らにあるもう一本の塔にしても、その頂上の部分はまだ見た者がいなかったし、じじつ見えるはずもなかった。というのは、天のいちばん高みにある雲がいつもそのまわりに群らがっていたのだから。外では、決して大雨ではなかったけれど、ずっと雨が降りがつづいていた。また城内にも、魂の雨ともいえる涙を落す雲があった。生きることの楽しさなどは、あのときを限りにみんな消えてなくなったようだった。夏の喜びを忘れ果て、春の訪れを知らせる風の吐息をまだ嗅がない、丸坊主の樹みたいにして、魂たちは暮らした。かれらは機械みたいに動きまわり、死のうという気持になるほどの力も残っていなかった。

次の日は雲がさらに高くなり、尖塔にあいた穴を通して少なからぬ風が吹きこんできたので、家族たちの手がけたまだガラスも嵌まらない応急の修繕では、澄んだ空をわたってくる大風をとても閉めだせやしなかった。その日一日、兄は家族の者たちを一人びとりつかまえては、やさしい言いかたで細ごまと指図を出すのにいそがしかった。かれらは黙って言いつけに従った。大部屋の穴やこわれた窓から、また風が冷たく吹きこんできて、どことも知れぬ通路を伝いながら、熱く泣きはらした眼と顔を次々に撫でていった。そして顔という顔を冷やし、やさしく祝福した。――次の日太陽がのぼったとき、空は一面に晴れわたっていた。

すこしずつ、何もかもが元の柔順な暮らしに戻っていった。その柔順さとともに、自由が増していった。一家のなかでもうら若い弟たちの足音が、以前よりもさらに軽やかに、しかもすばやく、階段や通廊に鳴りひびくようになった。兄は、投獄されたとき顔に捺されたあの恐ろしい表情をすっかり消して、口にする指図もずっとやさしくなり、ときには笑みさえ浮かべるようになった。こんなことは、家族がこれまでに経験した例《ためし》さえなかった。兄の存在はいつのまにか家じゅうに滲みわたり、勉学にいそしんでいる折りになどふと目を上げると、ついさっきまでは人影も見えなかった自分のかたわらに、いつの間にか兄が来て立っているのに出くわしても、だれひとり驚かなくなった。それに、多少の畏れはまだ残っていたけれど、そんなものは、愛の絆がしっかり結ばれれば、いずれ早ばやと消えてなくなる運命にあった。兄は、ただ頭ごなしに言いつけを出す方法を改めて、いつもまず弟妹たちを教えさとし、ときにはかれらが自分から方針や目標を変えるように仕向けた。家族のなかに早ばやとあらわれた変化は、目をみはるほどだった。だれの顔にも、ずっと素直で気品ある表情が浮かぶようになった。弟たちの声に落ち着きが増し、さらにその落ち着きに、以前とはくらべものにならない妹たちへのいたわりがあふれるように見えはじめた。一方、妹たちの声はやさしく愛らしくなり、同時にずっとしっかりとして、曖昧なところがなくなった。また瞳には、まるで内奥の眼の表情を外にまであらわしたような輝きが宿ることも、たまにあった。二人の目と目がふと合ったりすると、そこに交わされる表情には、どちらも同じことを言いあらわす揺ぎようのない確信が浮かんだ。しかしこの変化はもちろん、外からは見えないにしても、個々人の心のなかにいっそう明白にあらわれていたのだった。

たとえば、弟のうちの一人はたいへん天文学が好きだった。ほかを抜きんでて高い尖塔の上に、北東方角に向けた観測室をもっていた。けれどこれまでのところ、かれがいくら〈天文学〉なんぞと言ってみても、その実は占星術に毛の生えた程度のものにすぎなかった。それに、どちらかと言えば澄みわたった天よりも地球の大気のなかに含まれる、火を噴く流れ星のすばやい行跡を追いかけて天体望遠鏡を向ける姿が、よく見受けられたものなのだ。かれは、大気の星（流れ星の尾は地球の大気と接触して発生するので、マクドナルドは〈大気の星〉と言っている）が宇宙の星とはちがうのだということを、学んでおくべきだった。いや、一度なぞは遠い丘で燃えているヒースの火の斑を、長い望遠鏡を使ってしきりに眺めているのを見つけられて、兄を驚かせたこともあった。ところが今は、朝から晩まで、星にかかわる真正な法則をさぐることに熱中していた。陽光のとばりが、日がな一日覆いかくしていた天の世界の前からまた上がりはじめるころになると、神秘的な自然の調和に目をこらす人にふさわしい厳かな顔をして、観測器具を用意しているかれの姿が、見受けられるようになった。今はもう、法則と秩序と真実とがどういうものか、共感と調和とがどういうものかを、学んでいた。どういうふうにして個々人が、法則と自由とが同一化するようなはるかに高い境地をきわめたらいいか、また何ものにも束縛されないほんとうに確かな存在をどう見つけたらいいかも、今はりっぱに心得ていた。こうしてかれは地球に立って、天を眺めた。

また別の一人で、城の礎にある洞や隠し部屋を探索する役めを主に与えられている弟は、コンパスと定規を使って長らく製作中の地図を相手にたゆまぬ努力を重ねている姿が、よく見かけられたものだが、そのかれはある日、礎がどうなっているかを知るには城の上の部分に登らなければならないのだ、という結論にたどりついた。そこで、登っていける塔のなかでもいちばん高い塔へ登って、城の下がどうなっているかを一望のもとに見わたせば、地下の部屋べやを一年間さまようよりもはるかに確かな城の内部構造が分かるはずだ、いやそれがいちばん効果のある手立てだろう、と考えた。しかし事実は、かれの内心に目ざめた城の上へ登ろうという望みばかりが強くなって、城の礎はどうなっているかという肝心の目的を忘れさせてしまったのだった。それでかれは、すくなくとも一時、製作中の地図をうち棄てていたのだが、今は人が変わったように上階のあらゆる部分をめぐり、ときにはこちら、ときにはあちらと方角を変えながら苦労して上へ上へと登っていき、その途みちで城の外のほんとうの地形をはっきりと見わたせる最適の場所を探しまわっていた。

こうして家族の人々は、みんなそれぞれに違った方向から考え抜こうとしている対象が、実は同じものであったことに気づいた。おたがいに探りあてたものを持ち寄ってみると、その類似がいよいよはっきりするのだ。ある事実が、また別の事実の成り立ちを説明する役に立って、それをつなぎあわせると今度は三ばんめの事実が説きあかされるといったことが、よく起こった。かれらはいっそう仲良くなり、いたわり合って協力するようになった。それでときによると、一人がまた別の一人を振り返って、びっくりしたような声で、「やあ、きみはわたしの弟なんだな！」とか、「おや、あなたはわたしの妹なのね！」と言うことが、よく起こった。そんなことならいつも頭にはいっていたはずなのに、今はそれが実感に変わりだしたのだった。

変化はみんなに滲みわたった。愛らしい音を糧として生きて、ほとんどいつも竪琴だとかそのほかの楽器のそばに坐っていた一人は、あの嵐がやってくるまで、たまに悲しそうなふりをすることがあっても、たいがいは陽気に楽器をかなでていた。ところが嵐のあとは長いこと泣いて暮らしがちになり、新たな涙を流したあとは過去をなつかしみ、幼いころに聞いた素朴な小曲をかなでてばかりいるようになった。けれど程なくして、彼女の調べに新しい色合いがあらわれはじめた。以前よりもっと夢幻的になったけれど、ときによると心の悲しみがみんなそこに出ていて、その代わりに期待と希《ねが》いとがない混ぜに合わさっているのだ。過去と未来とがひとつに溶け合い、思い出が雨雲を喚ぶ一方で、期待が胸に虹を投げかけた――そして何もかもがその調べのなかで声をあげ、それが高く大きくふくらみ、ときには挑戦の色を帯びたり、またときには勝利の輝きへと高まったりした。そうして涙の雨となり、はたと途絶えるのだ。

いちばん年長の妹に話を戻そう。彼女が衝撃から回復するまでには、何日もの日数を必要とした。けれどある日とうとう、兄が彼女のところにやってきて、彼女の手を把った。そうして、開けた窓に連れていき、その傍らに坐って外を眺めてごらん、と彼女に言った。妹はそのとおりにした。だのに、はじめはなさけ容赦のない陽光のほかには何ひとつ目に映らなかった。でも、そうやってみつめているうちに、地平線がぐんとひろがって、空の丸天井も高みへと昇っていき、しまいには情景のすばらしさが彼女の心を捉え、彼女を泣きくずれさせた。今は天がやさしく彼女を包んで、広びろとした雲の腕を伸ばしてその身を抱擁してくれるように感じられた。大地は、限りない愛を秘めた胸のように、彼女の下にひろがり、風が薔薇の香りをのせてその頬へ口づけを送った。妹は起きあがって、父の顔が見えるのではないかという痛いほどの予感を味わいながら、うしろを振りむいた。けれどそこには、やさしく静かに彼女の心の動きを見守っている兄が立っているだけだった。彼女はまた窓に顔をもどした。丘のいただきに、空が接していた。天と地とはひとつだった。そしてある予言が、彼女の心に浮かんだ――天と地のはざまから、父の足音が近づいてくるのだと。

これまでの彼女といったら、美しさのほかは何も目に映らない女であった。しかし今は、真実が見えた。こういう雲を見たことは、以前にも何度かあったし、風に吹かれて雲がつくりだす奇妙な美しい曲線も大好きだった。お気に入りの小さな妹が、そこに珍しい動物の姿が見えると言っては一生懸命にその形を教えようとすると、彼女はその子に向かって、よく微笑みを返したものだった。ところが今は、その雲が、生まれ変わった彼女を祝福する天使の列に変わっていた。なぜなら、雲たちは彼女の心に、美しさと真実と愛とについての歌を、うたってきかせたからだった。彼女は下に目をやった。するとそばに、お気に入りの小さな妹がひざまずいていた。

この小さな妹は、黒くて輝かしい目と黒髪とをもつ、ふしぎな子だった。うつろう風のように移り気で、浮かれ屋のこわいもの知らずな娘で、微笑むよりは大笑いするほうが多かった。たいていは姉のそばにくっついていて、いつも珍しいものを見つけては彼女のところに持ってくるのだった。べつにサクランソウを手折るわけではないが、どのランがどこに生えている、などといったことをぜんぶ知っていて、その花畑から数かぎりない蜂や蝶を取ってきては、姉へのおみやげにした。珍しい蛾や土螢《つちぼたる》が、とくにこの子を喜ばせた。そして土螢にそっくりだからという理由で、星も大好きだった。ところが、彼女にもまた変化がみまった。姉が見ると、その子の目からは輝かしい表情が消えていて、ずっと潤いにあふれ澄みわたった光があらわれたからだった。そして、それからというもの、あの華やかさがぐんと落ち着いた優しさに変わってきて、微笑むことが多くなり、その分だけ鈴のような笑い声が減ってきたのに、姉は気づいた。あいかわらずのやんちゃ屋だったけれど、身ごなしにどことなく優雅さが加わり、その声にも旋律がはっきり聞き取れるようになった。それに、姉にまつわりつくやり方が、前とは比べものにならないほど親しげになった。

大地は、あたたかい夏の日々に抱かれて安らいでいた。天の雲が城の塔のまわりに巣を張った。そして家族たちの心にも、あたたかい大気——愛の存在が感じられるようになった。かれらは、母親のいる家庭の子どもたちみたいな気分になりはじめた。みんなの顔や体つきが日に日に美しくなっていって、とうとうお互いにみつめ合って驚くほどになった。城の中庭を歩いたり、城の外を散策したりする折に、かれらはよく（とくにいちばん年長の妹に多いできごとだったが）、自分ら以外にはだれも聞けない音が、森や池から流れてくるのを耳にした。花や草や大岩から輝きでた愛の人形《ひとがた》を見かけることも、よくあった。ときには、うら若い子どもたちが、急がされぬ堂々とした足取りでやってきて、どんな自然物も呑みこんでしまいかねないほどに大きな瞳を見ひらいて、樹々のあいだに父さんを見たよ、ぼくたちにキスしてくれたんだよ、と知らせることもあった。「するとね」と、あるとき一人の子が言い添えた。「ぼくはとっても大きくなったんだよ！」しかし別の家族たちが確かめにいくと、そこにはだれもいないのだった。それで、ある弟はこう言った、あれはきっと兄さんだよ、日に日にきれいに親しく、しかも立派になっていって、とうとう昔のとげとげした表情が消えてしまったからね、だから今思うと、ぼくたちが兄さんのことを厳しくて冷たい人だと考えていたなんて嘘のようじゃないか、と。けれどいちばん年長の妹は沈黙を守っていた。そして目を上げると、涙をいっぱい浮かべているのが窺えた。「ほんとうのところはだれにも分からないわ」と、彼女は思った。「でも小さな子どもたちはわたくしたちよりもずっと、そのことをよく知っているのだわ」

日の出どきには、まだ見ぬ父にささげる家族たちの賛歌が、よく聞こえることがある。みんなはまだ父の姿を見ていないが、すぐ近くまで来ていることを感じとっていたのだ。だから一度、愛らしい音を上に向かって吹きあげる吹雪のなかにでもいるように、かれらがその歌声を浮き流させたあの旋律のひだを通して、いくらかの言葉がわたしの耳に届いたことはあった。そしてここに書きとめるのは、そうした言葉のうちでわたしに聞きとれたものなのだ――いや、わたしのこの耳を右から左に通り抜けてしまったらしい内容もたくさんあって、それらがいったい何と言っていたのか聞きとることはできなかったのだが。また聞きとることはできても、それをもう一度自分の口で繰り返して言えないものも、いくつかあった。

「わたしたちが創造主でなく父をもったことを、あなたに感謝いたします。あなたがわたしたちを土くれ人形のように鋳型にはめて創りだしたのでなく、産みだしてくださったことに感謝します。そしてわたしたちがあなたの手から作られたのでなく、あなたの心から産みだされたことを。たしかに、そうでなければならないのです。ただ父の心だけが創造する力に恵まれています。わたしたちはそのなかで喜びを得るのです。そしてわたしたちがその真実を知っていることを、あなたに感謝いたします。わたしたちは、あなたがこの世におられることに、感謝いたします。あなたがどのような存在でもかまいません――わたしたちの根でも生命でも、はじまりでも終わりでも、わたしたちのすべてのすべてであっても、かまいません。わたしたちの許にお戻りください。あなたは生きておられます。だからこそ、わたしたちに生命があるのです。あなたの光のなかで、わたしたちはものごとを見ます。あなたこそは――わたしたちの歌のすべてです」

こうしてかれらは祈りをささげ、愛し、待ちのぞんでいる。かれらの希いと期待は日に日に強く、明かるくなる。このままでいけば、程ならずして、父がみんなのなかに立ちあらわれ、以後はとこしえに自分の住いに腰をおちつけるその日が、やってくるだろう。かつてはただの古い伝説にすぎなかったものが、今ではみんなの心をひとつにする希望となった。

そして、いちばん気高い希望というものは、いつかかならず実現することになっている。

お目当ちがい

ジョージ・マクドナルド

Illustrated by Arthur Hughes
From "Cross Purpose" in *Dealing with the Fairies* (1867)

第一章

むかし、妖精の里フェアリーランドの女王は、召使いたちがあんまり畏れかしこまっているもので退屈をまぎらわすこともできず、ある日ふと、宮廷に人間というものを一人ふたり置いてみようと思いたった。そこで女王は、ひとしきりまわりを見まわしたあと、フェアリーランドに連れてくる人間を二人選びだした。

しかしどうやって連れてきたらいいだろう？

「お許しいただけますならば、陛下」と、宰相の娘がやっと口をひらいた。「わたくしがその乙女を召し連れて参りとうございますが」

ピーズブロサム（エンドウ豆の花の意）という名をひいひいおばあさまに付けてもらったその話し手は、とても優雅ないでたちで、それにとてもかしこまって頭をさげたので、女王は即座にこう言った――

「おまえはどんなふうに仕事を果たすつもりなのです、ピーズブロサム？」

「乙女の前に道を開《あ》けて、乙女のうしろで道を閉じてしまいます」

「おまえがそうした仕事に有益な術を心得ていることは、わらわも聞いています。試してみるがよい」

この宮廷は、ひろびろとした森の空き地にあるやわらかな芝生にたっていて、そこにはひとつだけもぐら塚があった。そして女王がピーズブロサムに許しを与えたとたん、もぐら塚から土鬼《つちおに》の顔が飛びだして、こう叫んだ――

「お願いでございます。女王陛下、少年のほうはこのわたくしめに」

土鬼は、まるで蛇のようにもぞもぞと穴を抜けだしはじめ、宮廷中が笑いにさんざめくころ、やっと無事に地上へ出た。土鬼は自由になるとすぐ、ごろごろ、ぐるぐる、およそあらゆる種類の転がりかたで、そのうえ一度にいろんな転がりかたで、どんどん森まで転がっていった。側近たちが両側に列をつくって後を追ったので、女王は置き去りにされ、人気《ひとけ》のなくなった玉座に坐りつづけた。かれらが森に辿りついたとき、トードストゥール（毒タケの意）という名の土鬼はどこへ行ったか行方知れずだった。みんなが捜しまわっているところに、土鬼の顔がもぐら穴からふたたび飛びでて、こう言った――

「このとおりでございます、女王陛下」

「答えるまでにずいぶんと時間がかかりますことね」と、女王は笑いながら言った。

「いいえ、これがわたくしのやりかたでございます！　女王陛下？」トードストゥールは歯を見せて笑いながら、そう答えた。

「ほんとうね。では、おやりなさい」

するとと土鬼は、首の半分を地上に出したままできるだけたくさんのお辞儀をして、ふっと地下に消えてしまった。

第二章

フェアリーランドがどこから始まってどこで終わるのか、人間も、あるいは妖精さえも、知ることがない。しかしフェアリーランドに境《さかい》を接する土地のひとつに、すてきな山村があって、そこにはすてきな村人が住んでいた。

　アリスは大地主の娘で、器量のよい心のやさしい乙女だった。友だちは彼女のことを妖精さんと呼び、友だちでない者はおばかさんと呼んだ。――ある夏の夕焼けどきのこと、彼女の窓の向かいになった壁がすっかり薔薇色に塗りあげられたとき、彼女はベッドに体を投げだして、壁をみつめながら横になっていた。薔薇色が彼女の眼の奥に浸みこみ、彼女の頭を覗いた。だから彼女は、まるで物語の本でも読んでいるような気持ちになった。わたし、夕焼けに赤く染まった波のうねる西の海を見つめているのかしら、と彼女は思った。けれど色彩が消えてしまうと、アリスは、壁がもとのつまらない色にもどるのを見てため息をついた。「いつも夕焼けどきだったらいいのに！」なかば声を高めて、彼女は言った。「灰色をしたものなんか、好きになれないわ」

「ねえアリス、よかったらあなたを、いつでもお陽《ひ》さまが沈みかけているところへ連れていってあげましょうか」甘く小さな声が、近くで聞こえた。ベッドの掛けぶとんを見おろすと、そこに、かわいらしい小さな人影が彼女を見あげながら立っていた。でも、小さな貴婦人がそこ

Illustrated by Arthur Hughes
From “Cross Purpose” in *Dealing with the Fairies* (1867)

にいても、ちっとも不思議なことではなかった。なぜなら、わたしたちのとても信じられないことでさえ、それがいざ起きてしまうと、たいていの場合はそこに不自然なところなど少しも見当たらないからだ。小さな貴婦人は白い衣《きぬ》をつけ、夕焼け色の外套をはおっていた――スィートピイの花のうちでもいちばん愛らしいものの色彩だった。頭《かぶり》には、ねじれた蔓の冠がのっており、その正面に小さい黄金の甲虫が飾ってあった。

「あなたは妖精？」と、アリスは言った。

「ええ、わたしといっしょに夕焼けのほうへ行ってみる？」

「はい、行きたいわ」

アリスは起きあがろうとして、自分がいつのまにか妖精と同じ大きさになっていることに気づいた。そして掛けぶとんの上に立ってみると、なんだかベッドが、美しく塗りあげられた天井をもつだだっ広い広間みたいに、感じられた。ピーズブロサムのほうに歩きだしたけれど、規則ただしく付いている房に足をとられて、彼女は幾度もつまずいた。しかし妖精が手をとって、ベッドの脚部に案内してくれた。ただしベッドの脚に辿りつくずっと手前で、彼女は次のことに気づいた。妖精は背の高いほっそりした貴婦人であって、それなりの大きさをちゃんと保っていたことを。掛けぶとんの房だとばかり思っていたものは、今こうして見てみると、ほんとうはなだらかな斜面に繁ったエニシダやハリエニシダヒースの林だった。

「ここはどこなの？」と、アリスは訊いた。

「ついてきなさいな」と妖精が答えた。

アリスはその答えが気に入らなくて、こう言い返した。

「おうちに帰りたいわ」

「それじゃあ、ここでさよならね」妖精が返事した。

アリスはまわりを見た。荒あらしい山ぐにが、ぐるりを囲んでいた。自分たちがいったいどの方角から来たのか見当をつけることも、できなかった。

「わかったわ、あなたといっしょに行かなければならないのね」彼女は言った。

二人して池の底に行きつくまで、ほんとうに爽かな牧草のうえを歩いた。かたわらに小さなせせらぎが流れていた。水路も堤《つつみ》もつくらないけれど、ときに草々のはざまを走り、またときに舞い落ちた草をみんな一方向に押し流してゆく、せせらぎ。そしてこんなに小さなせせらぎなのに、こんなになだらかな斜面を流れているのに、大きなガボガボという水音をたてていた。

斜面はすこしずつなだらかさを増し、流れもずっとおだやかに、川幅もずっと広くなった。二人はとうとう、ながいまっすぐ伸びたポプラの林に辿りついた。樹は水辺から伸びていたけれど、これはせせらぎが森のなかにはいりこみ、そこで大きな湖になっているせいだった。この先へはもう進めないわ、とアリスは思った。ところがピーズブロサムはまっすぐに道を案内して、なかへ歩いていく。

すっかり暗くなった。しかし水中にあるすべてのものが、青白い、しずかな光を、射しだした。そこここに深い池があったけれど、泥や蛙やいもりやうなぎは見あたらない。水底はどこもきれいで愛らしい草に埋まり、輝かしい緑色を映していた。池の堤を見おろすと、水の底いっぱいに、さくら草や菫《すみれ》やピンパネルが見えた。見たいと思う花はどんな種類でも、ただ水底を覗きこみさえすれば、かならずそこに見つかった。やがて二人の進む道に池があらわれると、妖精はそこを泳ぎ、アリスもそばについて泳いだ。池からあがると、水はこれ以上望めぬほどすてきな湿りぐあいだったけれど、それもあっという間に乾いてしまった。樹々のそばに、丈の高いすばらしい百合《ゆり》が伸びでていた。タチスや剣草《ソードプラント》(剣のように鋭く長い葉をもつ草)や、そのほか幾つもの長い茎をもつ花々が、あった。どの花弁からも、どの小枝からも、どの蔓からも、輝かしい水がしたたっていた。水滴が先端でゆっくりと玉をむすぶけれど、そうした先端の数があまりに多いので、しずかな湖面に落ちるダイヤモンドの雨の飛沫が途切れない音楽に聞こえるほどだった。さらに進むと、月がのぼり、あたり一帯に青白い光の霧をまき散らした。するとダイヤモンドの水滴が半分液体でできた真珠に変わり、樹々の先端という先端に月光の暈《かさ》をかぶせた。こうして水は眠りにつき、花々が夢を見はじめた。「ごらん」と妖精はいった。「ここにある百合はみずから夢になって、子どもたちの眠りにはいりこむのよ。ほら、百合が微笑むのが分かるわ。ここはね、毎夜子どもたちを訪れるものが出ていく場所なのよ」

「では、ここは夢の国?」と、アリスは訊ねた。

「そう思ってもいいわ」と妖精は答える。

「おうちからどのくらい遠いのかしら？」

「もっと先へ進めば進むほど、あなたの家は近くなるわ」

そして妖精の貴婦人はケシの花をひと抱え摘み取って、それをアリスにわたした。今度はずっと深い池に突きあたった。その花を投げ入れてごらん、と妖精に言われて、アリスは言われたとおり花を投げ入れ、つづいて自分の頭をその上にのせた。そのとたん、彼女は沈みだした。深く、ふかく沈んでいって、頭にケシの花をのせ周囲を澄明な水に高く囲まれながら、水底の長くて厚い草にふわりと横たわった気がするまで、沈みつづけた。水の天井を見あげると、月が見えた。月の輝かしい顔さえ睡そうで、池のふちに伸びた丈の高い花々から落ちる小さな雨の飛沫だけが、わずかに眠りを妨げていた。彼女はぐっすりと眠りこみ、夜じゅう家のことを夢に見た。

第三章

リチャード――妖精物語には申し分のない名だ――は、アリスの村に住む女やもめのひとり息子だった。とても貧しかったので、どこへ行っても歓迎されない子どもだった。だからほとんど外へは行かず、家で本を読んだり母親の世話をして暮らしていた。おかげで何をするにも引っ込み思案で、人の外見しか考えにいれない人々にはとても不愉快に映るほど付き合い下手《べた》だった。アリスも一度かれと会っていたら、この少年を軽蔑したろう。しかしかれは、彼女と顔を合わせるほど近くに出てきたことさえなかった。

さて、そのリチャードは母親に傘を買ってやるつもりで、わずかなお金を貯めていた。冬がやってきたら、今ある傘はリボンみたいにぼろぼろに切れてしまいそうだったからだ。ある明かるい夏の夕がた、今なら傘は安いにちがいないぞと思いついたかれは、買いものを探して市場を歩きまわっていた。市場のまんなかに、たしかに傘を売っている奇妙な風体《ふうてい》をした小男が立っていた。これはいい機会だ！　かれがそう思って近寄ると、小男は傘の自慢を吹きまくりながら、おどろくほど安い値段で売りこみのまっ最中だった。ところが安すぎるおかげで、だれも傘を買おうとはしない。かれは傘をひろげて市場の道いっぱいに並べていた――ぜんぶで二十五本もあるだろうか、柄《え》を下に向けて、ちょうど小さなテントのようだ――そうしてかれは傘のそばに立ち、大げさな話しぶりで人々を誘った。でも奇妙なことに、かれは、集まった客のだれにも傘をさわらせない。かれの目がリチャードに注がれたとたん、小男は声の調子を変えてこう言った。

「よし、どなたも買うおつもりがなさそうじゃから、どら、可愛い傘たちや、家に帰るとしようかね」すると傘は少しぎこちなさそうに立ち上がって、跳びはねて帰りだした。人びとは口をあけて顔をみつめあった。なぜなら、傘の列だとばかり思っていたものが実は黒い鵞鳥《がちょう》の群れだったことを、その目で確かめたからだった。そのあとに尾《つ》いた一羽の大きな七面鳥が、みんなを追いたてるようにして、森へ向かう一本道へ進んでいく。リチャードは独りごとを言った。「これにはぼくの頭で理解できる以上のものがあるぞ。でも、卵を産む傘なんて、とても愉快な傘じゃないか」そこで、人びとが顔を見あわせてそろそろ笑い声をたてだすころには、リチャードも径を半分ほど下って、鵞鳥の群れのすぐうしろまで追いついていた。かれが体をかがめて一羽の鵞鳥を取りあげると、手にしたのは鵞鳥ではなくて、大きなハリネズミだった。かれは青くなってそれを落とした。するとまたそれは、以前のように鵞鳥に戻って、よちよちと歩きだした。鵞鳥たちがみんな、はっきりそれと分かる声で、くわっくわっ、フッフッと騒ぎはじめる。七面鳥はと見ると、こちらのほうはペチャペチャ、クチャクチャ笑い声をあげて、その挙句に自分で咽喉をつまらせ、なんとも滑稽なしぐさで息を取りもどすのに四苦八苦した。まったく、自分が七面鳥だということをときに忘れ果てたみたいに、ばか笑いして。それから突然、かれらは一斉に首を伸ばして鋭い声を発すると、森へ逃げこんだ。七面鳥がそのあとを追う。けれどリチャードはすぐにもう一度かれらに追いつき、鳥たちが道の両側に二列になって足爪で樹をつかんでぶら下っているのを見つけた。いっぽう七面鳥だけは歩きつづけている。リチャードはそれを追った。ところが樹からぶら下っている鶩鳥のまんなかにはいったとたん、両側からひどく恐ろしい嚇しの声がわきあがった。するとかれらの首が長く、ながくなり、とうとうリチャードの頭に三十もの幅広いくちばしを突きつけて、顔や耳や頸《うなじ》を噛んだ。すると七面鳥は、こちらを振りむいて何ごとが起きたのかを見つけ、くるりと振り返ってこちらに近づいてきた。そしてそばまでやって来ると、最初の鶩鳥を見上げて、これ以上はないほど荒あらしい身ぶりで鳴いた。鶩鳥がすぐに黙りこんで、樹から落ちた。そこで、かれは次の鶩鳥に近づき、それからまた次へ、また次へ進んで、最後にはぜんぶの鶩鳥を次々に樹から落としてしまった。鳥たちはみんな七面鳥のあとについて歩きだすんだな、とリチャードが思っているると、鶩鳥が落ちた場所には大きなキノコとホコリタケの群れが見えるばかりだった。

「もうたくさんだ」と、リチャードは思った。

「もう一度家にもどろう」

「行きなよ、リチャード」すぐ近くで声がした。下を見ると、七面鳥のかわりに、見たこともないほど滑稽なすがたをした小男がいた。

「行きなさいってば、リチャード旦那《マスター》」かれは歯をむきだして笑いながら、そう繰り返した。

「おまえの指図は受けないよ」と、リチャードは答えた。

「では、わしと一緒に行くことにしたら？　リチャード旦那」

「どっちもご免だね。これといった理由もないのに」

「わしがあんな傘をお母上のために差しあげるからさ」

「知らない人から物をもらうわけにはいかない」

「とんでもないことだよ、わしは他処者《よそ》なんかじゃない、ない！　まったく！　とんでもない」

そうしてかれはいつもの調子で道化芝居をやりだし、突然あちこちを転がりまわった。

リチャードは思わず笑いだし、そのあとを追わずにいられなくなった。そうして最後にトードストゥールは、水をいっぱいにたたえた大きな穴に飛びこんだ。「やあ、いい気味だ！」とリチャードは思った。「やあ、いい気味だ！」と、水から這いあがってスパニエルみたいに胴ぶるいして水をはじき飛ばしながら、土鬼が吠えた。「ここはわしがほんとに行きたかったところだよ。ただわしは早く転がりすぎた」そう言うそばから、かれは懲りずに、今度もさっきより早く転がりだし、昇り斜面にかわったというのに速度もおとさず、そうとうな高さのある頂きへあがってしまった。着いたところは、棕櫚《しゅろ》の樹がたくさん生えている。

「ナイフを持ってないかね、リチャード？」

土鬼は急に立ちどまり、ふつうの人と同じようにゆっくりと歩いていたみたいに平然として、そう言った。

リチャードがポケット・ナイフを引っぱりだし、それを相手に手わたすと、かれはすぐに一本の樹に深い刻みめをつけた。そのあと別の樹に向かって同じことをし、それを何度も繰り返し、とうとう全部の樹に刻みめをつけてしまった。リチャードはかれのあとを追っていくうちに、その刻みめのひとつひとつから、どんなせせらぎよりも澄んだ小さな流れが湧きだしはじめるのを見た。しかも刻みめは、水を流せば流すほど大きくなる。かれが最後の樹に辿りつくまでに、棕櫚の幹から落ちた小さな流れの発する鈴のような音やせせらぐ響きがとても大きくなった。これが、広くひろくひろがって、しまいにはリチャードの目の前に、丘の斜面を流れ落ちる一人前の小川をつくりあげた。

「ほら、ナイフだ、リチャード」と土鬼は言った。しかしそれをポケットにしまう間もなく、小川は小さな急流に成長した。

「さあ、リチャード、いっしょにおいで」トードストゥールはそう言って、みずから急流に身を躍らせた。

「ああ舟でもあったらな」リチャードが言い返した。

「ばかだね、おまえは！」丘の斜面から這いあがってきた土鬼が、言った。すでに流れがかれの体をかなり下まで押し流している。

労苦と困難だけが創りだせるあらゆる頑張りの表情をその顔にうつしだしながら、しかし信じがたい速度で、かれは一本の棕櫚のてっぺんまで登り、大きな葉をいちまい捻り折って地上に投げおろし、自分もそのあとに飛びおりて手毬のように弾んだ。そうして今度は葉を水に浮かべ、その茎を押えると、リチャードに、ここに乗るよう指図した。かれは言われるとおりにした。重みを受けて、葉が半ばほど沈んだ。トードストゥールが手を離すと、それはまるで矢のように流れを下りだした。なんとも奇妙で、なんともすてきな航海が、こうして始まった。流れは丘の斜面にそって右に左に舵を取るように蛇行し、ダイヤモンドみたいに輝きながら、やがて牧草地に達した。土鬼は海草の束みたいに舟のまわりを動きまわる。けれどリチャードは勝ち誇ったように水の駿馬の背にまたがり、低い緑の土地を駆けぬける。その流れは矢のようにまっすぐ進み、言うも奇妙なことだが、ちょうど波か水の山みたいに地表の上に盛りあがって、ただ前方に走っていった。水路など要らなかったし、邪魔ものを迂回する必要もなかった。ちょうど、上りだろうと下りだろうとどんな道にも適する胴をもった、水の大蛇もさながらに、道をふさぐものすべての上を流れ越していくのだ。もしも壁が邪魔だてすれば、壁をのり越えるまでよじ登っていき、そこから反対がわの地面にどっと流れ落ち、せせらぎつづける。かれは程なく、流れがゆっくりと草地の丘を登っていることに気づいた。波が、風に吹きたてられるように、あるいはこれ以上登る力を失ったように、後方へ反り返りつづける。それなのに流れは頑固に丘を登り、飛沫をあげ、波だつことをやめない。丘登りがむつかしいことは分かっているのに、なおそれに挑んで目的を果たす力が、流れにはあった。二人が丘の頂きに達したとき、流れはヒースだらけの土地をぬけて、紫色のヒースや青いイトシャジンや、たおやかな羊歯《しだ》や、紫と白の鈴をぎっしり身に付けた背の高いジギタリスの花の上を、のり越えていった。その間いつも、棕櫚の葉は縁《ふち》を水面から反りあげ、リチャードのためにすばらしい舟の役割りを果たした。いっぽうトードストゥールは流れのなかで海豚《いるか》みたいに飛び跳ねた。水はついに激流になりはじめて、速度をぐんぐん伸ばし、巨大なしぶきとともに突然二人を深い湖のなかに押しだし、そこで停まった。トードストゥールが見えなくなったけれど、喘ぎながら、しかし薄笑いはなくさずにまた浮かびでてきた。リチャードの舟は大しけの海を走る大型船のように、投げだされたり波に押しあげられたりした。ただ、一滴の水もなかにはいってこないのだ。やがて土鬼は泳ぎはじめ、ボートを押したり引っぱったりした。けれど湖があんまり静かで、しかも舟の動きがあんまり心地よかったので、リチャードは深い眠りにおちた。

第四章

目がさめると、かれはまだ広びろとした棕櫚の葉に乗って、水の上に浮かんでいた。池のまんなかにたった独り、けれど池のなかにも外にも、いたるところに花が咲き匂っていた。太陽がちょうど樹々の先端を越えようとしている。花から落ちる水滴が、かれに音楽で挨拶した。霧が晴れだしていた。太陽が湖面に光を落とした場所は、どこも鏡みたいに澄んでいる。かれは視線を下に向けて、すぐ目の下に見える遥か遠い水底にアリスのすがたを見つけた——溺れたのかな、とかれは思った。だから、彼女の目が開き同時に上へ浮かびだしたのを知ったとき、かれは今まさに池へ飛びこもうとしかけていた。かれは手を差しのべたが、彼女は迷惑そうにその手を払いのけ、一本の樹に泳いでいくと、そこの低い枝に腰をおろして、不幸な女やもめのひとり息子がどうしてフェアリーランドへの道なんか見つけたのかしらと、思案しだした。彼女はこの出来ごとが許せなかった。それは特権への侵害だった。

「どうしてここに来たの、小僧のリチャード?」

彼女は六ヤード離れたところから、そう声をかけた。

「土鬼がここに連れてきたんだ」

「ああ、そうだと思ったわ。わたしは妖精に連れてこられたのよ」

「きみの妖精はどこにいるんだい?」

「ここよ、ほら」アリスが腰かけた樹のすぐそばから、ゆっくり浮かびでたピーズブロサムは、そう言った。

「おまえの言った土鬼というのはどこ？」と、アリスが逆に訊いてくる。

「ここだよ」まるで蛙みたいに水から跳ねあがって、トードストゥールはそう怒鳴りたてると、もういちど水しぶきをあげて水中に落ちこむ前に、空中で一回転した。かれの顔が二度浮きでて、ピーズブロサムのすぐそばに近づいた。こうした醜い生きものを嘲うことだけに慣れてきた彼女のそばに。

「あの小僧は器量がいいだろう？」かれはニヤリとした。

「そうね、とっても。けれど磨きあげる必要はあるわね」

「それはおまえさんが独りでやれることだよ。どうだね、取り替えるかね？」

「こちらは構わないわ。あなたは、あの娘がすこしお馬鹿さんだということに気づくでしょうけれど」

「そんなことは問題じゃない。この小僧は、敏感すぎてわしには手に負えん」

かれは水に飛びこんで、アリスの足もとに立った。彼女が恐ろしさのあまり悲鳴をあげる。妖精は睡蓮のように水面をただよって、リチャードのそばにやって来た。「なんて愛らしい生きものだろう！」妖精を見て、かれはそう思った。しかしアリスの悲鳴をまた聞きつけて、かれは口を開いた。

「アリスを放っておかないでください。あの妙な生きものを見て、こわがっているんです。――でもアリス、かれが害を加えるとは思えないけれど」

「もちろんですとも、かれがあの娘を傷つけるはずはないわ」と、ピーズブロサムは言った。「わたしはあの娘に飽きました。かれがあの娘を宮廷に連れ帰るつもりでいるから、わたしはあなたを連れてゆくことにしましょう」

「行きたくなんかない」

「でも、そうしなければいけないわ。二度と家には帰れませんよ。あなたは道を知らないのですからね」

「リチャード！ リチャード！」苦しげな声で、アリスが叫んだ。

リチャードは舟から飛びだし、あっという間に彼女のそばへ駆けつけた。

「この人がわたしを捕まえるの」と、アリスは叫んだ。

リチャードは土鬼の頭に烈しい一撃を加えた。なのに、かれの頭はまるでインド・ゴムの丸い球でできているみたいに、少しの傷手《いたで》も与えられなかった。そのかわり土鬼は恐ろしい表情でみつめ、「ちくしょう、きっと後悔するぞ！」と怒鳴って、水の底に沈んでしまった。

「いらっしゃい、リチャード。さあ急いで。あいつはあなたを殺すわ」と妖精が叫んだ。

「みんな、あなたのせいですよ」リチャードは言った。「アリスを置いておけるものですか」

そこで妖精は、自分とトードストゥールにできることはもうなくなったことを知った。なぜならかれらは、人間たちをその意志に反して動かしたりはできなかったからだ。そこで彼女はローブを帆がわりにして、リチャードの舟で湖面をよこぎり、二人を湖のなかに残して姿を消した。

「おまえはわたしの妖精を追い返したんだわ！」アリスが叫んだ。「もうおうちに帰れなくなったわ。何もかもおまえのせいよ、このけがらわしい小僧め」

「ぼくは土鬼を追い払ってあげた」リチャードが言い返した。

「お願いだから樹のむこうがわにすわってくれない？　おまえと話しているところをパパに見られたら、どう言われるかしれないもの！」

「ねぇ、次の樹に来ないかい、アリス？」しばらく間をおいて、リチャードが言った。

リチャードが考えているあいだひたすら泣きつづけたアリスは、言った。「いやよ」しかたなくて、リチャードは独りで水に飛びこみ、次の樹まで泳いだ。けれど半ばまで泳がないうちに、アリスの声が聞こえた。「リチャード！　リチャード！」これでかれが望んでいたとおりの成り行きになった。だからかれは泳いで戻り、アリスも自分から水のなかに飛びこんできた。リチャードの助けもあって、彼女はなかなか上手に泳いで、二人して樹に辿りついた。「さあ、こんどは次の樹だよ！」と、リチャードが言った。そうして次の樹へ泳ぎつき、それから三ばんめの樹に向かった。二人が泳ぎつく樹は、前よりも少しずつ大きくなり、目の前に現われる樹はさらに大きくなった。こうして樹から樹へ泳いでいくうちに、あんまり大きいので向こうがわが見えない樹に泳ぎついた。さあ、どうしよう？　方法はひとつ、この樹によじ登ることだ。アリスにとっては恐ろしい成り行きにみえたが、しかしリチャードはかまわずよじ登りにかかった。それから彼女は、かれが足を置いたのと同じ場所に足をかけ、ときおりかれの踝《くるぶし》を握って、なんとか上へあがった。大枝が枯れ落ちてできた大きな節がたくさんあった。樹の皮も丘腹のように凸凹があったおかげで、足掛かりに不自由することはなかった。長いあいだ登りつづけて、二人ともほんとうに疲れきったとき、アリスは叫んだ。「リチャード、もうだめ。落ちるわ——落ちるわ。どうしてこんな道を選んだの？」　そうして彼女は、また泣き叫ぼうとした。しかしその瞬間、リチャードは頭上に突きでた枝を片手で握り、もう片方の手を伸ばしてアリスの体をつかみ止め、彼女がすこし元気をとり戻すまでそのまま抱きかかえた。それからわずかな間に、二人は樹の叉へ辿りつき、そこにすわって休息をとった。

「これで一安心だ！」リチャードが陽気に言った。

「なにが？」アリスは不機嫌そうに訊く。

「だって、ここには休みのとれる広さがあるもの。もう急ぐことはないさ。ぼくも疲れた」

「なんて身勝手なの！」と、アリスは言った。

「おまえが疲れたら、わたしはどうなってると思うのよ？」

「きみだって疲れてるだろ」

リチャードは答える。「でもぼくたちは勇敢にふるまった。そして、おや！　あれは何かな？」

このとき陽はもう沈みきり、夜がすぐそこまで迫っていた。そのために樹の影にいると何もかもが暗く、おぼろに見えた。ただ、樹の洞《うろ》に、大きな耳をもってくちばしに緑色のめがねをのせ片脚で本を抱いたふくろうがいるのを、発見できるだけの薄明かりは残っていた。ふくろうは二人の侵入者にも無頓着に、あいかわらずモグモグと独りごとを呟いていた。そのふくろうが何を言ったと思う？　話してあげよう。かれは、片脚でさかさまに抱きかかえている本のことをおしゃべりしていたのだ。

「愚かしい本だよ、これはーはーはーは！　なんにも書いてない！　みんな逆さまだ！　ばかばかしいーいーいーい！　ふくろうは字が読めないって？　わしは後ろからだって読める」

「あれはきっと土鬼だよ」リチャードが、ささやき声で言った。「でも正直な質問をすれば、むこうも正直に答えてくるにちがいない。なぜならフェアリーランドでは、逆さまの嘘を言うことは許されないからね」

「リチャード、質問なんかしないで。おまえは土鬼をひどく叩いたんでしょ」

「当然の報いをあたえたまでさ。それにかれはげんこつひとつ分の借りをもってる。――おーい！　出口はどっちだい？」

かれは、「よかったら教えてください」とは言わなかった。なぜなら、そう言ってしまうと正直な質問にならなくなるからだった。

「下の階だよ」ふくろうは本から目を上げずに返事した。かれはいつもその本を逆さまに読む。

それほど学問があるのだ。

「偉いふくろうのおじいさんが言うことだ、ほんとうだよね？」

リチャードが尋ねた。

「まさか」ふくろうはかすれた声で言った。それでリチャードは、かれがほんとうのふくろうでないことを、もうすこしで信じこみそうになった。それでかれが、しばらくふくろうを睨んで立っていると、とつぜんふくろうは、本から目を上げずに口をひらいた。「歌をうたってやろう」そう言って、歌がはじまった——

「世界を知っているのは、このわし独り。
みんなが寝しずまるとき、わしは起きて見張りをする。
わしはだれよりも学問が深い、
なぜならわしは、闇が落ちるまで本を読まないから。
それにわしは、めがねなしで本を読まない、
そしてわしは、そうやって知慧を得る。
ホウロウルウホゥール　ホゥールウールール。
わしは風を見ることができる。ほかにだれができる？
ひとが帽子のなかにもっている夢を、わしは見る。

ひとが眠ると、いびきとともに夢を鼻から吹きだすのを、わしは見る――
愚かしいあの喇叭《らっぱ》の鼻から吹きだすのを。
おまえが考えもつかないことを何万となく、わしはペンとインクで本に書きつける。
ホウロウルウホゥール　ホィッテット、それが知慧。

それを学問と呼んでもいい――それは生まれつきの知慧。
月の貴婦人が夜じゅう、海の上で巣ごもりして、舟や長い脚をした水鳥を孵《かえ》すのを、
ふくろう以外にだれが見る。
海の牡蠣《かき》が殻をひらいておぼえ慣れた歌をうたうとき、
その無感覚の咽喉からひとつずつ真珠がころがり落ちる。
ホウロウルゥヒッテイト、それが知慧、ほら水鳥が！」

そううたいながら、かれはリチャードの顔に本を投げつけ、大きいけれど羽音のしないやわらかな翼をひろげて、樹の洞の奥へ飛んでいった。本がリチャードに当たったとき、かれは、それが湿った苔《こけ》のかたまりに過ぎないことを知った。
ふくろうと話をしているあいだに、かれは大枝のひとつに隠れた洞を盗み見ていた。そしてそれがふくろうの教えてくれた出口であると判断して、ようすを検べに近づいた。するとそこ

には、幹の中心にまでさがっていく粗けずりで造りもよくない階段があった。けれど樹はひどく大きかったから、こんな大きな洞でも樹には少しの傷手《いたで》にもなっていなかった。そこでリチャードは、この階段をできるだけ上手にくだった。あとからアリスも尾《つ》いてきた――ただし、彼女の意志からではなく、ほかにとるべき方法もないからだということを、かれにもはっきり分かるよう態度に示しながら。下へ、下へ、二人はときに滑ったり落っこちたりしながら、階段を降りていった。けれど、たとえ落ちても、階段がぐるぐる曲がって延びているので、遥か下まで落ちてしまう危険はなかった。リチャードが滑ると、階段がかれを止めてくれた。アリスが滑ると、今度はかれが支えてくれた。でもそのうちに、この階段には果てがないのかもしれないという不安が、二人を襲った。それはどこまでも曲がりながら延びていたが、ひとつ裂けめをくぐり抜けたときにやっと、何千本にもおよぶ灰色の石柱に支えられた大きな広間が現われた。かすかな明かりがどこから射しこんでいるのか、二人には分からなかった。この広間を、かれらはまっすぐによこぎりはじめた。まず反対側まで行って、そこから壁を伝って歩き、出口を見つけようと考えたのだ。前に樹を伝ったときと同じように、かれらは石柱を伝ってまっすぐに前進した。それを押し通す気構えさえあれば、フェアリーランドでは正攻法が充分に効果をあげるのだ。もしもその方法を押し通す心構えがなければ、どんな手も有効ではない。

とても静かだった。アリスはその静けさが、暗がりよりもいやだった。――ほんとうにいやだったので、リチャードの声が聞きたくなった。けれどかれが話をすると、いつもひどく彼女と対立するのに決まっていたから、こんどは彼女のほうから先に話させたほうがいいな、とかれは考えた。だが彼女は誇り高い性質なのでそんなことはしそうもなかった。だいいち、そばに並んで歩くことも許さないし、彼女が来るのを待っていると、わざとゆっくり歩くような始末なのだ。だからかれが、けっきょく独りで歩きだすと、やっと彼女は後から尾いてくる。ところが今は静けさの恐怖が耐えられないくらい強まったために、彼女もしまいには、自分が宇宙のなかでたった独りになってしまったような気分になった。広間がひろびろと彼女を包んでいた。二人の足音がちっとも響かない。沈黙が深くなりすぎ、まるで目に見えるほどになった。彼女はとうとう耐えられなくなって、リチャードを追いかけ、追いつきざまに胸のなかに飛びこんだ。

かれは折りにふれてアリスのことを、なんて横柄で身勝手な娘だろう、と思ってきた。無事に家へ帰してやれば、厄介ばらいになるのにな、と思っていたときに、手が触れるのを感じて振りかえったら、そこに気むずかしい娘がいるのを見つけた。彼女はまもなくある意味で付き合いやすい女の子になった。というのも、いままでの行きがかりはまず横に置いて、彼女はこのリチャードが、今までに何度もフェアリーランドに来ているにちがいないと考えるようになったからだった。「とても変だわ」と、彼女は自分に言いきかせた。

「だってあの子はひどく貧乏なのに。まちがいはないわ。あの子の腕は、あの子の母さんの傘と同じように、上着から突きだしているわ。なのにわたしが、あの子とこうして妖精の土地を歩きまわっているなんて!」

彼女がかれの手をとったとたん、二人は目の前に黒いアーチを見た。扉に向かってまっすぐに進んだ――でも、あまりうれしい扉ではない。まっ暗な通路へつづいている扉なんて。しかし戸口がひとつしかない場合だから、どうするかを決めるのは難しくなかった。リチャードはそこに向かって一直線に進んだ。そして後に残されるのを何よりも恐れるアリスは、よりすくない恐怖――つまり扉へ向かうことを選んだ。まもなくかれらは完全な闇に出食わした。アリスはリチャードの腕にしがみつき、ほとんど意図に反して、「いとしいリチャード!」と囁いた。恐怖が愛のような言葉をささやかせるとは、奇妙なことだ。しかしここは妖精の里、フェアリーランド。そして彼女がそう囁いたとたん、リチャードが彼女を恋してしまったことも、奇妙といえば奇妙だった。そしてさらに奇妙きてれつだったのは、その同じ瞬間に、リチャードが彼女の顔を見たことだった。恐怖にもかかわらず、そのために顔を蒼白にされたにもかかわらず、彼女はとても愛らしくみえた。

「いとしいアリス!」と、リチャードは言った。

「なんて蒼い顔をしているんだい!」

「なにもかもまっ暗なのに、どうして顔色なんか分かるの、リチャード?」

「ぼくにはきみの顔が見える。顔から明かりが射している。ほら、こんどはきみの手足が見える。こんどは脚もだ。そう、きみが行こうとしている場所は、どこでも見える――だめだ、そこに足を踏みだしちゃいけない。そこには醜いひきがえるがいるよ」

たしかに、アリスを愛しはじめた瞬間から、かれの目は光を射しだすようになった。かれが思ったことは、みんなアリスの顔から伝わってきた。そしてそれは、実際にはかれの目から出たものだった。彼女と彼女の進む道のことごとくが、かれには見えた。しかも一分経つごとに、ずっとよく見えていく。ただ残念なことに、自分の道すじについては盲目も同様だった。自分の手を顔のすぐ前にもってきても、なにひとつ見えやしない。それほど暗かった。だのに、アリスだけは見える。それは道が見えるよりもよいことだった——はるかによいことだった。

とうとうアリスも、闇のなかにぽっかり浮かんだ顔が見えるようになった。それはリチャードの顔だった。ただしそれは、最後に見たときの顔よりも、はるかに器量良しに見えた。彼女の目からも光が射しはじめていた。そして彼女は独りごとを言った——「わたしがあの貧乏な母のひとり息子に恋したなんて、そんなことがあるのかしら？——でも、やっぱりそうなったらしいわ」彼女は笑いながら、自分で自分に答えた。なぜなら彼女は、いま自分にまったくいや気がさしてはいなかったから。彼女の蒼白さが消えて、甘い薔薇色が戻りはじめた。そうして今、彼女は、リチャードが彼女の道を見たように、かれの道を見た。二つの目が助けあって、かれらは上手に道を進んだ。

かれらは二つの深い水たまりのあいだを走る道を歩いていた。その水はさざなみひとつ立てず、どこに視線を向けても、まるで黒檀のように黒光りしていた。しかしかれらは程なく、この道が進むにしたがって細くなっていることを知った。そして最後に、アリスを落胆させたことには、黒い水が二人の目の前をさえぎった。

「リチャード、これからどうすればいいの？」彼女が言った。

　かれらが前方の水に目を凝らすと、そこにはいもりやかえるや黒い蛇、そのほかあらゆる種類の奇怪で醜い生きものが群れていた。とりわけ、頭も尾も脚も、鰭も触角もない、もっと極端なものでは生きた肉の塊りにすぎぬような生きものもまじっている。そいつらは水の内外《うちそと》で跳ねまわり、道の上を這いずっている。リチャードはしばらく、アリスの質問に答える前に、いったいどうしようかと考えた。しかし結論が出た、道というものは行き止まりになるために延びているわけではない、その先に進めない箇所では、それを教えてくれるようなある種の指があるにちがいない、と。そこでかれは力強い腕にアリスを抱きあげ、おそろしい生きものの群れのただなかに飛びこんだ。すると、ちょうど小魚の群れているまん中に石を投げいれれば、魚たちがあっという間に消えてしまうのと同じように、こうした不気味な生きものも消えてしまうのだった。右も左も、どちらの方向からも。

　かれが思っていた以上に、水面は広びろとしていた。そこを渡りきらないうちに、アリスの体が想像していた以上に重たいことを知った。しかし固い岩だらけの底を踏みしめて、リチャードは無事に水たまりを渡っていった。向こうがわに辿りついたとき、岸辺が高くてすべすべした垂直の岩でできているのが分かった。そこに幾つか粗けずりにした踏み段が刻みつけてある。

その踏み段が、二人をすこしずつ岩のなかに導いて、まもなく狭い小径にふたたびぶつかった。ただしこんどの径は、のぼり坂だ。大きなネジの刻みめみたいに、ぐるぐると曲がって延びている。リチャードは何かに頭をぶつけて、とうとうそれ以上先へ行けなくなった。そこは狭くて暑苦しかった。かれは両手を出して、あたたかい石のような肌ざわりのする遮断物を押した。ほんの少し動く。

「下に進むんじゃ、下賤なものたち！」上のほうで、怒りにふるえる声が聞こえた。「その道を押したりすれば、わしの植木鉢や飼い猫をひっくり返すぞ。そうしたら、わしの機嫌を損じることになるぞ。下へ進め、すすめ！」

リチャードはとてもゆるやかにそこを叩いて、こう言った。「どうぞぼくたちを出してください」

「ああ、もちろんだとも！　身分をわきまえた、上品な言葉で言えたね！　よしよし。さあ下に進みなさい。おまえたち醜い生きものってもんは！　もう、おまえたちなぞたくさんだ。こんどそんなことをしてごらん。わしがおまえたちの頭から髪を剥ぎ取ってしまうぞ。さあ、下へお行き！」

これ以上ていねいに話しても意味がないと判断して、リチャードはアリスに、もうすこし下へ進んで出口をさがそうね、と言いきかせた。それから岩の片端に肩を押しあて、それを持ちあげた。おかげで片端が下にさがって、いっしょに植木鉢と火と、その上に眠っていた猫が落ちてきた。猫が、緑色のランプみたいな目以外に姿も見せず、彼女のそばを走りすぎていったとき、彼女は驚いて凍りついた。

上をうかがっていたリチャードは、どうやら自分が炉石をひっくりかえしたことを知った。穴の端に、小さなせむしの男が、ひどく怒って箒の柄をふりまわし、今にもかれを叩こうとしながら立っていた。しかしリチャードはそこに跳びのって箒を奪い取ってしまい、その小男に骨折り仕事をしないで済むようにしてやった。それからアリスを上に運びあげ、一礼してその無礼を謝罪すると、老人の悪口を気にもとめずに石のそばへ近づき、植木鉢といっしょにそれを元の位置に直した。猫のほうはといえば、すっかり気がくるっていた。

そのうちに老人がいくらか親しげになってきて、こう言った。「許しておくれや、わしはあんたたちを土鬼と見まちがえたのじゃ。あいつらはいつも、わしにちょっかいを出してくるのでの。じゃが許してもらわねばの。それにしても驚いた朝の明け方じゃったよ」そう言って小さな人物は、愛想よく頭をさげた。

「ほんとうに、そうですね」リチャードが返事した。「でもあなたが、炉石のかわりに扉をぼくたちのために用意してくれてさえいたら」そう言ったのは、かれがこの老人を信用していなかったからだ。「でも」と、かれは付け加えた。「ぼくたちを許してくださると、嬉しいです」

「ああ、もちろん、もちろんじゃともさ、若いお人たち。あんたらの好きにすればいい。したが、あんたたちのような若いお人が独りで出ていくことはない。それは定めに反する」

「でもそうしなければいけないときには、人はどうするんです？　――もちろん二人でどうするのか、という意味ですけれど」

「そうじゃ、そうじゃ、もちろん。だが今は、知ってのとおりあんたがたの世話を焼かねばならん。さあ、そこにお坐り、お若い旦那。それから、そちらのお若いご婦人はそっちへお坐り」

かれは暖炉の片隅に椅子をひとつ置き、もう片方の隅に別の椅子を置いて、そのまん中に自分の椅子を引っぱってきた。猫がかれの丸い背に乗り、自分の背をさか立てた。そしてここには、月光を通さない壁があった。リチャードもアリスもひどくおもしろがっていたけれど、こんな強制的なやりかたでお互いに離ればなれにされるのは好まなかった。でもこれ以上老人を怒らせないほうがいい、と二人は思った――それも、老人の家にいるあいだは。

しかし老人は、以前いちど怒りだしたことがあった。しかも怒りだすことは何度もあったと見えて、相手を侮辱してお返しをよこさなければ許さないという定めまで作っていた。

二人のあいだにかれを坐らせることは、ほんとうに耐えがたいことだったから、必要以上に引きはがされた気持を感じた。すこしでも安心を得るために、二人は小男の後ろでお互いに手を握りしめた。しかし二人の手が近寄りだしたとたんに、猫の背が長く伸び、その背中も吊りあった。そして次の瞬間リチャードは、頭上に荒涼と寒風が吹きすさび、星にとどけとばかり聳えたつ峰をいただく険しい丘を、疲れきって徘徊している自分に気づいたのだった。あたりには二人の気配さえなかった。アリスも目の前から消えていた。しかしかれは、向こうがわのどこかに彼女がいることを感じとっていた。だから登ってのぼって、丘の尾根を越え、彼女がいるにちがいない場所めざして降りてゆこうとした。ところが登っていけばいくほど、丘の頂は遠くなるように思えた。とうとう疲労で動けなくなるまで——こんなことも告白しなければいけないだろうか？ ——もうすこしで泣きだしそうになるまで、登った。突然、それもあんな許せないやりかたで、アリスと別れさせられたことを思うと！ そこでかれは別の考えをめぐらし、こう自分に言いきかせた。「これはあの不運な老人の仕掛けた罠にちがいない。この山は猫かなにかにちがいないんだ。これが山なら、どうやっても土はくずせない。でも猫だったら、傷つけることができるはずだ」そう言い終えると、かれはポケット・ナイフを取りだすが早いか、やわらかい場所を手探りで見つけ、一撃で山腹のとびでたところへナイフを突きこんだ。

恐ろしい悲鳴が最初の反応だった。そして次は、アリスとかれが老人の背中ごしに瞠《みつ》めあった。背からは、猫の山もすでに消えていた。家の主人は火の落ちた暖炉を見つめながら坐り、振り向きもせず、どこで何が起きたかをまるで知らない様子でいた。

「行こう、アリス」立ちあがりながら、リチャードは言った。「こうしていても仕方がないよ。ここで止まっていてはいけないんだ」

アリスはすぐに立ちあがって、その手をかれの手に添えた。二人は扉のほうに歩いていった。老人は二人にまったく注意をはらわない。月が、窓を通して明かるく輝いている。しかし扉を開いたときかれらは、月光のなかに踏みだすかわりに、広くて華麗な広間に出た。高いゴシック式の窓を通して、同じ月が輝いていた。この広間を出る道が見つからなかった。あったのはただひとつ、上に向かっている石の階段だけ。二人は一緒にそこを昇った。いちばん上まで来ると、アリスはリチャードの手をほどいて、小さな部屋を覗きこんだ。ダイヤモンドの内部みたいに、虹にふくまれるすべての彩り《いろど》が見えた。リチャードは——、二歩回廊にそって足を踏みだしたけれど、彼女が尾いてこないのを知って、部屋のなかを覗きこんだ。でも、彼女の姿がどこにも見あたらない。部屋には扉がたくさんある。きっと彼女は、扉をまちがえたのだ。自分を呼ぶ声が聞こえてきた。音のするほうに駆けていったけれど、やっぱり彼女を見つけられなかった。「また、からくりか」と、かれは心のなかで言った。

「こんなことをしていても埒《らち》があかない。どんな行動がとれるか分かるまで、待っていよう」

でも、アリスの呼ぶ声がまだ聞こえていた。それで、できるかぎり後を追ってみることにした。外に通じている戸口に、やっと出た。扉のむこうに月光が射していた。けれどそこに着いたとたん、それが高い塔の側面にあいた戸口だったことを知った。壁が、足の下からストンと垂直に落ちている。階段どころか、下へ降りる足場ひとつない。また、自分を呼ぶアリスの声が聞こえた。目を上げると、広い城内の庭を挟んだ向かいがわの、ちょうど今かれが立っているのと同じような戸口で、全身に月光を浴びて立っている彼女が見えた。

「よかった、アリス！」かれは叫んだ。「ぼくの声が聞こえるかい？」

「ええ」彼女が返事した。

「いいかい、よくお聞きよ。これはみんなからくりだ。みんな台所にいるあの年寄りが作った嘘だ。さあ手を出してごらん、アリス」

アリスはリチャードに言われたとおりにした。すると、二人をへだてる庭は何ヤードもあるというのに、お互いの手が触れあった。

「ほら！　思ったとおりだ！」リチャードは勝ちほこった声で言った。「いいかいアリス、下の庭までは一フィートか二フィートの高さしかないはずなんだ。こうしていると、何百フィートも下に見えるけれどもね。ぼくの手をしっかり握って、三つ数えたら飛びおりるんだ」しかしアリスは急に色蒼ざめて、リチャードから手を引っこめた。そこでリチャードは言った。「いいか、ぼくが最初にやってみるから」そして飛びおりた。その瞬間、かれの愉しげな笑い声がアリスの耳にとどいた。見ると、かれが遥か下の地面に無事に立っている。

「飛びおりるんだ、アリス。ぼくが下で受けてあげる」かれが言った。

「できないわ。こわいもの」アリスが答えた。

「あの老人がきみのすぐ近くにいるよ。飛びおりたほうがいい」と、リチャードは言った。

アリスはこわごわ壁から飛んだ。でも、ただ一、二フィート落ちただけで、リチャードの腕に抱きかかえられた。彼女が地上に降りるとすぐ、二人はよく知っている一軒の小屋の扉に出ている自分たちを見つけた。なぜならその小屋は、村と境を接する森に一歩はいったところにあったからだ。彼女の父親が所有する地所に通じる小さな門までやって来たとき、リチャードはアリスに別れを告げた。涙が彼女の目からあふれでた。リチャードも彼女も、フェアリーランドで男と女に成長したようだった。そして今は、二人とも別れたくなかった。でも、別れなければならないことを、かれらは感じとっていた。だからアリスは帰り道を駆けていき、だれにも知られないうちに自分の部屋に戻った。ほんとうに、赤い太陽の最後の残り日が西の空にすこし消えのこっているときだった。

リチャードは家に戻る途中、市場を通りかかって、まだ買い手のつかない最後の一本を売りこんでいる傘屋を見た。その傘屋が、通りすがりに奇妙な目でこちらを見たように思った。それで傘屋の頭をぶってやりたい気持になったが、土鬼の頭をぶったところで何の役にもたたなかったことを思いだし、そんなことはしないほうがいいと自分に言いきかせた。

妖精の女王は二人の勇気をめでて、いつでも自由にフェアリーランドを訪れることのできる許しをあたえた。それに土鬼も妖精も、二人を邪魔だてできなくなった。

というのも、ピーズブロサムとトードストゥールは、二人とも宮廷を追われて、七年のあいだ、たったいちまい緑の葉が生えている古い樹で一緒に暮らすよう命令されたからだ。

トードストゥールはその仕置《しおき》を大して気にかけなかったが、ピーズブロサムのほうはたいそう気にかけた。

イオナより
フィオナ・マクラウド

Illustrated by Laurence Housman
From *The End of Elfintown* (1894)

ここ——くだけちる波の音がかすかに聞こえはするが、しかし風吹きすさぶ外の世界とはうって変わって、むしろらせんを描いた貝殻のなかを思わせるようなこの場所で、わたしはこのささやかな献辞を書きつづっている。海と空とのはざま、わたしはここにただひとりでいる。なぜなら、丘の斜面にななめに落ちた、ぼんやりと夢見心地でいる青い影ひとつを除けば、岩だらけのデューン＝イ（古い城砦のあと）の高台に、人っ子ひとり見あたらないからだ。子羊たちの鳴き声、飼い牛たちの鳴き声が、西の斜面と、そこからさらに西へ果てしなくひろがる海とのあいだにある砂原から、ひびきわたる。そして音のけむりもさながらに、上空へ立ちのぼるのだ。島のまわり、いたるところに、たえまのない息づきがある。その息づきが、西のほうで一層ふかく、長いのは、そこに海の心臓があるからだが、しかしその息づかいはどこででも聞こえる。いま、ソア島のあざらしたちが、寄せてくる波に胸をあずけようとしているようだ。この湾の北端にある岩場のあちこちに、かれらのひれがひるがえるのが見えるからわかるのだ。それに、暗赤色の花崗岩から成るロス（ムル島南西部の半島）の岸からたくさんの海どりたちもやってくる――カツオドリとウミバト、ウミガラスとカモメ、首の長い北方アビ、アジサシ、そして鵜。この朝の上げ潮どき、湾の水は青いからだを躍らせ、泡でできたきらめく白い髪をさかだてる。それを見ていると、波は風と太陽の子どもではないかと思えてくる。太陽の黄金にいろどられた牧草地をとび跳ね、走り、遊びに興じる子どもの声にも似た、耳にこちよい笑い声をあげている。

生きるよろこびが、あらゆるところに息づいている。しかし魔の波は眠らない、夢みるだけだ。かれは太陽に照らしだされた影を愛する。太陽に照らされた影は目には見えないが、しかし陽光じしんのなかにちゃんと存在する。そうだ、たしかに影の声が聞こえる。一時間前、わたしが「王の階段」(この一帯にひろがる古代君主たちの岩組みを、村人たちはときにそう呼ぶのだが)を通ってここまでくるときに、わたしはひとりの母親の嘆く声を聞いた。なんでも、彼女の息子が海を渡らなければならなくなり、老いた自分は島に残されるという話だった。それからまた、ひとりで泣きじゃくっている子にも出あった。子どもであることの悲しみ――ひたすら謎めいていて、測りがたく、しかも永遠に理由を聞きだすことのできない悲しみに、かきくれて。

わたしはその子に声をかけた。しかし、黒い、涙にぬれたその眼――早くも女であることの重荷の翳りを宿したその眼をあげて、その子が口にしたのは、次のようなひとことだった。「ハ・メー・デュアハス」

「ハ・メー・デュアハス！　哀しいの、わたし」

ああ、その言いかた！　あの遠い島々で、そのことばを何度耳にしたことか！

「哀しい」

これは嘆きではないし、単なる悲しみでもない。あまりにも幼いうちから、しかも文字どおりすべてのことを知り、体験してしまったことからくる深い物憂《ものう》さ、というわけでもない。しかしそうした気分のどれにも近く、どれをも含んだ感情だ。あえて言えば、自分たち一族の無常な運命を無意識に知っていること、自分が哀しい民族の一員である事実を知らず知らずのうちに確信していること、そこに由来する暗さだった。

ゲール族が昔ながらに暮らす最後の聖地以外では、これほど意味のふかいことばを子どもの口から聞けることはない。「ハ・メー・デュアハス――哀しいの、わたし」「マ・ハ・シェン・アン・ダン――それが試錬なのね、それが運命なのね？」子どもが回らぬ舌で発音したそのことばを、わたしは忘れないだろう。ヘブリデス諸島のいちばんはずれにあるセブン・ハンターズ島からアイレイのリン島にまで、またオルド＝オ＝サザランドからカンティアのムルにまで、このことばは広まっている。まだ三歳を越えてはいないような小さな女の子の口から聞いた、舌ったらずな言い回しのこのことばを、わたしは決して忘れない――ツグミが発する嵐の先触れの声をカケスがしっかりと捉えるように、わたしはそのことばを嵐の先触れにも劣らず意味ふかいもの、あわれむべきものとして受け取った。「マ・ハ・シェン・アン・ダン――それが運命なのね？」

たしかにそうだ。しかし、わたしがいるところから、屋根のように上を覆う岩の下になかば隠れた〈癒しの泉〉までは、ほんのわずかだ。この小さな褐色の泉には、何百、何千年にわたって、人々が巡礼に訪れた。かれらは決まってひとりで訪れた。〈常若《とこわか》の泉〉への巡礼――そこがイオナ島のデューン＝イにあることはゲール諸民族のだれもが知っている――は、ひとりで行なわなければいけない、そして朝日の最初の光が泉に差した瞬間に癒やしの水に手を触れなければならない、という決まりはあるが、それだけではない。〈常若の泉〉を訪ねる者はみんな夢見る人たちであり夢の子どもであり、そうした種類の人間は数が少ない上に、このわびしい場所を訪ねる人はもっと限られるわけでもあるから、結局はひとりで行くことになってしまうのだ。それでもイオナはたしかに夢の島だ。ここで、太陽を崇拝する最後の人々が、昇ってくる神を拝んだ。ここでは聖コルンバと、祈りを口ずさむ僧侶たちが、日々の労働と勤めにはげんだ。そしてここで、オランは僧のずきんを被って異教の夢にひたった。またここでは、英雄フィオンとオシーンをはじめ、フィアナ族の勇敢な男女たち多くのまなざしが、いまだ消えずに残っている。ここではピクト人とケルト人が北方の海賊に屈服し、いっぽうその海賊は抑圧した者たちへの遺産として、かれの夢を――いや、むしろ、かれの奇妙にうつくしい魂の虹を、残していった。来る世紀も、来る世紀も、ゲール族たちはここで生き、苦しみ、よろこび、かれらの見はてぬうつくしい夢をゆめみてきた。そして今でもかれらは生き、いまだに辛抱づよく耐え、いまだに夢をゆめみ、そしていつでも、何にも増して、事々《くさぐさ》の神秘についてふかく思いをめぐらしている。ゲール族は四大《しだい》のなかのひとつの元素である。四大は風と海の声をもっている。ゲール族はケルト民族の魂からほとばしることばをもっている。「ハ・メー・デュアハス——マ・ハ・シェン・アン・ダン」と。それはきっと、イオナ島のデューン＝イにある〈常若の泉〉が単に平和の泉ではなく、ゲール人が「運命」に立ち向かい、その「哀しみ」に耐えていられる力にもなっているからだ。その泉がどこまで届いているかは、だれにもわからない。たぶん、あなたの心のなかに、あるいはわたしの心のなかに、そしてそれ以外のたくさんの人の心に、届いているかもしれない。

アンガス・オグ神の鳥たちが一度でもいいから、愛のくちづけにではなく、平和のハトに変わってくれたら、とわたしは思う。そうすれば鳥たちは緑の世界へとびたち、そこでしばらく巣をはり、よろこびと希望とをもたらすあの意味のわからない歌をうたうことだろう。

なぜわたしはこんなことを書きつづるのか？　つまり、わたしはあなたに、そしてこの本を読んでくださるすべての人に、ここでお話しすることになる物語のなかにゲールの秘密が隠されていることを、伝えたいからなのだ。この世の美しさ、生きる哀しみ、憂鬱、宿命論、心霊的な魅惑——わたしがこれらの物語を書くよすがとしたのは、そうした要素、つまりゲールの遺産なのである。

もちろん、これらの物語が「ケルト人を描いた円満で完璧なポートレート」というわけにいかないことは、百も承知している。それどころか、そんな気負いがあればあるほど、かえって目的からは遠ざかる結果になるのかもしれない。だから、ゲール族を描いた「円満で完璧なポートレート」などに仕上げられなかった公算のほうが大きいだろう。ケルトとゲールの違いは、フランス人とフランコ＝ブルトン（ブルターニュ地方ほかに住む大陸のケルト人を指す）との違いに等しい。ゲール族は明るさや陽気さ、あるいは笑い好き、怠けぐせ、ねばり強さ、上品さ、荒あらしさに欠けているわけではないが、何にもまして自然の動揺に共鳴し、自然のうたう詩に共感し、神経と筋肉の一本一本にいたるまで周囲の昏さと神秘とに染まった民族なのだ。

しかしそういう目標が果たせなくとも、わたしが知っているかぎりにおいてケルト人の、いやもしかしたら島のゲール族についてまでも、その多面性の一端ぐらいはわたしにも描く力があるのではないか。しかし、わたしの他の著書『バラース（天国）』や『山の恋人たち』と同じように、本書においても、わたしが描きたいと望んでいることは、自分の観察と経験とに照らしてもっとも色濃くあらわれていると思えるゲール族の生活の特徴なのだ。特徴といっても、もちろんそれは一定の環境、特定の条件のもとで出てくる特徴にはちがいない。言うまでもないことではあるけれど、たとえば「ニール・ロス」や「罪を喰う人」や「ニアル・マクコドラム」（本書には収められていない短編『ダン＝ナン＝ロン』の登場人物）のような運命にもてあそばれる人物の戯画を、典型的なゲール族の姿とするつもりは毛頭ない。『黒の星の下で』と題する作品集に収めた三つの物語をいろどるグローム・アカンナという陰鬱な人物にしても、わたしは、これがケルト人のへそ曲がりの典型だ、と考えているわけではない。かれらはそれなりにケルト人の一面をあらわしている、ただそれだけのことだ。しかし、わたしにも断言できることがある。油を塗った人アラスダー・アケンナ、そしてわたしの話に出てくるイオナの漁民、そして丘に住むイアン・モール、そしてかれらによく似た他の人々は——まちがいなく典型的なゲール族である、と。もちろんゲール系ケルト人の「円満で完璧な」典型とはいえないにしても、ある種の典型であることはまちがいないと思う。しかし、かれらのような人種が画然と存在しているというわけでもない。かれらは、ほかのタイプの人々と比較したときにやっと認められるほどの地味な性格の持ち主だ、ともいえるだろう。イアン・モールのような人物がたくさんいる場所など、あるだろうか？　夢みる詩人の数など、たかが知れてはいないか？エスレン・ステュアートやエイリー・マクイアンのような人物に、どこの丘や尾根でも会えるというわけにはいかないだろう。あのうつくしくも避けがたいひとことが、だれの口からも聞けるわけではない。人間はだれでも愛のことを語る。しかし、愛という感情のきわみについて語れたのは、あなた（この文章が献じられた作家メレディスを指す）しかいないのだ。つまり、愛とは火のついた高貴な感情のことである、とあなたは言われた。あなただけがこのひとことを言い得たのである。それは個性的であると同時に、民族共通の感情でもある。しかしそれでも、千人を超える詩人が生まれては死に、何百万、何千万という人々がこの琴線にふれたというのに、そのことばはただひとり、あなたという詩人に見いだされるのを待っていた。それゆえに、これはなかなか暗示的でありはしないか？　ことばでも、自由な音律の一節でも、あるいは人の場合でも、そうした人やものが、俗な大通りのほこりに隠れて見えないからといって、それらを存在しないものと断言することはできない、という戒めを含んでいるがゆえに。

忘れてならないのは、「ケルトの近縁者」にはさまざまな性質の者がいる、ということである。ブルターニュ人、ウェールズ人、アイルランドのゲール、そしてスコットランドのゲールは、同じ系統に属する民族だけれど、まったく同じではない。ドネガルの小作人（スコットランド高地の農民）やクレアの漁民でさえも、高地人すなわちヘブリデス人の年上や年下の兄弟にほかならないのだから、これは道理だろう。かれらはどう見ても、何から何まで見分けがつかない双子同士ではない。アイルランドとスコットランドのケルトを分けるその複雑な条件を無視する批評家たちは、わたしが描きだそうとした男女の生活を覆うケルト的な昏さについて、あれこれと不満を述べる。むろんそう言われても仕方のない点はあるかもしれない。けれども、それに対する弁明としては、ただ次のように言わせてほしいのだ——わたしは、アイルランドのより快活なケルト人を描きだそうとしたつもりはないのだと。わたしが何よりも描きだしたかったのは、この目で見てもっとも特徴的と感じられた要素、すべてとはいわないが大多数のゲール族にとって、死滅を宣言された去りゆく民族の遠い生活のうちでもとくに際立った要素、つまり「ケルト的な哀しみ」のいくばくかなのである。おそらく、ここでわたしが引き合いにだした批評家たちは、もちろんすべてを知りつくした上でわたしの作品を批判したとは思えない。が、とにかく遠い島々に何年も暮らし、そこに住む男女のひそやかでしめやかな心情や思想やことば、そしてその日常に親しんでいたと考える。かく申すわたし自身からして、高地地方のあらゆる民族について熟知しているわけではないし、また千を超える島々をつぶさに歩いてみたこともないからである。

死滅を宣言された去りゆく民族。たしかにそうだが、しかしかれらは完全にそうなったわけではない。ケルト人はついに水平線にまで辿りついてしまった。先にはもう浜辺がない。ケルト人はそれを知っている。だから、マルヴィナが盲目のオシーンを海のそばの墓へみちびいて以来、次のひとことがケルトの歌にかならずとり憑くことになった。「光の子らでさえ闇に落ちていかなければならない」と。しかし、滅びゆく民族の生き残りであるこの亡霊は、わたしたち自身の眼の前では、輝かしい復活の達成というふうにも見える。なぜならケルト民族の才能は、いま、松明をひるがえして立ち、その光がわたしたちの眼にまぶしいからだ。そしてその炎は、より強力な征服民の心臓のなかに噴きあげてきている。ケルトは滅びる。しかし民族の魂は、世代の運命を一手に握ったアングロ＝ケルトの人々の心臓と頭のなかに生まれでている。

そうだ、これはイオナ島のデューン＝イなる丘の斜面に湧きあがるひとつの小さな声が発した遠い叫び、未来を先触れする高らかな叫びなのである！　しかし、今日この黄金色の光としぶきをあげる波のめくるめく輝きのなか、このよろこびの島にいてさえ、太古の呪術師や吟遊詩人の心に生きたあらゆる昏さと神秘とが、はっきりと感じとれる。はるか遠く、かすみのような飛沫がタイムの茂る崖にぶつかるあたり、そこに〈水噴きの穴〉がある。今でもなお、恐ろしい海の化けものマー＝ターム（「牡牛のようなもの」を意味するゲール名）が満ち潮に乗って泳ぐという穴だ。その向こう、崖のうしろの見えない方角にボート＝ナ＝チュライホがある。千年前に聖コルムが、かご舟に乗って上陸した地だ。その東がわにあたるここは、聖者の島にある聖なる埋葬地をめざしてキリスト教圏から運ばれてきた古代の死者たちの上陸地である。アルビヨン（イングランド島の古名）についてのあらゆる物語がここにある。イオナという島はゲール文化圏の縮図なのだ。

ゆうべ、太陽が沈む時間に、わたしはマカール——大西洋の波に洗われるイオナの西がわにある砂州で、岩にふちどられた平たい丘のことだが——を見はらす、〈水噴きの穴〉に近い高台で横になっていた。たったひとりの人間を除けば、人も獣も、およそ生きものと名のつくものは何も見えなかった。この浅黒い、腰の曲がった老人は、骨折りながらケルプという海藻を燃やしていた。その煙が、北からぴゅうと吹きそめ東がわにあるデューン＝イを下っていく海霧にまじっていくのを、わたしは見つめていた。そしてとうとう、煙も何もかも見えなくなった。霧があらゆるものを覆いつくした。ものうくて単調な波の音が聞こえた。それだけだった。あとは音もなく、見えるものもなかった。

重たい空気を踏みつけるような、すばやい物音が聞こえてくるまでに、かなりの時間があった——いや、あったように思えた。そのあと、あたりで草を食んでいる若い牝馬たちの疾駆、足踏み、そしていななきが聞こえた。何かに驚いたか、それとも戯れにか、群れになって前にうしろに駆けまわっている。たてがみと尻尾をなびかせる三頭の馬が、ちらりと目にはいった。ほかの馬たちは、ぼんやりとした影のようにしか見えなかった。小さな竜巻きが立って、霧がサッと晴れた。そしてまた竜巻き。ふたたび視界が霧にさえぎられ、あとには静寂がまたもひろがった。

そしてとつぜん、今のできごとが起きてからすぐあとに、出ていた霧が海の方向へ流れていった。

すべてが前のままだった。ケルプを燃やす老人はあいかわらずたたずんで、くすぶる海藻を突ついていた。老人の頭上に、煙がひとすじ立ちのぼっていく。青いらせんを描いて、暗い影に覆われていく。

ケルプを燃やす人。この島のゲール人はだれなのか？　悲しみにくれるこのケルト人は？霧が落ち、また立ちのぼる。かれはいつでもそこにいる。霧のうしろに、霧と一体になって。しかも青い煙のすじは、天と地に恋い焦がれながらも、実際には貧しさと苦しみと飢えと疲れ、そして海の小島と大きな希望と恋を慕う心だけを貯めこんだかれの心から立ちのぼった、かぐわしい香にほかならないのだ。

その霧のなかで、わたしは夢をみた。そして目が覚めると、奇妙な、聞きなれないことばが口をついて出た――「アム・デア・ビオ、アン・ドマン・バサハ、アン・デオマー・ケネ＝ダオンナ」

アム・デア・ビオ、アン・ドマン・バサハ、アン・デオマー・ケネ＝ダオンナ――

「生きている神、死にゆく世界、そして神秘的な人間の一族」

おぼろげで遠い太古の記憶でもよみがえったのだろうか。しかしわたしは一瞬、孤独な人間のそれではなく、民族の魂が、わたしの口を通して、この常套の言い回しを語ったのではないかと思えた。それはまるで、衰え滅んでゆく世界の実感、永遠に存在しつづける霊的なものの実感、そして、ケルトの民族生命をいろどる神秘的で解明不可能な「人間の滅び」の実感そのものだった。

「三つの力だ」と、わたしは、今まで横になっていた場所から立ち去るときに、つぶやいた。「あれは三つの力なのだ。生きている神、そして露ほどの寿命もない世界と人間。そしてどこか暗闇のなかに潜んでいるアン・ダン――つまり宿命というものは」

そうだ、マ・ハ・シェン・アン・ダンということば――わたしたちは結局これに帰りつくのだ。したがってケルトの演劇に出てくる主役は、宿命それ自身なのだ――人間の生活がつくりだすあまりにも悲惨な悲喜劇のなかでもとりわけ感動的で、とりわけ際立った役者こそ、宿命なのだ。そして、わたしが知る遠い世界の人々の生活をあまりにも暗く翳らせる張本人、暗く目立たぬところにいて人々を脅かす不気味なゲールの魔物もまた、この宿命自身にほかならない。だから、ここに上梓する解釈の本——なぜなら、人生のページはいつも解釈を要するか、そうでなければただの事実の羅列でしかないからだ——もまた、暗い翳りに覆われている。そしてここに収めた話のほとんどが、わけのわからない執拗さでくり返し同じことを記す書き手にでもつづられたかのような、そんな内容になっているのも、そのせいなのだ。妙に気にかかるくせに、もう聞きあきたような、それでいていつも途方もなく、またこの世離れした雰囲気をもち、しかもそのおぼろげな意味を、作者は嬉々としてくり返し、解釈を加えてつくりあげた、そんな話ばかりなのである。

　現存の作家のなかでも、あなたはこのことをいちばん正しく理解してくださるひとだ。なぜなら、あなたのなかにはケルトの才能の純粋な炎が燃えさかっているから。たしかに、あなたに流れているウェールズの血は、スコットランド系ゲール人のそれよりもはるかに軽やかであるし、たまたまあなたに恵まれた気質と生活環境とが、あなたを、一民族ではなく世界の人々のための作家に押しあげたことは認めよう。しかし、あなたがイングランドの市民であって、すべてのアングロ=ケルト人があなたの才能の正当な相続人であることも承知の上で、わたしたちはあなたの才能を敢えてお借りしたいのだ。現在、わたしたち民族はちりぢりにわかれている。ブリテン人の眼はすこしずつ海から離れ、その耳もメンヒルやドルメンのあいだを吹きぬける風のささやきを忘れようとしている。コーンウォールの人々はすでにかれらの言語を失った。そして今では、コーンウォール人とその古い縁者たちとを結びつける絆さえも見あたらない。マン島の人々は、いつでもケルトの義勇農騎兵でありつづけたが、しかしマン島のケルトの粗野な方言は、年々消えていく運命にある。ウェールズには偉大な伝統が残っている。アイルランドでは、最大の伝統がたそがれ色の水平線から闇のふちへ消え入ろうとしている。そしてスコットランドのケルト圏では、熱っぽい悼みの声や必死の愛やあこがれが、下品な実利主義に押されて年々しぼんでいこうとしている。実利主義というものは、カルヴァン派の教え（いわゆるプロテスタントの現世的信仰）が今も昔もそうであるのと同様に、わたしたちの略奪された土地にとっては大きな呪いにも等しいのだ。

しかし、あなたがいる。そして、あなたほど聡明ではないが熱意においてはゆめゆめ劣らない人々もいるから、わたしたちは絶望する必要がない。「英国人はヒースの原を踏みにじれるかもしれないが」と、アーギルの羊飼いたちは言う、「しかしかれらは、風までを踏みつけにすることはできない」と。

雌牛の絹毛

フィオナ・マクラウド

Illustrated by F.T.Catchpole
From *Spring Nude Awaken Nouveau Floral Woman* (1907)

「わしがこれから話すのは――」と、イアン・モールはかつてわたしに言ったことがある――そしてたしかに、そのときのことは忘れようにも忘れられない。なぜなら、ときがたまたまかれの死の年にあたっていて、わたしのほかはほとんどだれも〈丘のイアン〉を訪れる者がいなかったからである。「――さて、わしがこれから話すのはな、大昔、英雄たちの時代に生きた、とある男と女の忘れられた物語だ。男の名はイスラ、女の名はエイリイといった」

「ああ、わかってる、大丈夫」わたしが話の腰を折ろうとするのを察して、かれは言い足した。「あんたの言いたいことはわかっとる。しかし、わしがこれから話そうというのは、コルマクを愛したエイリイのことではない。イスラというのもわしの友だちにいるイスラじゃない。わしが名をつけてやった子のエイリイの身の上をそれとなく話すわけでもない。あんたもエイリイのことは知っとるじゃろ。あの愛らしい娘の心に祝福あれ！　わしがあんたに話すのは、まったく別の話で、子羊には緑の草がめずらしいのと同じように、あんたにとっては聞いたこともない話じゃ。わしがまだ物心もつかぬ時分に、わしの養母だったバラボル・マコーばあさまの口を通して教えてもらって以来、このわしのしわだらけの口からこの話を聞いた者は一人もおらん」

イアン・モールが話してくれた、どんな本にも載っていない大昔の物語のうちでも、この話はわたしが聞いた最後の物語になった。ここにかれの語り口をできるだけ真似しながらその話を語ろうと思うのも、そんな理由があるからである。

イアンがこの話をしてくれたのは、ある冬の夕べだった。炉辺にあかあかと暖かい火が燃えるなか、わたしたちは泥炭の火を前にして坐っていた。わたしのいとこにあたるシリス・マクファーレンの持っている丘の斜面にある小さな農場に泊まったときのことだ。そのときは、あいにくシリスが、最愛の友ジョーザル・マクダミドの変死に遭って、ストラス島のはるか端まで出向いていてしまっていたから、わたしたちは二人きりだった。

泥炭の火が燃え、そのまん中に分厚いエゾマツを楔代《くさび》わりに打ちこんであったから、小屋のなかは暖かだった。松やにが爆ぜると青い火花がパッとあがり、まるで貝殻のなかにでもいるように絶えまない風の音を運んでくる媒けた煙突を舐めまわす赤や黄色の炎の舌のなかでは、その火花がよく目立った。

小屋の外には大雪が積もっていた。表面は固く凍っていたから、そこを跳びはねていく白ウサギも、まるで影みたいに音を立てず、足跡も残さなかった。

ソマールが、島々の王であった遠い時代、音に聞こえた絶世の美女にエイリイという名の女がいた。

そこで王は、北からこの島嶼部へと押し寄せてくるフォモーリアの海賊どもを相手とする次の戦で、すぐれたいさおしを残した者に、エイリイをめとらせてやろう、と約束した。

やわらかく色白のうつくしい肌、そして日の光と風を受けて燃える栗色の髪のゆえに、「雌牛の絹毛」[*1]とも呼ばれるエイリイは、この話を聞いて静かに笑った。なぜなら、この王女が愛しているのはこの世でたった一人、イスレーの盲目の戦将イスラ・モールの息子イスラだったからだ。かれもまた、負けないくらいにエイリイを愛していた。戦士であるだけではなく、歌の心を知る詩人でもあったから、金髪をほどいて光り輝く武器をたばさみ、戦に出ていくときのかれの目の光と、竪琴を手にして古い英雄のいさおしをうたいあげたり最愛のエイリイに愛の歌をささげたりするときの目の輝きと、いったいどちらがすばらしいか、彼女自身にも決めかねるありさまだった。いや、あるいは、たそがれのひとときに彼女との逢瀬を迎え、神への崇拝にも似た愛のゆえにじっと口をつぐみ、声もなくたたずんでいるときのかれの目の炎が、いちばんすばらしかったかもしれない。

ある日彼女は、かれに向かって、白いマントを作れるだけの野生の白鳥の胸羽毛《ダウン》を採りに、スワン島まで行ってきてほしい、と頼みごとをした。ところが、かれが島にわたっているあいだに——なぜなら、行って帰ってくるまでに三日間は必要としたのだから——フォモーリア人たちがロング島に押し寄せてきた。

そのときの戦は激しかった。けれども北方人たちは屍を築いたすえに、とうとう追い払われた。将軍ソマール自身も、かれが斬り流したフォモーリア人の血に足を取られ、敵の槍兵にあやうく刺し殺されそうになった。もしもその敵をオスラ・マク・オスラが軽槍で討ち取ってくれなかったら、この王は生命を落としていたことだろう。

その夜、王は大きな角杯で麦酒をあおっている最中に、娘のエイリイを呼び寄せた。

王女が、王と戦士たちの集まっている宴の席へやってきた。ひたひたと打ち寄せる黒い波を照らした月明かりのように、彼女は透きとおるほど白くてうつくしかった。

あごひげをたくわえた男たちの口もとから、つぶやきが漏れた。それを王がたしなめると、周囲は水を打ったように静まりかえった。

「陛下、お召しによりまかり越しましてございます」と、エイリイが言った。その甘い声は、緑の季節に森に降りそそぐやさしい雨に似ていた。

ソマール王は彼女を見やった。たしかに、目が覚めるほどうつくしかった。人々がこの王女を「雌牛の絹毛」と呼ぶのも当然だった。血が騒いで、脈が高まった。そのあとで王は、ふいにオスラの方へ視線を落とした。生命を救ってくれたこの仲間の心臓も、王自身のそれと同じように高鳴っていた。王は笑みを浮かべ、もはやエイリイの色香に酔うことをやめた。

「エイリイ、雌牛の絹毛と呼ばれる娘よ、なんじはわしの面前にいる男を知っておるか?」

「存じております」

「では、なんじの口から男の名を申せ」

「オスラ・マク・オスラ、オスラの息子オスラにございます」

「そうじゃ、このオスラじゃ。うるわしき雌牛の絹毛よ、なんじを巻きとる（絹毛を巻きとることはエイリイをめとることと同義）のはこの男をおいて他におらぬ。さらにわしは同じ理由で、この男に、今宵なんじと胸を合わせあうのはうぬじゃ、と約束を与えた。じゃによって、なんじはこれよりオスラのふしどへおもむき、鹿皮の上でかれを待つがよい。このときより、なんじはかれの妻となる。しかと申しわたしたぞ」

まるで泡がはじけるようにして湧きあがった笑い声と会話のさんざめきのあと、エイリイが王の言葉を無視してその場を動こうともしない光景を見たとき、一座の人々はまた口をつぐんだ。

ソマール王が表情をきびしくした。雲のような髪の毛の下にかくれた大きくて黒いかれの瞳が、燃えるように熱く娘を見すえた。

「エイリイ、なんじは耳が聞こえぬのか」冷たい、撥ねつけるような声で、王はようやく言葉を吐きだした。「それとも、オスラにふしどまで抱いて行ってほしいというのか？」

「いいえ、耳は聞こえております」と、彼女は答えた。そのささやきをすべての人が聞いた。それはまるで、ヒースの茂みを吹きぬけるやさしくてかすかな風のそよぎのようだった。

みんなが耳を澄ました。竪琴をつまびく音がひびいた。ほかでもない、あのイスラ・マク・イスラでなければ弾けない調べだった。

そして鹿皮のとばりが二つに分かれ、宴に集った人々のなかにイスラがあらわれた。

「よく参ったな、イスラ。敵が攻め寄せてきたとき、うぬはどこやら遠方に出かけておったそうだが」ソマール王はきつい皮肉を込めて、口をひらいた。

しかしイスラはその言葉に耳を貸さなかった。代わりに、王のすぐそばまで進みでて、そこに立ちどまった。

「よかろう、イスラ、またの名を〃見るも凛々《りり》しいイスラ〃と呼ばれる男よ、王の面前をもわきまえず、そこにたたずむとは。して、いったい何を所望するつもりなのか、申してみよ」

「雌牛の絹毛こと、エイリイを所望いたします」

「エイリイはもはや別の男の妻になったぞ」

「陛下、あの方には別の男などおりませぬ」

「ほほう、これはまた豪胆な！　では、イスラよ、いったい、だれがそんなことを申しておるのじゃ？」

「このわたくしです」

大王ソマールは笑った。かれの笑いは、嵐の夜に声をあげて啼くという予兆の黒鳥のそれに、よく似ていた。

「で、エイリイはどうなのじゃ？」

「あの方にお聞きください」

その言葉にうながされて、王は、毅然としている少女のほうへ目を向けた。

「雌牛の絹毛よ、申してみよ！」

「わたくしには別の男などおりませぬ、陛下」

「ばかめが。わしは今さっき、なんじとオスラ・マク・オスラをめあわせたところじゃ」

「いいえ、わたくしは〝見るも凜々しいイスラ〟の妻にございます」

「二人の男の妻となることはできぬぞ！」

「さようでございましょうか、陛下。しかし、わたくしにとって確かなことはただひとつ、〝見るも凜々しいイスラ〟の妻こそわたくしである、という事実にございます」

王は暗い表情をして眉をひそめた。一座の人々はささやき声ひとつ漏らさなかった。オスラが剣の柄《つか》に手をかけ、不快そうに身がまえた。それでもイスラは、エイリイにだけその輝かしい瞳を向けながら、立ちつづけた。その瞳の前には、この世のものであろうとあの世のものであろうと、他のどんなものも映りはしなかった。

「エイリイ、なんじはもはや処女ではないと申すか？」王がようやく問いを発した。

「はい」

「恥じるがよい、売淫《ばいた》め」

娘はほほえんだ。しかし今は暗く曇った彼女の瞳に、ひとつの炎が燃えさかっていた。「相手は、この〝見るも凛々しいイスラ〟なのだな?」

「さようにございます」

それを聞くと、王はまた嘲うような声をあげた。

「そやつを捕えよ!」と、王は叫んだ。

しかしイスラは動かない。そのために、かれを縛りあげようとして周囲に集まった者たちは、抜き身の剣を握ったまま、その場に立ちどまった。

「その竪琴を取れ」と、ソマール王が言った。

イスラは身を屈めて竪琴を拾いあげた。

「よいか、オスラ・マク・オスラと雌牛の絹毛ことエイリイの祝婚歌を弾くのじゃ」

イスラは笑ったが、それはエイリイにだけ意味のわかる不気味な笑みだった。それからかれは琴を爪弾きはじめた。そして、自分の生命よりもいとしく思う女に向けて、次のような歌を心からうたいあげたのだった。

エイリイ、エイリイ、わが生命と息吹きと炎の精華よ、
おまえを恋う男が二人、おまえを妻にと申しでた男が二人!

しかしエイリイ、おまえにはただ一人の夫しかいない、わが妻よ、わが喜びよ、
ああ、おまえの子宮はわれを知る、おまえが孕む子は、われの赤子。
おまえはわれの、われはおまえの、まさしくこの世にかけがえなき伴侶、ああエイリイ、雌牛の絹毛よ――
この世においてはまたとない、おまえにとってただ一人の男、われにとってただ一人の女！

しかし、ソマール王はその歌を聞いたとたんに立ちあがり、地面に置いてあった巨大な槍の柄に走り寄った。

「その二人を放してやれ」と、大王は叫んだ。

まわりの男たちは立ちどまり、うしろへ退いた。イスラとエイリイは手に手をとり、その人垣のなかをゆっくり歩き抜けていった。それが死出の旅だということに、一座の人々はだれも思いあたらなかった。

「今宵は、おまえたち二人のものにしてやろう」王は怒りのこもった嘲りの声をあげた。

「しかしそのあとは、オスラよ、なんじが雌牛の絹毛を自由にしてよい。妻にめとるのもよかろう。そして〝見るも凜々しいイスラ〟をなんじの奴隷とせよ――今宵から数えて三度月が出入るあいだ、そのようにせよ。そしてそのあとは、この二人の目をつぶし、耳を破り、また同

じだけの日時を過ごさせたのち、雪の上に放りだしてオオカミの餌食とするのじゃ」

しかし、王の慰めの言葉にもかかわらず、オスラは、あのイスラがエイリイとともに一夜を過ごすと考えただけで胸を痛めた。これでは何年エイリイをわがものとしても、至上の喜びが味わえるものではないからだった。

しんと静まりかえった闇のなか、かれは足音を忍ばせて、二人が同衾している場所へ近づいていった。

翌朝、オスラがその場所で絶命しているのが発見された。エイリイのあいくちが柄のところまで深ぶかと、かれの心臓をつらぬいていた。

けれども、その二人が立ちさるのを見たものは、たった一人しかいなかった。イスラの兄弟であるソーチだった。のちに、その甘美な歌のために〝蜜の口をもつソーチ〟と呼ばれるようになるソーチ、その人だった。かれがうたったあらゆる歌のなかでも、エイリイとイスラの恋うたほど耳にここちよい歌はなかった。この二人の恋人は、かつてこの世にあったためしのない至上の愛をつらぬいた何組かの恋人の一例だった。そしてまた、その至上の愛ゆえに、死さえも超えた恋人同士だった。

ところで、そのソーチが見たのは次のような光景だったのである。その夜、太陽がまさに昇ろうというときに、イスラとエイリイは手に手をとって土砦（族長の家を囲む円形の土塀）をあとにした。二人は土砦のなかで、深い喜びのあまり一晩を眠らずに過ごしたのだった。

音を立てず、かといって急ぐでもなく、前夜のように恐れを見せず、二人は海と陸とを分ける低い砂州をわたっていった。

波がちょうど泡立つところ、砂州はそれほど低い場所にあった。二人がうたうかん高い喜びの歌が、朝の大気にひびきわたった。エイリイとイスラは、最初の波が足にふれたところで立ちどまり、着ていた衣を脱ぎすてた。そしてまずエイリイが、栗色の髪を束ねていた黄金の髪ひもを海の向こうへ投げつけた。イスラは剣を叩き折り、二つの刀身が揺らめく緑の波の下に沈んでいくのを見た。そうして二人は向き合い、くちびるとくちびるを重ねあった。

そしてまた、ソーチの恋うたの終わりは次のようにつづいている——ソーチ自身も含めてこの世のだれも、二人が生きているのか死んでいるのかを知るよしもないのだ、と。ただ、イスラとエイリイは二人して太陽に向かって泳ぎ去った。そしてそのあとのことを見とどけた者は、一族縁者のなかにはだれもいないのだ、と。二人は力強い泳ぎ手だった。そして一緒に、日の光のなかへ泳ぎ去った。エイリイとイスラは。

＊1——雌牛の絹毛 silk o'the kine は、征服されたエリソ島で用いられていた詩的な〝秘密〟名のひとつ。エリン島ならびにスコットランド島嶼部では、古代に、まれなる美女の呼び名としてこれを用いた。

海の惑わし

フィオナ・マクラウド

Illustrated by Laurence Housman
From *All-Fellows and The Cloak of Friendship* (1923)

アーギル（イオナを含むスコットランドの郡名）の湖沼地帯、その一角にある湖のそばの村で小さな店をかまえている人のことを、わたしは知っている。もう五十がらみで、どことい って目立つところもなく、ごく常識的な人である。教区のことにも心をくだき、日曜日にはこざっぱりとした恰好で出てくるのにもずいぶんと骨を折る。この人は緑と灰色の水面が見えるところに住んでいて、その水面にはうしろの大きな山が姿を映している。あたり一帯にはみごとな原野がひろがっているけれど、この人は土曜の夜のニシン船の入港を見守り、安息日の午後には友だちとことばを交わすためのほか、あだな楽しみを目あてに丘へのぼったり浜に立ったりするようなことは、絶えてなかった。

しかしこの人は、わたしがいままでに出あった人のうちで、いや、今後出あう人も含めて、とにかくそのなかでいちばんの変わり者だった。というのも、わたしがこの人とことばを交わすときはいつも、かれはとってつけたようなことばかりを、しかもいくらか卑屈な仕草で話すからなのだ。けれども、かれにも一人、とても親しい友がいることをわたしは知っている。ところでこの村の雑貨商と親しい友人は、折りにふれて（二年か三年ごとに、あるいはここのところ三年つづけて毎年のように）、ふいに自分のことを忘れ、昔の自分に、あるいは記憶にないほど昔に生きていた先祖に戻ってしまうことがあるのだった。

かれは一日か二日、そこはかとない悲しみを宿した目をして、落ちつきなく暮らしはじめる。口をきくことはきくのだが、いたしかたない場合でも低い声でしか話をしない。それからしばしば流し目をまわりに送る。そうしてある日、かれは店の勘定台を離れて、店のうしろにある小屋へと出向き、しばらくそこに立って渋面をつくったりひとりごとを言ったり、あるいはぼんやりと周囲を見つめたりする。それから帽子もかぶらずに丘の斜面へのぼり、沼とヒースの茂みの入り組んだ道にそってどこかへ歩いて行ってしまう。だから数週間は姿が見えなくなるのだ。

この地方では〈くずれ岩〉と呼ばれる荒れた岩場を、この人は歩きぬける。そういう場所へ行くと、かれは逞しくなって、まるで山羊みたいにすばやく、忍びやかに跳びはねる。ときおりは丸はだかになり、岩に坐って太陽をじっと見つめる。それよりもっとよく見かけるのは、浜を歩いて、海草のからまったゴロ石につまずきながら大声で海に呼びかけている姿だ。さっき話しておいたかれの友だちによると、このアンドラが腰を屈めては流れる水を両手いっぱいすくいあげ、それを頭に掛けるところを、何度も見たという。かれは水を掛けながら、耳なれないゲール語で、わけのわからない、ときによると灰色岩よりも古い文句を叫んだり唱えたりしていたという。一度などは海にはいって、両手で海面をたたき、寄せてくる波をくだき、しまいには憎しみといとおしさが砕けまじったような叫びやすすり泣きに変わっていく奇妙な笑い声をあげながら、海に挑みかかり、海をあざける姿も見られたそうだ。

かれは海に向かって歌をうたった。呪いのことばを唱えながら、わらびや小枝や石を海に投げつけた。そうして膝をついては祈りをささげ、水をすくって口に運び、また頭にそれを掛けたりもした。かれは女を愛するように海を愛した。海は、かれの愛の光、かれの愛、かれの神だった。それからわたしは、かれの抱いた欲望の話ほど恐ろしい話を、いままでに聞いたことがなかった。風と海の波を愛したりすれば、他人にあざけられ、気味わるがられるのが関の山だ。心に炎を燃やせば、すさんだ空気がそれを消す。身を屈め、ささやき、波に口づけを寄せれば、その塩からさがくちびるを噛み、目を見えなくする。まったくこれこそは、涙さしぐみ心折れて正気を失ったのちに死んでいったおびただしい人たちの、つらい定めと知るべきものだ。

わたしがニールと呼ぶことにする、この友だちは、アンドラがひどくおびえる姿を一度だけ見たことがあった。ニールは舟に乗り、潮にまかせて岸近くを航行していたのだが、そのかれをアンドラが見つけて、こう叫んだという。

「おまえのことは知ってるぞ！　近寄るな！」と、かれは叫んだ。「フェア・アー・ナ・ホアン・スラー、おまえが一つ目の見張り人だということを、知っているぞ！」

それからニールは言った。「潮があいつの目から流れ落ちて、やっと、見張り人なんぞじゃなくておれだということがわかったらしいんだ。あいつはそのままひざまずいて泣き悲しみ、恋にやぶれた苦しさに死んでしまいたい気持だ、と告白した。そして、そう言い残すと、岸へ走っていき、掌ですくった水を口に運んだ。そのせいで一瞬、あいつのもつれたあごひげに泡がこびりついた。あいつは恋人に呼びかけて、彼女に怨みごとを吐いた。それから立ちあがって大笑いし、よろよろと歩いて姿を消した。もっとも、声だけは岩のあいだから聞こえていたけれどもな」

わたしはニールに、その一つ目の見張り人とは何者か、と尋ねてみた。かれが言うには、そいつは決して死にもしなければ、もともと生きてもいない人間のことなのだそうだ。そいつはひとつしか目を持たないが、灰色の花崗岩と灰色ガラスの卵と海の底を流れる灰色の波をのぞけば、どんなものでも見透せた。そいつは海に浮かぶ死人も見透せた。死人は来ぬかと見張りをすることもできた。あるいは、陸に住む者でも、死にとりつかれて海へやってくる者を見分けることもできた。そいつは死に行く人びとに一片の同情も寄せない。しかしそいつは、たそがれどきか夜明けどきにしか見ることができなかった。墓地から出てくるのだった。そいつは人間ではないけれど、しかし人間の死体を食って生きていた。それは、単に生きることよりもおぞましいこと。そいつを見るくらいなら、みずから死を選んでそいつの足もとに横たわるほうがましだった、と。

ところで、そのアンドラの狂気が去ったとき――場合によると一、二週間、しかし三週間以上になることはほとんどない――かれはまた丘を越えて帰ってくるのだ。闇にまぎれて、わらびの沼ややどりぎのあいだをすべり抜け、自分の家のじゃがいも畑の囲いにある、ぎざぎざになったツリウキソウのなかに立って、しばらく様子をうかがうのだ。それからかれは自分の部屋の窓から家にはいりこむ。あるいは戸のかんぬきをあげてはいることもあるが、とにかくそうしてベッドにもぐりこむ。ニールは、そうやってかれが帰ってくるところに出くわしたことがある。たまたまニールは、かわいそうな男のために家事をやってくれるアンドラの妹と、四方山ばなしに花を咲かせていた。そのとき二人は物音を聞きつけた。とつぜん、めんどりたちがあばれだしたのだ。

「アンドラだわ」と、咽をつまらせるようにして、妹は言った。そして二人は、戸があくまで黙って坐りつづけた。かれはそのとき五週間も家をあけていた。髪もあごひげもボサボサで、顔は死人のように青白かった。けれどもかれはすでに、ふだん着に着がえてしまっていて、例の実直勤勉な尊敬に値する静かな人物に戻っていた。そのかれを待っていた二人は、すこしも口をひらかなかった。

「やあ、いい晩ですな」と、アンドラは言った。「いい晩ですな、それに風もない。――マーガレットや、わしたちみんなでインヴェラリー産の丸チーズをいただく時間だよ」

しあわせな子ら

アーサー・マッケン

Illustrated by Vernon Hill
From *Ballads Weird and Wonderful* (1912)

一九一五年クリスマスの翌日、わたしは仕事があって北へむかった。いや、今の状況に許される限度で正確に言うなら、「北東地区」へとむかった。ある奇妙な風聞がひろがっていたのだ。〝ドイツ人〟たちがマルトン・ヘッド付近のどこかに退避壕《ダッグアウト》を築いているというばかげた噂だった。いったい〝ドイツ人〟がそこで何をしているのか、何をしたがっているのか、だれもはっきりとは知らないようだった。しかし、そんな知らせがバカ者の口から口へと野火のように伝わったので、このあきれたホラ話のそもそもの出元を突きとめて、暴くにせよ否定するにせよ、きっちり決着をつけた方がよいだろうということになったのだ。

そんなわけで、わたしは一九一五年十二月二十六日日曜日に北東地区にはいった。調査をはじめたのはヘルムズデール・ベイという、マルトン・ヘッドから二マイル圏内にある小さな海沿いの地だった。谷と荒れ野の住民もちょうどそのウソ話を知ったばかりで、とんでもない大ぼらだとこきおろしていた。わたしが理解したかぎりでは、その噂の出どころはこの夏ヘルムズデールに滞在した子どもたちのあいだで流行《はや》った他愛もない遊び《ゲーム》にあった。子どもたちは〝ドイツ人〟のスパイとかれらの捕虜を絡ませた素朴な戦争ごっこを考えだして、その舞台をヘルビー・カヴァーンという、ヘルムズデールとマルトン・ヘッドの中間にある地域に置いた。それだけのことだったのだ。あとのことはみんなバカ者どものせいである。その連中はみな心では〝ロシア人〟が助けに来てくれることを信じており、「モンの天使」（マッケンが第一次大戦中に創作した「神風到来」に似るデマ話）のようなできごとに疑いを抱く人々に対して逆ねじをくらわせようとしたのだ。

「あの連中をうんとぶちのめしてから、そういう話を聞かせな。そうすりゃ、そんなことを信じなくなるから」と、ある谷の住民がわたしに言った。どうやらその御仁は、わざわざ数百マイルも遠方からこの噂の調査にやって来たわたしのことを、あたまから噂を信じ込んでいる手合いと同等のバカ者だとでも思っているようであった。たぶん、そうした人種は、ジャーナリストという仕事が真実を確認することと偽りを撲滅することの両方を仕事にしていると理解してくれるはずもないのだ。

わたしは〝ドイツ人〟とかれらが築いた退避壕の調査を、月曜日の午後そうそうに切り上げた。そして、つねづね美しくて神秘的な場所だという評判を聞いていたバンウィックで帰り旅の息抜きをすることに決めた。それで一時三十分の汽車に乗り、内陸をあちこち遊覧し、ひろい平地のあいだを走る途中いくつもの見知らぬ駅で停車をくりかえし、マリシェス・アンボで乗り換えて、冬の夕暮れの中をもういちど、見知らぬ内陸を進んだ。汽車は平地を抜けると、深くて狭い谷間へ降りていった。冬の林は薄暗く、枯れたワラビのせいで茶色をしていた。寂しくも厳かな眺めだ。

暗い林がまばらになり、やがて消えて、いじけてしなびたイバラの茂みがあらわれた。ふしぎな形をした灰色の巨石が、地面から突きだしており、小川に面した高台には銃眼みたいな穴のあいた岩がよく見えた。やがて小川はひろがって川になった。そして汽車はいつもこの川と並び合いながら、日没後にわれわれをバンウィックまで運んだ。

西の空を真っ赤に染めた夕映えの光のなか、わたしは感動しながら街を眺めた。むら雲が赤く咲き染まり、バラ園のように見えた。真紅の光に照らされた島影のまわりを満たして、神秘な緑色の海があった。まるで炎の槍のような、火竜のような雲が浮いていた。そうした光と色彩が交じりあう空の下で、バンウィックの街が、陸に封じこまれた港の潮だまりの方向へと傾斜し、また廃墟の僧院と大伽藍がそびえる丘にむかっては、上へ這いのぼっている。

わたしは古めかしい街路のそばにある駅舎から、うねうねと曲がる狭い路を取った。路の両側には岩屋みたいな閉所や開けた前庭が並び、不規則な階段がテラスのついた高根の家々へとのぼっていた。また、港や満潮の海へ下っていく路もあった。たくさんの破風付き家屋があったが、長い歳月のうちに石畳の地面よりもはるか下に埋もれてしまっていた。湿った棟木と弓形の張り出し窓があり、その壁にはグロッタ風な彫刻の痕跡も見えた。埠頭に立って見ると、波止場の別側に、今までに見たうちでいちばん無秩序に建てこんだ赤瓦の屋根の並みがあった。

その屋根のむこう、むきだしの丘たかく、灰色の巨大なノルマン様式の教会がそびえていた。海面を見下ろすと、ボートが波に揺れていた。海面が夕日の炎に燃え立っている。魔法の夢に出てくる街だ。わたしは空と海面から輝きが消えるまで、埠頭にたたずんだ。そして冬の夜がバンウィックの街を闇で包んだ。

わたしは、今たたずんでいた波止場のそばにこじんまりした古い宿をみつけた。部屋の壁がちょっと違和感のあるふしぎな角度で向かい合っていた。石材にも意味不明な突きだしや迫りだしがあって、まるで一つの部屋が次の部屋に突っこもうとするかのような気配だった。天井の角には思いがけなく階段の痕らしい段があった。ただ、酒場はひょっとするとトム・スマート(チャールズ・ディケンズの作品の主人公)あたりが腰かけたくなるような感じがあって、燃えさかる炉と、古くて座り心地のよさげな肘掛け椅子も火のまわりにあり、もしも夕食のあとに〝何か温まるもの〟がほしくなったときには、気の利いたつまみだって出てきそうだった。

わたしはこの居心地よい場所に一、二時間長《なが》っ尻《ちり》をきめこんで、ここを出入りする気さくな町の住民と会話を楽しんだ。かれらは街の古いできごとやら産業やらを語った。かれらが言うには、この港はむかし捕鯨で栄えたのだそうな。それで造船所もたくさん建築され、その後もバンウィックは琥珀彫刻で有名な場所となった。「でも今はなくなったよ」と、酒場に来た人は言った。「とはいえ、なんにも不満はないけれどどね」

夕食のあと、わたしは街を散歩した。バンウィックはもう真っ暗になっていた。何かわけがあると見えて、街路には街灯がひとつも点っていなかった。ぴっちりとカーテンを引いた窓の奥からも、明かりの気配がなかった。まるで中世の街を歩いているようだ。古代の覆いかぶさるような家並の形がぼんやりと見えて、さながらギュスターヴ・ドレが描いた中世パリかロアール地方の古都トゥールの街並みの奇怪でうつろな挿絵を連想させた。

街にはほぼ人影がなかった。ところがどの前庭や小路にも小さい子どもがわらわら動きまわるようすがあった。今も、白衣を着けた幼な子らが白いものをひらひらさせながら走りまわるのが見えた。こんなに楽しげな子らの声は、聞いたことがなかった。ある子はうたい、ある子は笑っていた。また、暗い穴蔵をのぞきこんだり、子らで輪を作ってダンスしながらくるくると回り、澄んだ声ですばらしいメロディを合唱したりする。これはきっと地区に伝わる古い音楽なのだろう。その証拠に、サビの部分の転調はこれまでに聞き覚えがないものだった。

わたしは酒場にとって返し、亭主にむかって、真っ暗な街路や庭で遊んでいるたくさんの子どもは、あれはいったいなんなんだ、と問いかけた。全員がとてもしあわせそうにしているようなのはどうしてだ、とも訊いた。

すると、かれはちらりとだけ、わたしを見つめてから、こう言った。

「そうさな、だんな、子どもは夜になると自由になるってとこだろうかね。あの子らのおやじはどこかへ行っちまうし、おっかさんの手じゃ躾けられねえ。それだもんで、子どもは大騒ぎして走りまわるんでさ」

亭主の振りにはどこかに妙なところがあった。どこが妙か、なぜそんなに迷惑がるのか、と訊かれても、わたしだってしかとは説明できない何かがあった。どうも亭主は、わたしの質問が気に障ったようだ。いったい何がいけなかったのか、見当もつかなかった。わたしは食事をして、また一、二時間ほど、マルトン・ヘッドの〝ドイツ人〟のことに決着をつけるために話しこんだ。

わたしは〝ドイツ人〟伝説の解明を終えた。そしてベッドにもぐりこむ代わりに、バンウィックのすばらしい夜景をもういちど眺めに行こうと決心した。それで外へ出ると、橋をわたり、夕映えのなかで眺めた奇妙な赤い屋根の家並がずっと上へつづいている別サイドのほうから、街路をあがりだした。だが、一風変わったバンウィックの子らは、おどろいたことにまだあっちこっちにいた。あいかわらず熱狂しており、賛美歌を合唱し、ダンスと歌に酔いしれ、庭園から丘の中腹へと上へ刻んでいく階段の最上段に突っ立ち、まるで中空に浮いているようにしているすがたも見えた。そして、子らのしあわせそうな笑い声が夜鐘のように響いていた。

わたしが宿を出たのは夜十一時も十五分を過ぎたころだったのだ。だから子どもが夕方うたっていた古いメロディをふたたびうたいはじめるのを聞いたとき、わたしは首をひねりたくなった。というのも、バンウィックの母親たちがほんとうに子どもをこれだけ遠くへの夜間外出を許してやっているのなら、これは甘やかしもいいところだと思ったからだ。今、甘く澄みわたる声が、夜の闇に膨れあがっていた。きっと数百人くらいの子がいるにちがいない。わたしは真っ暗な小路にたたずんだ。おどろいたことに、僧院をめざして丘をあがっていく子どもの長い列が、目の前を通り過ぎていく。おぼろ月が今のぼってきたのか、それとも雲が星の前を過ぎていったのか、わたしにはわからない。しかし空気があかるくなったので、子どもの列がはっきりと眺められた。春の森でかれらがうたうときと同じような恍惚と歓喜をもって、子どもがうたいながら丘をめざしていく。

全員が白衣を着ていた。が、なかには奇怪な紋章がはいった衣を身に着けた子もいた。わたしが目撃しているこの古めかしい神秘劇の断片にかかわりある徴《しるし》と見えた。多くの子は濡れた海藻の輪を額にのせていた。喉のあたりに切り傷のようなかたちの付いた女の子もいた。幼い男の子が白衣の前をあけて、心臓の上に付いたぞっとするような傷を指し示した。そこから血が流れ出ているように見えた。別の子は、両手を大きく開いていた。そのてのひらは誰かに斬りつけられたかのように割けて、出血しているようだった。また、ある子は小さなあかんぼうを腕に抱いていた。そのあかんぼうすら、顔に傷の痕を見せていた。

その行列がわたしのそばを過ぎていった。丘からつづく坂道が古代の教会へむかっているため、子らはまるで宙に浮きながら歌をうたっているようだった。

わたしは宿に戻った。途中、橋を渡ったとき、ふいに、これは「聖なる幼子祭」の宵宮だ、と思い当たった。まちがいなく、こんな中世の遺物みたいな混乱した習慣を、どこかで見物したことがあった。わたしは宿に着くと、主人にそのことを問いただした。

主人の顔に見えていた異常な表情の意味するところが、ようやく理解できた。かれは蒼白になり、恐怖に震えていたのだ。主人は、わたしがまるで死の宣告を告げる使者であるかのように、たじろいだ。

＊　＊　＊　＊

数週間後、わたしは『バンウィックの古代祭祀』という本を読んでいた。その著者はエリザベス朝の人で、あの古い僧院が栄えていた黄金期と、廃絶に至った経緯とをともに見た無名の人物だった。わたしは次のような一節をみつけた。

「また、クリスマスの日の深夜に、驚嘆すべき厳粛な礼拝式がおこなわれた。礼拝の際に修道僧が神Deumにささげる歌を唱え終わったとき、黄金の法衣に身を飾った僧院長が祭壇にあがって、奇跡的な儀式を見せるのである。まずは、バンウィックの幼い年代の子らがこぞって教会にはいってくる。全員が純白の衣をまとっている。僧院長は『聖なる幼な子の弥撒《ミサ》』を唱えはじめる。弥撒の浄めが終わると、まっすぐに前を向いて控えていたいちばん歳下の子が教会から出て、合唱隊席にはいっていく。この幼な子は祭壇へ運びあげられ、僧院長の手で祭壇の前に置かれた黄金に輝く王座に腰かけさせられる。僧院長は深々と一礼し、「天上の王国《タリウム・レグヌム・コエロルム》、アレルヤー」と賛歌をうたう。

合唱席からもそれにこたえて歌声があがる。「かれらは白いローブ《アミクティ・スント・ストルス・アルビス》を着ていた、アレルヤー・アレルヤー」と。そして副僧院長と教団の修道僧全員が同じように礼拝し、王座にすわる幼な子に敬意を表するのであった」

＊　＊　＊　＊

わたしはかつて、「幼な子の白衣教団」と称する集団を見たことがあった。ルシタニア（現在のイベリア半島にあった古代ローマ属領）あたりの深い水からうたいながらあらわれる姿を見た。フランドル地域とフランスの原野では、無垢なる殉教者たちがその神霊的な聖地で弥撒を聞くために集まってくる、喜びに酔いしれる姿も、見たことがあった。

リアンノンの霊鳥

ケーニス・モリス

Illustrated by Ivan Bilibin
From *Prince Ivan and the Firebird* (1901)

木曜日、満月の日だった。おまけにサンザシが満開で、山腹には鳥たちがうたっていた。時刻はそろそろ夕方に向かい、陽はやわらかな金色に変わって、長ながと延びた緑の原のふちにかたむいていた。

シオン・アプ・シェンキンは農場の庭の門ちかくに立っていた。そしてさっきから首をかしげていた。陽の光のなかに何かないか、それに鳥が舞いあそぶ空には、なにやら調べがひびいていないか、なにかそれを歌にできないものか、と？ それからブタが鳴きさわぎだし、夕食どきがやってきたことを告げた。すると黄色い漆喰壁の農家から妻のグウェンノが手桶をさげてあらわれ、ブタの餌槽に食べものを注いだ。

「シオン」と、妻は言った。「あんた、一日そこでぶらぶらしてて恥かしくないの。あたしは一日中あくせく働いて、夜も休むひまなんかありゃしないのに。戸棚のパンを切らせてはいけないし、この床にほこりが積もっちゃいけないしさ！」

「わかってるよ」と、かれは言った。「おまえ、何の用だい？」

「何の用？　ブタが餌をほしがって鳴いてるだろうさ。あたしがいなけりゃ、あいつらはちゃんと餌にありつけないどころか、水も、いのちも保てやしないのよ！」

なるほど、ブタたちはたしかに鳴きさわいでいた。ショーン・アプ・シェンキンは、あたりにかすかな歌声がただよう平穏をこよなく愛したから、自分に反感をむきだしにしている妻や飼いブタといさかいを起こす気もなかった。

「ほんとにさ、何だろうね、あそこに見えるのは？」と、かれは言った。

「何だねもありゃしないわよ。ブロンウェン牛がぶらぶら山に迷いこんじまってるのさ。そのうちに星だまりの原に行くつもりだよ。ミルクを絞るんであたしが待っていることを、よく知ってるのにさ。あんなグズになったのも、あんたのお仕込みだよ、たまりゃしないね！」

「わかった、わかった。おれが、ひとっ走り行って、あの牛を連れてくるよ、造作もないことだから」シオンはそう言い残して、歩きはじめた。

農家の台所では、シオンの母親のカトリンが椅子にすわって、炉にあたっていた。グウェンが帰ってくると、母親は尋ねた。「シオンはどこへ行ったんだい？」

「星だまりの原からブロンウェン牛を連れ戻しに行くといってましたよ」グウェンは言った。

「でもね、あんたのその知らせが気にかかるんだがね。だって、今日は五月一日の前宵、年に一度妖精が宴会をする夜なんだからさ」

シオンは、だらだらとつづく斜面の原をのぼっていった。この世の美しさが彼をよろこばせた。空の歌声がすこしずつ近くなってきたけれど、まだしかとは意味が捉えられなかった。そうやって緑にあふれる穴の原を越えていくと、藺草の上にポツンとともる灯が見えた。こんなものは、生まれてこのかた見たこともなかった。生け垣の門をくぐりぬけて、星だまりの原へはいると、思ったとおり、ブロンウェン牛が目の前にいた。牛の名を呼んだが、牛のほうはすこしばかりへそ曲りで、どんどん歩いていってしまう。だからかれはその分だけ長く、あとを追いかけなければならなかった。牛のそばへ追いつくまでには、家からそこまで、垣を七つも越える必要があった。でもそのあいだに、歌がいよいよ近く聞こえてきた。この世で——つまりウェールズで、いちばん愛らしい歌ではないかな、とかれは思った。

そしてやっと牛に追いついたとき、おや、すぐ目の前に、その歌声のみなもと、おおもとでどころが、見まちがえのないほどはっきりとあらわれた。それは、花を咲かせたサンザシの樹にとまった一羽の鳥だった。

ドルイド（ケルトの高僧の意がある）と呼ばれるミソサザイの一種と同じような大きさだったが、その羽根は山の根雪にあたる陽の光みたいに白く輝いていた。そして、その羽根をふるわすごとに、歌のさざなみが揺すりだされて、そっと世の中へひろがり、やがては、山が心の底から大笑いしているのだなと村人が気づくのだった。ここはどうしても足をとめて、その歌に耳をかたむけなければならない。

かれは立ちどまって、耳をかたむけた。浮き世の悲哀をひと通り体験したかれだったけれど、そんなことは少しも気にならなかった。ときが過ぎて思い出になれば、悲しみも喜びに変えられるからだった。その歌声は朗々として、しかも快かった。

でもその日、この世の不思議がたしかにそこに起こった。というのも、かれが耳をかたむけていると、いちばんすてきな歌が南の方向から流れてくるのに気づいたからだった。ふりかえると、繭草のしげみにもう一羽の小鳥がいた。頭の上にちょこんと羽根が立ち、天のように青く、宝石みたいに光り輝いていた。その歌声は、星にさえ空から身をのりだして耳をかたむけさせるほど魅力的だった。その歌がそうして流れているかぎり、かれは向き直ってあと追いをつづけるわけにいかなくなった。歌声の魔力を、かれはつくづくと思い知らされた。なぜなら、かれを取りかこむ大地も空も、すっかりたたずまいを変えていたからだ。いつも見慣れた山も、おどろくほどすてきに見えたし、山や谷をうろつきまわる生きものたちも、あるいは炎のような色に染まり、頭にたおやかな火のかんむりをのせ、いずれも人間よりはるかに美しく見えた。そして山からは、きれいな灯が輝きだした。かれにとって、それは今までに味わったどんな喜びよりも大きな喜びだった。そうなると、ブロンウェン牛や妻のグウェンノや農場のことなど、もうどうでもよくなった。やがて三羽めの鳥がやってきた。虹色をしたやつで、今までの二羽よりもさらに美しい声で鳴いた。その声にうっとり聞きほれているうちに、かれは、この世の深遠な叡智をすべて授かったような気がした。焔の衣をまとった古代の〈不思議の王〉が、かれのそばに来臨したようにも思えた。そして広大な山脈が、王の宮殿になった。かれはその王たちと歩いた。そして古の世の住人が、かれに叡智と才能を授け、雲に隠された峰みねの威厳を与えてくれた。そのむかしシオン・アプ・シェンキンと呼ばれた男がいたとしても、今のかれはもうそんな男のことなど忘れていた。代わって、かれは世界の年齢と古めかしいものどものことを思いだし、ときを超えた美に歓喜した……。

そうこうするうちに三羽の鳥は飛び去り、星ぼしが輝きだした。一時間か、あるいはもっと長く、歌声に聞きほれていたにちがいないが、かれにはたった五分のあいだのように思えた。うす暗がりのなか、かれの目の前を、農場めざして山を下っていくブロンウェン牛の姿が見えた。新しい歌の世界がいま開け、もう二度と美しい歌声の意味について頭を痛める必要もなくなったかれは、幸せに満たされながら牛のあとを追った。「まるでリアンノン（ウェールズ神話に登場する女性。息子を盗まれたために罰を受けた）の鳥の声を聞いていたみたいだな」と、かれはつぶやいた。あれはそのときたまたまウェールズに居あわせた、三羽の霊鳥（リアンノンの霊鳥はその歌声で聞く人を魔力にかけたといわれる）だった。その歌声を、たとえ百年のあいだ聞いていたとしても、聞く者にはわずか一時間も耳をかたむけてはいなかったように感じられたはずだった……。

農場の台所に火とろうそくがかがやいていた。戸も開いたままだ。その戸口から中を覗きこんだとき、かれは敷居の上で思わず足をとめた。そこに見、聞いたのは、かれが予想もしなかったものばかりだったからだ。ひどく老いた男が一人、炉のそばの長椅子にすわっていた。その向かいがわに、どうやら老人の孫らしい若者がいた。そのあいだに子どもが三人、炉にあたっている。台所を行ったり来たり、いそがしそうに立ち働く女は、グウェンの貌と声とをもっていたが、ただ、やはりどこかに異質なところがあった。

「ほんとにもう」と、彼女は話しかけていた。「あんた恥ずかしくないの、ブロンウェン牛を探しにも行かないで。山でぶらぶらしてるのよ、あの牛ったら！」

「あいつの好きにさせとけよ」と、老人が言った。「おまえね、わしのじいさんのそのまたひいじいさんがどんな目にあったか、聞いたことないのかい？」

「ねえ、そのお話、聞かせてよ！」子どもたちが一斉に声をあげた。

「さあね、もう三百年も昔のことだが」老人は語りはじめた。「五月一日の前宵のことだった。この農場から一頭の牛が山に迷いこんじまってな。それでわしのじいさんのそのまたひいじいさんが――」

「ねえ、その人の名前は？」子どもたちが叫んだ。

「シオン・アプ・シェンキンというんだ」と、老人は答えた。

「ねえ、だれか入口に来てるわよ」と、女が言った。「おはいりなさいな、いらっしゃい！」

しかし、だれもはいってこなかった。みんなが確かめにいったとき、そこには人の気配もなかった。「きっと風の音だ」と若者が言った。すると、若者の祖父がやってきて、みんなにシオン・アプ・シェンキンの話のつづきを聞かせた。「噂によるとな、わしのひいじいさんに歌いかけたのはリアンノンの霊鳥だったらしいんだよ」と、かれは言った。

栄光の手
——乳母の物語——
リチャード・バラム

Illustrated by Vernon Hill
From *Ballads Weird and Wonderful* (1912)

ところは人気《ひとけ》なく寂しい荒野、
　ときは丑満《うしみつ》、
首くくりの木の下に、
　手に手をとった
　人殺しどもがいる、
一人、二人、三人も！
　その夜の月は
　色あせた冷光を
邪まな男ども　おのおのにそそぐ。
　月は半分ほど
　嵐を透かして見えるが、
残る半分は雲に隠れている！

そして冷たい風が唸り、
いかづちがとどろき、
また雷光が一面をあかあかと照らす。
どちらにしても
おどろおどろしき空模様、
それにしても不快な一夜！
「さあ、われと思わん者は登れ、
そして手首のそばまで行って
死人の手をすぐに切ってこい！
さあ、勇気のある者は登れ、
あいつがぶらぶら宙で揺れているところまで、
そして死人の髪を五束引き抜いてこい！」

＊

タッピングトンの荒野に、一人の老婆が住んでいる、
彼女は少なくも八十の齢を背負っているが、

とてもそんなものではないと考える人もいる。

　婆の鼻は鉤まがり、
　婆の背中は猫まがり、
　婆の目玉は曇って、まっ赤。
　婆の頭のてっぺんにゃ
　リンネルの頭巾、
　そのまた上にゃ、ひどい帽子。[*1]

＊1――『インゴルツビ伝説』が執筆された当時はやっていた街路上での卑俗なはやし詞《ことば》。

とても目立つ形の帽子は、へりが狭くてぺちゃんこだ！
それから――まったく！――老婆のあごひげときた！――あれじゃ、
はじめて老婆を見る者は、男だか女だかわかるまい。
いやいや、あえて言うが、この老婆ときたら、
よくよく見ないうちは、放りだされたパンチ
かジュディと思い違えても不思議じゃない。

とにかく、あの泥壁の小屋で、膝を鼻につけ、鼻を顎につけ、
あの不気味な、測りがたいほくそ笑みを浮かべる老婆を見たら、
だれだってびっくりして両手をあげ、
「まあ！——こんなにきちんとしたガイ[*2]の人形は見たことないよ」と叫ぶだろう。

さて、今、
その老婆の戸口に、
どう見ても善良さのかけらもない戸口に、
手に手をとって
人殺しどもがたたずんだ、
一人、二人、三人も！

ああ！　見るも恐ろしい光景だ、
その気味わるい小屋で、気味わるい人殺しどもは
ちかちかとまたたく青白い灯の下で、
とても口に出せない行ないをはじめている！
聞くもおぞましい

恐るべき呪文！
かれらは祈りの言葉を逆に唱え、ニンマリ笑った！
（マシュー・ホプキンズが請けあうことにゃ
魔女は呪文を唱えるときに、アーメンからはじめるそうだ）

＊2――Guy とは英国の著名な火薬陰謀事件の首謀者ガイ・フォークスをかたどったグロテスクな人形のこと。Guy Fawkes Day の夜、この人形を引き回して焼く風習がある。

＊3――イギリスの有名な魔女狩人。魔女狩り将軍と自称したマシュー・ホプキンズは、十七世紀半ば頃に魔女を狩りだす目的で、エセックス、サセックス、ノーフォークおよびハンティンドンを旅して歩き、前代未聞の拷問審理を指揮し、愚かしく、あり得るはずもない悪事についての自白を、不幸な魔女たちに強要した。
そして自白の代償に、彼女たちは殺されていった。ホプキンズは最後に当局の手で捕縛され、かつて自らが最も気に入っていた水責めの拷問にかけられた。

この審問の結果、ホプキンズの体が水面に浮きあがったために魔術を弄した証拠と認められ、溺死させられたかどうかは別としても、彼の姿は当地から消え去ることとなった。

しかしこの男は『ヒュディブラス』の作者（チャールズ・キングズリーのこと）による次のような一文を献げられる光栄に浴した――

「彼の者は結局のところ自らも
魔法使いであることが露見した、

自縄自縛をまさに地で行った。」
ウォルター・スコット『魔神論の魔術についての手紙』第八書簡を参照のこと。

——見るもおぞましい
あの老婆の膝の上
死んだ、しなびた手を、婆は大喜びで掴みとる！
そして今、用心ぶかく
髪の毛五束、
あの木にぶらさがっていた紳士の頭蓋から剥ぎとって、
黒い山猫の油脂とあぶら身を
手ばやく混ぜこみ
捻って灯心をこしらえ、
そうして拇指と四本の指にそれぞれ固定した——
(この護符には別の製法もある、
エインズウォース氏の「プチ・アルベール」を見よ)

「おい、死人が戸を叩いたら
鍵をあけろ！
かんぬきをあげろ、しんばり棒を、留め帯を！
――動くんじゃない、たじろぐんじゃない、
しっかり力をこめて、気もたしかに、
死人の手の呪文から身を護れ！
眠ってる者はすべて眠れ！　起きてる者はすべて起きろ！――
だが、死人だけは死人のままでいるのが身のためだ！」

＊

どこもかしこも森閑と静まり、
音といっては泡だつ小川の絶えないつぶやきひとつ
タッピングトン・ヒルの地中から湧く水の音ひとつ。、
そしてタッピングトン・ホールには
大きくて小さく、
しっとりとして粗末で、四角く仄暗いホールで、

男たちはそれぞれの個室をみつけた。
そして老婆の黒いマントルが男たちの上に睡りを投げかけた、
それも道理、深夜はとうに過ぎていた！

大地も空も暗闇のなか、
たったひとつ、狭くて高い　向こうの箱窓から、
　　小川の水面に
　揺れる光が見えて
あきあきしながら見つめてる人のそばで気まぐれに輝いている細ろうそくのように、
その明りはチラチラおどる。
狭くて高い　その箱窓のなか、
だれも盗み見などできない秘密のねぐらに、
眉根を険しくさせた男がすわっている、
かなり淋しくなった細い灰色の髪なんかでは
小さな禿げあがったその頭を隠しおおせるはずもない。
　　なぜなら、すっかり飾りをつけたかつらが、
　大きく、むさ苦しく、

古めかしい高背の椅子の上にかかっていたから。
　　胸のボタンは外れ
　洋袴の脚にゲートルも巻かず、
そのガウンにチューリップと薔薇を飾りたて、
しかも大きくて彩りあざやかなその花は、
エデンにさえ見られないもの。
ああ、さても、すばらしい黄金を積みあげた
輝くばかりの大山を見れば、
用心にいささか疲れきったその男にとって、いくら必要な眠りでもゆるさないほど強力な呪縛とは、まさにこれぞと、
だれの目にも明らかだ！
おそらく、男は他人に盗み見される心配もなく、むさぼるような目で心ゆくまで宝を見つめるだろう、
　　光りかがやく黄金の
　目くるめく山積みを、
美しい薔薇の気高さを備えた、かがやかしい金貨を、
そしてはるかな海から拾いあげられた大判の金貨を。

しかし、その男をじっとみつめる別の目がある、
　　目を見開き、こっそりと
　　　　となりあわせの小部屋のなか
脚輪付き寝台の下に、
小さな給仕が這いつくばっている。
　　　　すこし前にそこの隅にすわって
　　　　クリスマスのパイを食べていた
　　　　若主人のオーナーと同じく
齢に似あわぬ稀れな才知に恵まれた子どもが。
そして、老いた紳士が宝を数えるあいだ、
小さなヒューは板の割れ目からそれを覗き見している！

＊

　　　どこかで声がひびく、
　　　階段で足音がする――
老人はその音がかすかにひびいたとたん、

高い背もたれのある椅子にすわったままドキンとし、
あたりを見まわし、
そして十六枚の金貨を抱えこんだ。
するとと小さな獅子鼻の狆《ちん》が
老人の足元から
身を起こしかけた。
しかし、その鼻をクンと鳴らすよりも早く、
小さな犬は立ちすくんで硬ばった、
なぜなら、低いけれどはっきりと
耳元にまごう方なく、
――いちどでも聞こえたら、もう消えることのない――
死人の呪いの不吉なことばがひびいたから！
「死人が戸を叩いたら
鍵をあけろ！
かんぬきをあげろ、しんばり棒を、留め帯を！
動くんじゃない、たじろぐんじゃない、
しっかり力を入れて、気もたしかに

死人の手の呪文から身を護れ！
眠る者はすべて眠れ！　おきてる者はすべておきろ！
だが、死人だけは死人のままでいるのが身のためだ！」

鍵も、かんぬきも、しんばり棒も役に立たない、
釘をたくさん打ち込んだ分厚いオークの腰板もだめ。
蝶番が重々しく耳ざわりにきしむ、
つい一週間前に油を差しておいたというのに――
　　そうして戸が目いっぱい開きにひらき、
　とうとうそこに、やつらが現われた、
　栄光の手の火に照らされた
　あの人殺しの一団が
一人！――二人！――三人！

やつらはポーチを横ぎり、広間を越えてきた、
門番が壁にもたれて大いびきをかいてるときに。

ところがその大いびきが
門番のだんご鼻のなかで凍りついた。
門番のすぐそばを栄光の手がすり抜けたとき、
どうやら門番は最後のいびきをかくことになったようだ！
猫に追われて必死に逃げる途中だった小ネズミまでが、
全速力で敷きものの上を走っていたのに、
こわくて死にそうだったのに、
ぴたりと動きをとめた。
それに小ネズミを追いかけてた猫も、
背中の毛を立てて身がまえるようにうずくまった！
そこへ三人が現われる、
階段の踊り場へ、
それにひょろりとして腰の捻じ曲った死人が、光を受けて、あらわれる！
——ああ私は金輪際、たとえいくら金を積まれても、あんな気味わるい光景を書きたくはない、
あのまがまがしい、まがまがしい
死人の目の光を、

聞こえもせぬあえぎと、
　ふかい苦悶の声とを。
囲いにいれられた子牛と、押えつけられた子羊は、
肉屋の庖丁を見てもこわがらないだろう。
かれらは――幸せなことに――夢にも思わない、
庖丁が振りあげられて、その無垢な生命が危険に瀕しても。
庖丁が振りおろされる――かれらのか細い生命の糸が断ち切られることを。
でも、その一撃を迎えるまでかれらはこわがりもせず、うたがいもしない、
しかし、ああ！　むきだしの庖丁が敵の手で振りあげられ、
しかもそれを防ぐ手立てや希望もないとしたら、
それは何という景物であろう、見ものであろう！――
たくさんだ！　ここは極力先を急いで、
あの不幸せな死人、あの灰色の死人の運命を手みじかに語ってしまおう！

　さても貧しく愛らしいヒューは
　その光景を見て腰を抜かし
　声も体も思うにまかせなかった！

ただ空しく
　目を見開こうとした
目のやつめ、固く閉じて、シワのように縮みあがった、
まばたきだけでもできたらいいな、と祈ったのに！
だめだ！――たとえ世界のどんな宝をくれても、
あの子の小さな靴をはかない、
ヒューのものならどんな着物だって着ない！
壁に割れめがあったのは、不幸中の幸い、
その子は狭くて小さな穴に、いつまでも目を押しつけた！

泣きわめく声、悲嘆の音、
仲間どもが立ち去るあとに、
あの運命の夜が、タッピングトンの
長く覆いかぶさった屋根と切り妻型の軒を、闇で覆っていく。
やさしく善良な、目に見えぬ精霊たちは
血なまぐさいできごとを悼み、泣き悲しむ

＊

朝まだきの頃――あたりは薄暗い、
雲も嵐もいまは過ぎて、
どこもかしこも快晴の兆しを見せる。

でも、ひばりが歌をうたっているさなか、
タッピングトンじゅうに金切声と叫び声が鳴りひびく。
　　だれもが目をさます、
　　大人も子どもも、
タッピングトン・ホールにいた人はみんな、
貴人も俗民も、家令も馬丁も、
みんなで一斉にご主人の部屋に押しかけた。
　　そして部屋の床には
　　血潮に染まって
気味わるい死体がさらしものになっている、
頸動脈と頸静脈を掻っ切られて！

　しかもそこに、かたわらに
　朱い血潮のただなかに
まだいたいけな小さい召使いがすわりこんでいる。
蒼白いその頬に、尽きせぬ涙の筋をつくり、
その流れがひとつに集まって滴りおちている。
そして、たっぷりと髪のついたかつらで血を止めようとしている。
不幸なるかな！　空しいかな！――それは明白なこと、
解剖人も言うだろう、みにくく切られた死体には、
二度と生命が戻るまいと、
大事な頚動脈を切られたうえは。

＊

ケント州じゅうに怒りと叫び《ヒューアンドクライ》*4がうまれる。
咽切りの張本人どもを追いかけるために、巡査が一人やってくる。
でも、犯人の逃げた方角をだれも言えない。
そこで巡査のお伴をしたのは、あの小さな召使いと

小さな獅子鼻をもった小さな狆。

*

ロチェスターの町の
〈王冠亭〉で、
三人のみすぼらしい男たちが卓を囲み、
ふとった鵞鳥の丸焼きと焦げたポテトを食べているところへ、
小さな召使いが
血相変えて走りこみ、
アップルソースとたまねぎとソーセージをひっくり返した。
そして小さな召使いは最初の男の咽をつかみ、
小さな狆がいちばん向こうの次の男のマントを食わえ、
そして巡査がいちばん向こうの男を取り押えた。
給仕がやつらのポケットを探って、
きれいな銅貨や金貨をたくさんつかみだした。
下足番と女中が走ってきて、目を丸くして見つめるなか、

巡査はえへんと勿体ぶって、口を開く、
「おまえたちはお尋ね者じゃ、諸君、三人ともにな、
タッピングトン・ホールで途轍もない大騒ぎをしでかしたかどでじゃ！」

黒い首吊り台がタッピングトンの荒野を見つめている、
以前にも黒い首吊り台が建てられたところに。
　もうこれ以上はないほど黒く、
　そこに人殺したちが
　ぶらぶらとぶら下がっている
　一人！——二人！——三人！

とんがり帽子をかぶった、気味わるい老婆がいた、
猫の首巻きを締められて、そこから
死人の手と山猫の死骸がぶら下がっている！
人々は老婆の拇指と、足の指を縛った。
　それから目隠しをして、手足も縛った！
人々がはやし声をぶつけるなか！

老婆はタッピングトンの水車場で水責めにされる――「泳げ！　泳げ！」と。
人々は老婆を陸に引っぱり上げた。
みんな手に手に、
薪や棒切れや燃え木を握っている。
ちょうどそのとき、黒ずくめの見慣れぬ騎手
が走りこんで、ひょいと老婆をかすめ取り、
袋のように背中にかつぎ上げると、馬の脇腹に拍車をかけた。[*5]
馬は群衆のあいだに突っこみ、あっという間に走り去った！――
人々は口をつぐんだ
あの気味悪い騎手と老婆がどっちへ消えたか、
予想できることはいろいろあったにもせよ。
それというのも、あの騎手は地獄のダローみたいだと、だれもが認めたから。[*6]
そして老婆はひどく泣き叫び、騒ぎたてた
だから我々がこう思うのも当然だろう――
あの老婆は馬に乗ってもたいして楽しく
なかったはずだ！　と。

教訓

このじつにうそ偽りのない話は、うたがいの余地なく、まこと含蓄ふかい金言の真実性をみごとに立証している――「人殺しは露見する！」と。
血をほとばしらせる仲間が「複数」でも、いくら逃げても、
所詮は空しい努力である。たとえ一時期は逃げおおせても、やがてじわじわと追いつめられ、
かならずやヒュー[*7]（怒り）とクライ（叫び）とによってめし捕られる！

*4――Hue and Cry とは、ある対象にむけての非難や追及の声が上がることをあらわす成句。

*5――老婆が悪魔の騎手とともに馬で立ち去る話は、ウェストミンスターのマシューとオラウス・マグヌスの両人が書いており、サウジーのバラッド『バークリィの老婆』の主題ともなっている。『ニュールンベルク年代記』には、犠牲を運び去る魔物を描いた珍しい木版画が添えられている。

*6――アンドルー・ダロー、著名な馬術家。「アストレーズ」劇場の経営者にして、『聖ゲオルギウスと竜』『アーサー王と円卓の騎士』などの大スペクタクル劇を、パン氏の許で一八三三年にドルーリー・レーン劇場で上演、大反響を呼んだ。

*7――a hue cry ＝犯人逮捕布告に少年召使いヒュー Hugh を掛けた洒落。

小鬼の市

クリスチーナ・ロゼッティ

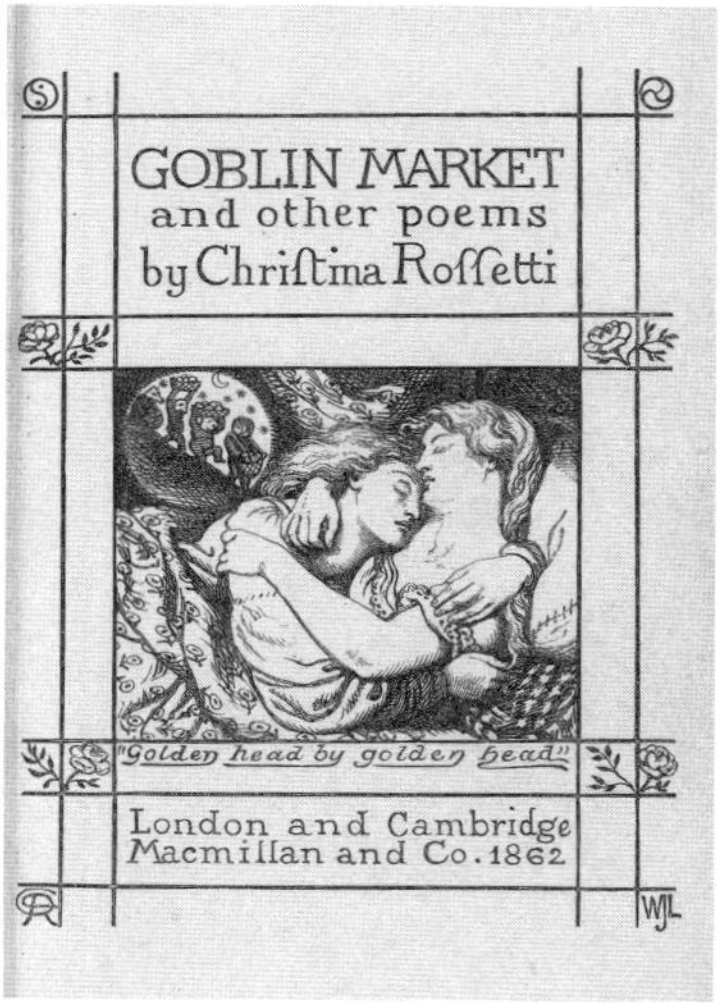

Illustrated by Dante Gabriel Rossetti
From *Goblin Market* (1862)

朝な夕な
乙女たちは小鬼《ゴブリン》の売り声をきいた…
「買いにおいで、おれたちの果実《くだもの》を、
買いにおいでよ、買いにおいで…
りんごに　まるめろ、
れもんに　おれんじ　はいかが、
穴なんかちっともあいてない　さくらんぼ、
めろんに　木いちご、
頬にぽっと紅の差した　もも、
黒く熟れた桑の実、
野原で育った　つるこけもも、
野りんごに　やぶいちご、

ぱいんあっぷるに　黒いちご、
あんずに　いちご…
みんな今が食べごろだよ
夏の天気にめぐまれたおかげだ——
過ぎゆく朝に、
すぐ暮れてしまう　すてきな夕べに…
買いにおいでよ　買いにおいで…
ぶどうは蔓からもいだばかり、
ぴっちりつまって　おいしいざくろ、
なつめに　すっぱい西洋すもも、
上等ななしに　すもも、
黒すももに　こけもも、
味みてごらん　ためしてごらんよ…
干しぶどうに　すぐり　はいかが、
明かるい炎みたいな　へびのぼらず、
あんたの口をいっぱいにする　いちぢく、
南蛮渡来の　ぶしゅかん、

なめたら甘くて　見るからにおいしそうだよ、
買いにおいで　買いにおいで」

くる夕べも、くる夕べも
川べの藺草のあいだから、
ローラは頭をたれて聞きいった。
リジィは赤い頬をかくして…
二人寄りそい、うずくまり
冷えゆく空の下で、
腕をくみ、シッといいましめあいながら
頬と指先を　ふるわせながら。
「そばに寄って」とローラはいう、
黄金なす髪をもたげながら。
「小鬼を見てはならないわ、
小鬼の果実を買ってはいけないわ…
どんな土に育ったか知れやしないから
あんな食いしん坊で喉涸《のどか》らしの根っこでしょ？」

「買いにおいでよ」と小鬼が呼びかける
谷間をぴょんぴょん跳ねおりながら。
「ああ」と　リジィが叫ぶ「ローラ、ローラ、
あなたは小鬼どもをのぞき見たらいけないわ」
リジィは両の手で目をおおい、
見まいと　しっかり目を押さえた。
ローラはつややかな頭を上げて、
よどみない小川のようにささやいた…
「見て、リジィ、見てよ、リジィ、
小鬼たちが谷をわたっていくわ。
かごを引きずってるのも、
お盆をはこんでくのも、
何ポンドも重さのありそうな
金のお皿をかかえてくのもいるわ
きっとみごとな木が生えてるのね
あんなおいしそうなぶどうなんだもの…
果樹の枝間をわたる風は

どんなにかあたたかでしょうね」
「いけないわ」と、リジィはいった「いけない、いけない
小鬼たちの売る品なんか、ろくなものじゃない、
いまわしい贈りものをもらったりしたら、体をこわすわ」
彼女はふるえる指を両の耳にあて
目をとじて　駆けだした…
もの見高いローラはもうすこしそこにいて
商人のひとりびとりをみつめた。
あるものは猫の顔、
あるものは尻っぽをふり、
あるものは　ねずみみたいにちょこちょこ歩き、
あるものは　かたつむりみたいに這い、
ウォンバット（オーストラリアに産する有袋類）みたいに毛むくじゃらで　のろのろうごめ
くのもあり、
穴熊みたいに　ところかまわずころげまわるのもあった。
やがてみんながいっせいに、鳩みたいなくぐもり声で啼くのが
聞こえてきた…

そしてその声はやさしく　いとおしく
ここちよげな空にひびいた。

ローラは　ほのかにひかるうなじを伸ばした、
藺草にうずくまる白鳥のように、
谷間に生えでた百合のように、
月に照らされたポプラの枝のように、
最後のもやいを放たれて
水面にのりだす舟のように。

苔むす谷をのぼって
小鬼たちの群れが戻ってきた、
くりかえし　かん高い声をあげながら、
「買いにおいで　買いにおいで」
ローラのところにたどりつくと
小鬼たちは苔の上に荷を置いた
おたがいに目くばせしながら

とても奇妙な仲間どうし…
おたがいに合図しあいながら
こすっからい仲間どうし。
だれかが　かごを下に置いた。
だれかがお盆を上にあげた…
だれかが
葉や蔓や粗い茶色の木の実をつかって
被りものを編みあげにかかった
（そんな木の実はどんな町にも売ってない）…
だれかが重い金のお皿をもちあげて
果実を乙女にさしだした…
「買いにおいで　買いにおいで」小鬼たちはまだ呼びかける。
ローラは目ばかりかがやかせても、身動きはしなかった、
果実がほしかったけれど、お金がなかったから。
尻っぽのある商人が　はちみつみたいに甘い
声で　味見をすすめ、
猫の顔した商人が　のどを鳴らし、

Illustrated by Laurence Housman
From *Goblin Market* (1893)

Illustrated by Laurence Housman
From *Goblin Market* (1893)

Illustrated by Laurence Housman
From *Goblin Market* (1893)

Illustrated by Laurence Housman
From *Goblin Market* (1893)

Illustrated by Laurence Housman
From *Goblin Market* (1893)

Illustrated by Laurence Housman
From *Goblin Market* (1893)

ねずみみたいに駆ける商人が
いらっしゃい　と声をかけた。
それから　かたつむりみたいに這う商人の声まで聞こえた
鸚鵡みたいなうかれ声の商人が
「すてきなお嬢さん」というつもりで
「すてきな鬼さん」と叫んでしまい――、
だれかが鳥みたいにさえずった。

けれど　甘いもの好きのローラはあわてていった…
「親切なみなさん、でも、お金がないの…
いただいたら、どろぼうになってしまうわ…
お財布に　銅貨いちまい、
銀貨いちまい、ないんです、
枯れ野をわたる風がゆする
えにしだの金色だけが、わたしのお金よ」
「あんたのおつむにすてきな金色があるじゃないかね」
と、小鬼たちは声をそろえて答えた

「金の捲き毛で買ったらいいよ」
彼女はだいじなお下げをひとたば切りはずし、
真珠よりもきれいな涙をひとつぶ落とし、
おいしそうな赤い果実のつゆを吸った…
岩かげにたまるみつよりも甘く、
ひとを酔わせる霊酒よりもつよく、
水よりも澄んだ果実のつゆがあふれでた…
そんな甘さを　味わったことはなかった、
どうしてこれでやめられよう?
彼女は　見も知らぬ果樹が実らせた果実を
ひとつ　またひとつと吸った…
とうとうくちびるが痛くなるまで吸いつづけた。
それから　残った皮をほうり投げ
ひとつ　石のような種をひろいあげ、
ひとりでわが家に帰ったものの
今が夜だか昼だかも　分からなかった。

リジィは門のところで彼女と会った
役だつ諫めのことばを心におさめて…
「こんなにおそくなるなんて、
たそがれは女の子には良くないものよ…
谷間でぐずぐずするなんて
それも小鬼がたむろするところで。
ジニーのことを忘れたの、
月夜に小鬼たちと出会って、
選りぬきの果実を山ほどもらい、
いつも夏が一日じゅう実りをもたらすところで、
木陰からつんできたその実をたべ　花を身につけたのを？
でも、それからというもの、お日さまの下でも
ジニーは痩せほそるばかり…
夜も昼もなく小鬼たちをさがして、
どこにも見つからず　やつれ蒼ざめた…
とうとう初雪の日に死んでしまった、
いまでもあの子の埋められたところには

草いっぽん生えやしない…
一年まえあたしの植えたひな菊も
とうとう花を咲かせなかった。
あなたもそんなふうになってはだめ」
「いや、やめて」と、ローラはいう。
「いやだ、ねえさま、やめて、
わたしはおなかいっぱい食べてきたの、
まだお口につゆがのこっているわ…
あしたの晩は　もっとたくさん買うつもり」
そういって、姉にキスした…
「悲しみはおわったわ…
あしたは、ねえさまに持ってくるわ、
母樹の枝からもいだばかりのすももを、
それから　おいしいさくらんぼも…
あのいちぢくの歯ざわりっていったら、それはもう、
氷みたいに冷たいめろんは、どう、
わたしには大きすぎてかかえられない金のお皿に

たくさん盛って、
びろうどみたいな肌ざわりのももも、
種ひとつない透きとおったぶどうも…
そうした果実が生える原は　ほんとうに芳しいの
みぎわに百合の花を咲かせる澄んだ水をのんで
樹液もほんとうに、砂糖みたいに甘いのよ」

寄せあう金髪の頭と頭、
ひとつ巣にこもる二羽の鳩のように
たがいに翼で抱きあうように、
二人は、とばりを垂らしたベッドに横たわる…
ひとつ枝に咲く二輪の花にも似て、
降ったばかりの雪のふたひらにも似て、
畏れおおき王の手にふさわしい黄金の柄頭をつけた
象牙の杖のふた振りにも似て。
月も星も　二人を見まもり、
風は二人に子守唄をうたいかけ、

うたたねのふくろうも飛ぶのをひかえ、
こうもりも　二人の巣ちかくには
飛び交おうとしなかった。
頬と頬、胸と胸、
ひとつ巣のなかでぴったり抱きあう二人だった。

朝はやく
いちばん鶏《どり》の時つげるとき、
蜂のように楚々として、愛くるしくもかいがいしく
ローラはリジィとともに起きでた。
はちみつを集め、乳をしぼり
空気をいれかえ部屋をかたづけ、
まっしろな粉で麦菓子をこね、
愛らしい口に似合いのお菓子《ケーキ》をつくり、
つづいてバターをねり、クリームを泡だて
鶏にえさをやり、縫いものを仕上げ
つつましい乙女ならではのことばを交わした…

リジィは心くつろぐのに、
ローラはうわの空で夢見るよう。
ひとりは満ちたりて、ひとりはどこか病《や》むように、
かたや輝かしい昼の陽を喜びたたえ、
かたやひたすら夜を待ちこがれながら。

ようやく夕べがやってきた…
二人は水桶をさげて、葦べに出むいた。
リジィは見るからに心やすらかに、
ローラのほうは、炎のように燃えあがって。
二人は深みに湧きでる水を汲んだ…
リジィが　むらさきと濃い金色の花菖蒲をつみ、
やがて家路をめざしながら　こう告げた。
「はるか遠くの峰のいわおに　夕日が燃えるわ…
さあ、ローラ、ほかの子はみな引きあげたのよ、
頑固屋のりすだって　もううろついてはいないし
気まぐれなりすだって寝しずまっているわ」

けれどローラはなおも藺草のあいだにとどまり
土手はけわしいわ、とつぶやいた。

それに時間もまだ早いわ、
つゆだってむすんでいないし　風も冷たくなんかない…
そういいながら　じっと耳を澄ましても
いつもの「買いにおいでよ、買いにおいで」という、
呼び声もはなやかにひびきわたる、
砂糖のように甘いあのことばは、聞けなかった…
目を皿にしても、
走り、跳ね、おどり、ころげまわる小鬼の、
すがたひとつ見いだせなかった…
まして、いつも谷ぞいをぞろぞろと
あるいは連れだち、あるいはばらばらに歩きまわる
にぎやかな果実売りの男たちの姿などは、いうまでもなく。

とうとうリジィが待てなくなって、「ああ、ローラ、

こっちへ来て、果実売りの声が聞こえたけれど
見たくなんかないわ、この川辺にもうこれ以上
とどまっていてはだめよ…
いっしょに帰りましょう。
星が出て、月も細い三日月をかたむけてる、
月の光にあわせて、どの土蛍もまたたいてるわ、
さあ暗くならないうちに帰りましょう…
夏とはいっても　雲がわいて残り日を消し、
あたしたちをぐっしょり濡らすかもしれないわ…
それに、道が分からなくなったらどうするの？」

ローラは、姉だけに呼び声が聞こえるのを知って
石のように冷たくなった。
あの小鬼の声が、
「買いにおいで　おれたちの果実を、買いにおいで」と。
すると、自分はもうあんなにおいしい果実を買えないのか？
二度とあのしたたる味をみつけられないのか、

わたしはもう盲《めし》いて、耳も聞こえなくなっているの？
いのちの木が根こそぎ倒されでもしたようだった…
ローラは胸の痛みにことばもなくなった…
ただ、うす闇のなかをのぞいたが、
見えるものはなにもなく、
ローラは水差しの水をあたりに跳ねとばしながら
力なく家路をたどった…
ベッドにもぐりこんで、リジィが寝入ってしまうまで、じっと黙って横になっていた…
それから、こらえきれなくなって身を起こし、
かなわぬ希いに歯ぎしりして、
胸も張りさけんばかりに、泣いた。

くる日もくる日も、くる夜もくる夜も、
たえがたい痛みを胸に、ふさぎこみ、口もきかず
ただむなしく耳をすましつづけた。
けれど、二度と小鬼の声は聞かなかった…
「買いにおいでよ　買いにおいで」——

谷をわたる果実を呼び売りする小鬼たちを　彼女は二度と見かけなかった。
でも、日の照りかたがつよくなると、
彼女の髪はつややかさを失い　灰色にかわった…
まるで、美しかった満月が早ばやと欠けはじめ、
その火を燃やしつくしてしまうように、
彼女は痩せほそっていった。

ある日、ふと思いだしたのは種のこと
彼女は南を向いた壁ぎわにそれを埋め、
涙でうるおし、どうか根づけとねがいながら、
芽の吹くさまを見まもった。
けれど芽はでてこない…
日を仰ぐことも、わずかな潤いの伝わる気配もなかった…
目は落ちくぼみ、くちびるの色が褪せても、
ローラは　めろんのまぼろしを夢に見つづけた
さながら　葉むらもすずしい樹蔭のもとで
熱砂にオアシスの辰気楼を見た旅人が、

その渇いた人が砂をふくんだ熱風のなかにいつわりのさざ波を見るように。
ローラはもう家の掃除さえしなかった。　、
鶏や牛の世話も焼かず、
はちみつも集めず、　麦菓子もこねず、
せせらぎから水も汲まなかった…
ただ安らぎなく　炉端にすわりつくし
ものさえ喉を通らなかった。

心やさしいリジィはたえられなかった
打ちひしがれる妹のさまを見るにしのびなくて、
さりとて悲しみをわかちあうこともできぬ。
朝な夕なに、　小鬼たちの呼ぶ声を耳にした…
「おれたちの果樹園で採れた果実を買いにおいで、　買いにおいで」——
せせらぎのかたわら、　谷にそって、
リジイは小鬼たちの足音を、　声を、　ざわめきを聞いた…
かわいそうに　ローラにはそれが聞こえない…

妹をなぐさめるために、果実を買いたかった、
けれど　その見返りを払うのがおそろしい。
墓のなかのジニーのことが思いだされた、
今ごろは花嫁にもなっていたろうに…
けれど、花嫁のよろこびを夢見たその子は、あわれ病んで果てた
むすめざかりに、
冬のいちばんはじめに、
きらめく初霜とともに
初雪のすがしい冬時季とともに。

ついにはローラもやつれ果て
死の扉をたたくかとみえるまでになった。
そこでリジィは思いなやむのをやめた
どのみち益のないことと。
かわりに銀貨を財布にいれて、
ローラにキスして、えにしだの荒れ野を越え
夜あけあたりに川辺についた。

そうして、生まれてはじめて、
耳を澄まし、目をこらした。

小鬼たちは　乙女が泣いているのを盗み見たとき、
みんなで笑って、近づいてきた…
足を引きひき、飛んだり、駆けたり、跳ねたり、
ふうふうあえいだり、はあはあ言って、
くすくす笑って、手拍子たたき、おどけ声あげ、
こっこ、ごろごろ、
しかめっつらして、
気ぐらい、気品も、せいいっぱいに
ゆがんだ顔をつきだして、
その顔でつんと取り澄まし、
猫みたいなのも、ねずみみたいなのも、
穴熊みたいなのも、ウォンバットみたいなのも
かたつむりみたいに歩むのも急ぎ足で、
鸚鵡声のも、さえずるのも、

あわてふためき、ごったがえして、
かささぎみたいに啼きさわぎ、
鳩みたいにはばたいて、
魚みたいに水を切り——
乙女を抱いて、キスをし、
ぎゅっと抱きしめ、愛撫した。
さしだすお皿に
かごに、お盆…
「ごらん、おれたちのりんごを、
赤いりんごに、茶いろのりんご、
さくらんぼをおつまみ、
ももなどかじって、
ぶしゅかんも、なつめやしも、
ほしけりゃ、ぶどうもあるからね、
お日さま浴びて赤い、なしも、
枝に実ったすももはどうだ…
もいで、吸ってごらん、

ざくろも　いちぢくも」――

「すてきなみなさん」と、リジィはいった、
ジニーのことを思いながら…
「たくさん　うんと　あたしにくださいね」――
彼女はエプロンをひろげて、
小鬼たちに一ペニー銀貨を投げた。
「いやいや、こっちにおすわりな、
どうかいっしょに食べたいね」
小鬼たちは歯をむきだして笑い、そう答えた。
「おれたちの宴は　はじまったばかりさ。
それにまだ宵のくち、
あったかいし　露もつややか、
目も冴えてるし　星も明かるい、
こんな果実は誰にも出せないよ…
さあ　せっかくの色つやが飛んじまう、
水気もなかばなくなって、

香りもあらかた消えちまう。
おすわり、いっしょに食べようよ、
あんたはおれたちのお客でいておくれ、
ゆかいにやって　くつろいどくれ」――
「ありがとう」とリジィはいった。
「でもひとりぽっち、お家であたしを待ってる子がいるの…
だからもう、おしゃべりしてられない、
そんなにたくさんある果実を
もうこれっきり売ってくれないというのなら、
さっき投げたお代の銀貨を、あたしに返してください」――
すると小鬼たちは頭をかきむしり、
もはや猫なで声のごきげんとりもやめて、
はっきり不機嫌なそぶりをみせ、
ぶつぶつきいきい、いいだした。
高慢ちきな女の子め、とだれかが叫ぶ、
ひねくれものの礼儀しらず、と…
声がどんどん大きくなった、

顔もすごみをおびはじめ、
尻っぽをふりまわし、
彼女を踏みつけ、突きのけ、
肘鉄食らわせ、こずきまわし、
爪で、きいきい、引っかき、
吠え、いななき、フッと鳴き、あざけり、
衣を引きさき、靴下をよごし、
髪の毛をねこそぎむしり取り、
そのやわらかい足を踏みつけにしたうえに、
手をとらえて、果実を口に押しつけた
むりにもそれを食わそうと。

白い頬と黄金の髪なすリジィは立ちつくす、
流れにもまれる百合一輪みたいに——
どよめく波に打ち、洗われる
青いすじのはいった岩のように——
しぶき泡吹く大海のただなか、

ひとつ残された灯台の黄金色の灯もさながらに
金色の髪をかがやかせ――
みつの甘みを白花にやどし、
大蜂小蜂をむらがらせ、
その実を冠のように実らせるみかん樹のように――
誇らかなる旗を引きおろそうと
狂おしく攻めかかる敵に包囲されながら、
金箔の円蓋、尖塔をほこらしく立たせる
貴き無垢なる都のように。

馬を水場に連れだすのは　ひとりで足りる仕事でも、
水をのませるのは　二十人かかってもできやせぬ、
小鬼たちは乙女をとらえ、手かせほどこし、
なだめすかしたり、打ちすえたり、
おどかしたり、泣きおとしたり、
青痣《あおあざ》がのこるほど引っかいて、
蹴りつけたり、なぐったり、

なぶり、いたぶりしたけれど、
リジィはひと声も洩らさなかった…
上と下のくちびるは絶対にひらくまい、
口いっぱいに果実を押しこまれたらおしまいだから。
けれど、心には笑みがうかんだ、
果汁のしたたりが顔を濡らし、
顎のえくぼにたまって、首すじをつたい降り、
腐乳みたいにぷるぷるするのがわかったから。

小鬼どもは、精根つき
乙女の抵抗に音をあげて
銀貨を投げだし、果実を蹴ちらし
根も種も芽ものこさずに、
てんでに、いずかたへか消え去った…
あるいは地中にもぐりこみ、
あるいはさざなみたてて小川にとびこみ、
あるいは音もなく風に乗り、

あるいは雲を霞と消えうせた。

きりきり　ひりひり　ずきずき痛い、
リジィはこらえて家へとかえした…
今が夜かも昼かも知らずに…
土手をとびこえ、えにしだを割いて、
谷間の雑木林をぬって、
財布のなかではねる銀貨が
ちゃらちゃら鳴るのを耳にしながら――
はねる音はまるで音楽のようだった。
彼女は走った　はしった
今にも小鬼どもが　毒づき呪いながらあとを追ってきて
もっと悪さをしかけまいかと
おそれおののくかのように…
けれど一ぴきもうしろには見えず、
彼女のほうも恐れにひるむひまがなかった…
妹を思いやる心が足を風にのせ

息せき切らして家路へと急《せ》かせる
心に笑いがこみあげて。

乙女は庭のはしで叫ぶ、「ローラ」、
「キスしてくれないの?
おねがい、キスしにきてよ。
あたしの傷なんか気にしないで、
あたしを抱いて、キスして、果汁を吸って
あなたのために小鬼の果実からしぼった汁を、
小鬼の果肉も、小鬼の露も。
あたしを食べて、のんで、愛してね…
ローラ、さあ心ゆくまで…
だって、あなたのために谷へでかけて
小鬼の商人どもとわたりあってきたのだもの」

ローラはおどろいて椅子を起ち、
両の手を宙にふりあげて、

髪かきむしった。
「リジィ、リジィ、わたしのために
禁断の果実を口にしたのね？
なら、あなたの光もわたしのみたいに消されるわ、
わたしみたいに若いいのちを吸いつくされて、
わたしができなかったことをできなくなり、
わたしの破滅のように破滅するのよ、
鬼に憑かれ　渇き　苦しむのね？」――
ローラは姉にすがりつき、
キスしてキスしてキスした。
涙　なみだが今いちど
かすれたひとみをうるおした、
長のひでりのそのあとに
ふりそそぐ雨のように…
ひどい恐れと痛みにふるえながら、
ローラはかつえた口で、姉にキスしてキスした。
くちびるが灼けただれはじめた。

果汁の味は、彼女の舌には苦よもぎ、
彼女はそのごちそうを呪った…
憑かれたように身もだえながら
とびはね、うたい、衣という衣を引きさいて、
惜しみながらも気をせかせ、しきりに手をもみしだき、
そして胸をたたいた。
ふりみだした髪は
韋駄天《いだてん》の運ぶ松明のように流れた、
あるいは奔馬のたてがみのように、
あるいは日輪めざして
まっしぐらに光を生《な》す鷲のように、
あるいは檻を脱する囚われ者のように
あるいは進軍の列にはためく軍旗のように。

すみやかな火が血脈という血脈をかけめぐり
心臓を搏つ、
そこでくすぶりかけた焔にぶつかり

その勢いは弱いほうの焔をのみこんだ…
ローラはたとえようもない苦汁をのみくだした…
ああ！　ばかだわ、こんなにも精魂つかいはたす羽目になるなんて
死の苦痛に正気もうせて、
地震にくだかれる市《まち》の物見やぐらのように、
いかづちにみまわれた帆柱のように
風に根こそぎもっていかれキリキリ舞いする樹のように、
しぶき泡だつ竜巻の
まっさかさまに海へ落ちかかるように
ローラはとうとう、倒れ伏した…
よろこびも消え、苦しみも消え、
これは死か　それとも生なのか？

死の果ての生。
その夜リジィは夜あかしで妹をみとり、
弱まる脈をかぞえ、
息をうかがい、

くちびるを水でしめらせ
涙と葉扇で顔を冷やした…
けれどいちばん鶏が軒先でさえずりだし、
早起きの刈り人が黄金なす麦畑にあらわれるころ、
露に濡れた草が
過ぎるに惜しいさわやかな朝風にたなびき、
あらたな一日にあらたなつぼみが、
流れのほとりで盃に似た百合の花をひらいた、
ローラは夢からさめたように目をひらき、
無垢な昔と同じように笑って、
リジィを二度も三度も抱きしめた…
かがやかしいその髪には灰色の毛ひとすじも見えず
その吐息は五月のように甘く香り、
両のひとみには光がおどっていた。

日が過ぎ　週が過ぎ　月が過ぎ　年が過ぎた、
やがて二人は人の妻となり

それぞれにわが子をもつ身になった…
二人の母の心が恐れを押しこめた、
日々をわが子のことにかかりきりになって…
たまにローラは幼い子らを呼び
むすめ時分のはなしを聞かせた、
もはや戻らぬ、あのたのしい日々のことを…
話しきかせるのは、あの魔の谷のこと、
邪悪で、奇妙な、果実売りのこと、
喉にはみつの味に思わせながら
じつは毒をこめた果実のことを…
（そんな果実はどんな町にも売っていない…）
話しきかせるのは、姉のこと、
妹を守ろうと危険に身を置いた姉が、
火のような毒消しを手にいれてくれたこと…
それから幼い子らの手にわが手を重ね、
みんないつも離れずにね、と教えるのだった、
「なぜなら、安らかなときも嵐のときも、

姉妹にまさる友はないからよ…
こころが沈んだときには元気づけてくれて、
道にまよえば連れもどしてくれ、
ころんだときには助けおこしてくれ、
耐え忍んでいるときには力になってくれるのだから」と。

召された乙女

ダンテ・ゲイブリエル・ロゼッティ

Illustrated by J.J. Grandville
"Les Étoile du soir" from *Les Étoiles* (1849)

天に召された乙女は
天国をふちどる黄金の垣にもたれていた、
青く、健気なその瞳は、
深海よりもなお深く沈んでいた。
三つの百合を手にもてあそび、
その髪に七つ星が輝いて。

寛かな衣には、合わせ目から縁まで紐も結ばず、
色とりどりの花飾りを縫いとりもせず、
聖母マリアの贈りものの白薔薇ひとつ、
そのうなじに映えて。
華奢なその肩にしだれかかる髪は

秋の麦の穂のように黄色かった。

乙女は想う、神の楽女の一人に召されて
わずか一日が経つばかり、と。
下界に向けて落とした眼差に
まだその驚きが消えやらなかった。
それはそう、地上に残してきたひとには
天の一日が十年にもなるのだから。

（地上の男にしてみれば、まこと、過ぎし歳月は十の幾倍か。
……それでも今、この場所にいて、
たしかに乙女はわたしの上へ身をかたむけ——その髪が
落ちかかってわたしの貌を覆って…
いや、そうではない…秋の木の葉が落ちかかるだけではないか。
どの年も遠く過ぎ去った）

乙女がたたずんでいる、そこは

神の館の露台《テラス》——
この世《スペース》が始まったとき、神が
その深淵の上に建てられたもの…
とほうもない高みにあるから、下を覗きこんでも、
太陽さえもほとんど見えなかった。

その館はエーテルの海にわたした橋のように
天界から浮きでている。
そのま下には、昼と夜の潮が
炎と闇の波がしらをつくって満ち干する。
地球が、蚊の鳴きわめくごとくに回る
その低所にあるのは、うつろだけ。

でも、乙女がたたずむこの地表には
果てしない光と静寂の平穏があった。
翼天使がゆったりと空を飛んでも
微風ひとつ立たぬから。

どの深淵やどの高みのかなたからも
木霊《こだま》ひとつ響かぬから。
新たに知り合った友は、神遊びしながら
おだやかな口調で仲間うちに、
その清らかで気品あるめいめいの名を
呼ぶあう声も、めったに届かないから。
そして神の御許へのぼっていく魂たちも、
うすい焔のように、乙女のかたわらを通りすぎる。

それでも乙女は身をもたせかけ
広いひろい虚空の静寂を覗きこみつづける。
その乳房をあまりに強く圧しつけるので、
欄干が熱くなるほどに。
百合の花も睡《まどろ》むかのように
折り曲げられた腕にしだれかかる。

この天界の静止した安心な場所から、乙女は見た鼓動のように全世界を烈しく顫わせている「時」を。
乙女はまだ目をこらし、
その険しい淵からむらぐもの底を見通しつづけたが、
やおら星界に星の歌がひびきでるころ、
乙女はようやくに口をひらいた。
「あのひとがわたしのもとに来てくれたら、
いいえ、きっと来るわ、きっと」と、乙女は言った。
「厳そかな天国にいて、わたしは祈らなかったのかしら？
地上で、あのひとは祈らなかったのかしら？
二つの祈りでは力が足りなかったのかしら？
ああ、この気持ちは不安なのかしら？

「あのひとのかむりに黄金の光が取り巻き
そして白衣をまとうときがきたら、
わたしはあのひとの手を引いて
深い光の湧きでる淵へともに赴こう、
そうして流れのなかに降り

神の御前で沐浴をするのだわ
「神秘と隠蔽と隔絶をまもる祠に
わたしたち二人は立つでしょう、
そこでは神に捧げられた祈りの響きに、
灯が絶えることなく顫えている。
そこではどちらも耐え忍ぶ期間を
必要とし、確かめもし、希望もするのだわ。
「わたしたち二人は　あの生きいきとした神秘の樹の
陰に身を横たえましょう
その密かな葉むらには　鳩の
気配がときにただよい、
あのひとの翼が触れる葉という葉は
はっきりと、あのひとの名をささやくの。

「そしたら、わたし、自分からもあのひとに教えましょう——
わたし自身、こうして身を横たえながら——
ここで歌をうたっていると…　その歌はあのひとの

話をとめ、口をとざさせ、動きを押さえ、
黙るごとにいくつかの智に思い当たり
また知らずにいたことを知るのだわ」

（ああ！　賢く、素直な心をもつ乙女には
そうした智はすべて、以前から知っていたものばかり。
その智は乙女の五官を顫えさせ――
乙女はその響きに合して声を上げた。
ああ、孤独な天界よ！　ああ
ひとり天でうたう命よ！

ああ、終《つ》いが巡りきたとはいえ…
あなたはそれを承知なさったのか
あるいはひとえに身をゆだねたのか？　乙女にとって
それもまた善きこととなるだろうと？――
ものいわぬくちびるよ、祈りを知らずにいたくちびるよ、
おまえはそれを望んでも、神をたたえる祈りを口に出せないというのか？）

「わたしたち二人で」と、乙女は言った、
「マリアさまがおいでの茂みを探しましょう、
聖母につかえる五人の侍女は
その名が五つの快い和声のひびきをもつというわ――
セシリー、ガートルード、モードリン、
マーガレット、そしてロザリスと。

「侍女たちは輪になって坐り、髪を結い
胸を覆っているわ…
黄金の糸をつむいで
焔のように白い、すてきな衣を織りあげ、
死んで、今まさに生まれたひとたちのため、
誕生祝いの衣にするの…

「あのひとはたぶん恐れ、黙りこむでしょう。
そこで、わたしは頬をあのひとに押し当て、
二人の愛の話をしましょう、

ただの一度も色褪せ、衰えることのなかった愛の…
そして聖母さまはわたしの誇りにうなずかれ
愛の話をつづけさせてくださるわ。
「聖母さまはわたしたちの手をとられ
すべての魂がその御前にひざまずくというあのお方に
お引き合わせくださるのね――無数の厳そかな貌《かんばせ》が
黄金の輪とともに垂れて。
そしてわたしたちを迎えた天使たちは
シターンやシトール（十六―十七世紀に用いられた弦楽器）に合わせてうたうでしょう。

「そこでわたしは、主キリストにお願いするわ、
あのひととわたしのできるかぎりに――
地上にあったときよりもずっと大きな祝福を、
これからいただけますようにと。
いいえ、ちがう、お願いするのはただ、
二人の仲がむかしのままに――
むかしのままに穏やかに、とだけ。

そうよ、きっと。

「そうよ、きっと。あのひとが来たら
わたしたちはそうするの、そうするの。
そしていずれは、わたしの待ちぼうけが人に忘れられ、
伝説にさえなるまで…
わたしたち二人はいっしょに生きる、ひとつの命を…
そして平穏がわたしたちのものになるわ」

乙女はみつめ、耳をそばだて、そして言った、
もはや悲しみは薄れ、やさしさがより多くあふれて…
「あのひとが来たら、この夢がすべて叶う」乙女はそう言い終えた…
一瞬、光がひらめいて乙女を通りすぎた、
天使たちのつくる長い水平な列をともなって。
乙女の目は祈り、そして乙女は微笑んだ。

（わたしに乙女の微笑みが見えた）しかしその光は

まもなく色薄れ、宙に浮かぶ天球のはざまに消えた。
すると乙女はその腕を
黄金色の障壁を掃《は》くように投げだし、
両手に顔をうずめ、
そして泣いた。（わたしに乙女の泣く声が聞こえた）。

夏の女王

―あるいは、ユリとバラの馬上仕合《トーナメント》―

ウォルター・クレーン

Illustrated by Walter Crane
From *Queen Summer — or the Tourney of the Lily and the Rose* (1915)

地上に夏の女王が即位されたとき
木の葉のつづれ織りもうつくしい
緑の庭を宮殿と定められた、
太陽が黄金の糸で
なめらかに刈りこまれたびろうどの芝生の床に
市松模様の斑《ふ》をつくるところ…
そよ風が扇を揺らすたびに、風が起こって
夏の女王のかぶりを冷やしたてまつった。
森鳩があまい声で歌い、
またエロスが絶えまなくルートを弾いた。

時計盤のまわりに、
花の仮面をつけた〈時〉が集《つど》った。

赤白二色に彩った絹のころもをはなやかにまとう
騎士と貴婦人のように。

そして、そば近くの風が扇をうち振り、
花ばなを揺すり、かき乱すと、

花ばなのあいだに、ささやき声が流れる、
いかにユリはバラの誇りをきずつけているか、と。

夏に愛でられて、
四季の王冠をかちうることを望む候補者二人――
どちらも勇敢にたたかって、
夏の女王に勝者を決めていただくことに話を決めた。

やがて、風のつばさもつ使者が
かん高い喇叭《らっぱ》を吹き鳴らした。
夏の女王の御前に仕合場がしつらえられ、

青銅の楯にならべて、
たなびく吹き流しとユリ紋章《フルール・ド・リュス》の
旗竿をつけた槍旗が
立てられた…

また、はなやかに縫いとりされた
つづれもひろげられ、
仕合の準備はすべてととのった。

白と赤の小旗のあいだ。
上方にバラとユリを配して
夏の女王が裁きの席に着かれると、
集った花ばなは一人のこらず頭《こうべ》を垂れた。

銀のアルムの花喇叭の音が
黄金の舌をふるわせて鳴りひびき、仕合場に
かがやく鎧姿の闘士が馬をのりすすめた、
両者の旗が誇らしげにひるがえる。

まず、輝くようなバラがあらわれた、
真紅の槍旗をあざやかにひるがえして。
くもりひとつない棘《とげ》に身を固め、
槍と楯をたずさえた——燃えあがるバラが。
頭上のかざりを揺らし、マントを脱ぎすてて
火のような駿馬に——なんと雄々しい！

いささかも遅れじと、ユリの騎士があらわれた。
銀の鎧に白色が映え、
その場に射した光のように輝いた。
緑の庭にともった一筋の灯か。
その駿馬は蛍光を帯びた白、また馬衣も
あざやかに輝く銀のユリを配して、みごとなこと。

夏の風の使者が仕合の開始を告げる喇叭を吹いた。
二人の闘士は槍を水平にかまえて駆け、

足元の草からのびた白い花びらを境に、
槍を交わしあった。

すると、見まもる人々がわれ勝ちに身を乗りだし、
あるいは「ユリよ」、あるいは「バラよ」と叫びたてた。
しかし勝負がつかぬとあって、
またも銀の喇叭が鳴りわたった。

すると急に突撃がはじまった、
バラとユリの騎士たちが両側から馬を駆る。
観衆はまた心をときめかせる、
バラは勝つか、ユリは勝てるか、と。

バラは乙女騎士軍がまことにお気に入りで、
その槍旗はおのおの、バラの枝が生んだ色のどれかを徴《あらわ》す、
この軍団はかよわい野イバラから
隊の序列をおこし——
初咲きのくすんで淡い色を経て、最後は深いダマスク色、
あるいはその胸に火を宿しながらも
ほかのバラと同じように黄金色の芯を保つ名花
〈ディジョンの誉れ《グロワール》〉に至る。

夜明けの雲のごとく、かれらは突進した、
あるいは草の渚に打ち寄せるバラ色の波のごとくに。
その波がしらは銀の飛沫となってくだけた。
騎士たちが戟を交わした——ユリの槍がおどる…
波がしらを立てた伝説の敵が、反撃する
——雪と燃える炎とが、
バラたちのつくる真紅の波と
そのかぐわしい血に混じりあった。

花の闘いは一転二転、
緑の上で形勢はくるくると変わり
草も死闘に踏みにじられた、
見かねた女王はとうとう立ちあがられ、

風の使者に蝶のつのぶえを吹かせてたたかいを止め、
勝者の王冠を示そうとされた。
しかし、地上にはバラとユリとが
花輪のようにからみあっていた。
だれもが組み討ちしたまま、銀の茎とひげ蔓とを
固くもつれさせ、横たわっていた。

豪胆な闘士たちは立つことができず、
女王の前に出て勝利の品をいただくわけに
いかなかった。
そこで女王は仕合場に降りられた、
みごとに仕上げた銀と金の――バラとユリ
の冠をたずさえながら。
そして夏の女王は考えを告げられた。

どちらの闘士にも、こう言われた――
おまえたちのたたかいに決着をつけましょう
両方を結びあわせた統合の冠こそ、この勝負に
ふさわしいものです。
バラもユリも植物として優劣はありませぬ。
ともに平等の立場にあります
赤も白も、よく闘いました。

若者と乙女とがいつも仲むつまじいのは
うれしい眺めです、

二つ固く結ばれた生命と愛は、
寒い冬さえ耐えしのぐ力にめぐまれるのです。

愛は熱い心のなかで燃え尽きるのではなく、
黄金の炎となって、 いつまでも、 やさしく
燃えつづけます。

たとえ〈時〉という名の雪にさえも、
その炎を消せません。
一時は消えたように見えても、
また春になればバラの潮はよみがえるのです。

恋する若者はみな、その乙女のかんばせに
ユリの気高さをともなったバラを見るのです。

詩人や画家は、この夏の標章《しるし》を愛でるのです。

そして花開くかぐわしい庭には、きっと
バラのそばにユリが植えられます。

そうすれば、わらわのしろしめす
領地のことごとくは、
銀色のオリーブの下、
平和がやどることでしょう。

バラもユリも、ひとり残らず頭を垂れ、
そして倒れた敵を気づかいあった。

傷ついたものは注意ぶかい手に運ばれ、
香油と蜂蜜で癒された。

草が刈られ、どの席も飾られ、
踊り手たちを迎える準備が万端ととのえられた。

たそがれの松明が消えぬうちから
まるでバラとユリを火で溶けあわせたように
早ばやとまんまるに上る黄金色の
夏の満月の下で、

ユリの騎士たちはそれぞれに
頬をまっ赤に染めたバラの乙女をいざない、

またユリの乙女はその手も心も
以前は敵であった、バラの彩りに染まる
戦士のさそいを断らなかった。

迷路のような舞踏の輪も軽やかに
踊り手たちは翼もつ妖精もさながら
飛ぶように舞った。
やさしい旋律がひろがり
深い谷間から遠くこだまが響き、
ついには、緑ゆたかな森の端から、
甘い声もつナイチンゲールがこたえ、
銀色の音の流れに溶けいり、
月あかりと混じって見え隠れするようになった。
夏の緑の夜を舞う踊り手たちと同じように、
音の流れもついには陰にかくれ、
やがては消えていくさだめか。

妖精の国のスケルマースデイル君

H・G・ウェルズ

＊

Illustrated by Gerda Wegener
Sur le tapis vert (1926)

「あそこの店にいる男だがね」と医師はいった。「かれは妖精の国に行ったことがあるんだよ」

「ご冗談でしょう」わたしはそういうと、改めて店をまじまじと見た。どこにでもある、村の商店だ。郵便局も兼ねていて、てっぺんには電信の線が張ってある。外には亜鉛製の平鍋やブラシが置いてあり、窓にはブーツやシャツの布地や肉の瓶詰めが並んでいる。「その話を聞かせてもらえましょうかな」わたしがそういうまで、ちょっと間があった。

「いや、わたしは知らないんだ」医師はいった。「かれはごくふつうのつっけんどんな若者でね――スケルマースデイルという名前だ。でも、このあたりの者はみな、あの話が聖書と同様に真実だと信じているよ」

しばらく経ってから、わたしは話をもどした。

「なにも知らないんだよ」と、医師はいった。「知りたいとも思わない。かれが指を痛めたというので診てやったんだ――既婚者と独身者のクリケット対決でのことだったがね――それで、件《くだん》のたわけた話を聞かされた。ただそれだけさ。でも、このできごとからも、どういう問題を相手にしなきゃならないかがわかるだろう？　現代の衛生思想をこうした人間に吹きこめたら、すてきじゃないかね！」

「まったくです」わたしは控えめに共感していった。かれはその後もしゃべりつづけ、ボーナムでの下水の件に触れた。いまにして思うと、ああいう種類の問題は、保健責任者にとって重荷なのだろう。わたしはできるかぎり親身になって、かれがボーナムの住人を「ばかもの」呼ばわりしたときに、「たしかに、とんでもないばかものですな」とさらに加勢したのだったが、それでもかれの怒りはおさまらなかった。

あとになって、夏も終わりになるころ、わたしは隠遁したくてたまらなくなった。精神病理に関する執筆を仕上げたかったこともあり――執筆するのは読むよりも厄介だとしみじみ思う――わたしはビッグナーへ向かった。農家に宿を取った。しばらくして、ふと気がつくと、あのこぢんまりとした雑貨屋の前に来ていたというわけなのだ。たばこを買おうと思っていたのだ。「スケルマースデイルか」と、店を目にしてひとりごとをつぶやき、なかへはいった。

接客してくれたのは、小柄ながら均整の取れたからだつきの、若い男だった。美形ながら油断のならない顔つきをしていて、小さな歯がきれいに並んでいる。目は青くて、物腰は気だるそうだった。わたしは好奇心をそそられて、かれをしげしげと見た。いささか憂鬱そうな表情を除けば、おかしなところはとくにない。シャツ姿で、仕事用のエプロンをたくしあげている。えんぴつを一本、目立たなく耳のうしろに挟んでいる。黒いチョッキを横切って金色の鎖が伸びており、そこには折り曲げたギニー金貨がぶらさがっていた。

「きょうは以上でよろしいですか」とかれは訊いた。わたしが出した勘定に覆いかぶさるようにして、しゃべった。

「さて、スケルマースデイル君というのは、きみですか?」わたしがいった。

「そうです」と、かれはいった。顔をあげようともしないで。

「妖精の国に行ったことがあるって、ほんとうかね?」

かれは束の間、目をあげてこちらを見た。眉を寄せており、腹を立てて怒りだしそうな顔つきだ。「そ、の、話、は、や、め、て、く、だ、さ、い」といった。一瞬だけ空気が張りつめ、互いににらみ合ったが、かれは勘定を数えつづけた。「四つですから、六と半シリングになります」間をおいてからそういった。「またのお越しを」

こうして、幸先の悪い出だしながら、スケルマースデイル君とのつきあいがはじまった。とにかく、わたしはそこから信頼を得るにいたった――骨の折れる努力を重ねたものだ。かれをふたたび見かけたのは、村の集会所だった。ある夜、夕食を終えてそこへ行き、ビリヤードをやった。同類とのつながりを一切絶つと、昼間は仕事がはかどるのだが、いまは気を緩めることにした。手筈を整えてかれと一戦を交え、そのあとで話もした。そこで気がついたのは、避けるべき唯一の話題が妖精の国だということだった。ほかの話なら、かれはなんでも応じてくれたし、そこらにいる愛想のいい男と変わらなかったのだが、その話題になると気をもんだ

——明らかに禁忌《タブー》だった。その部屋では一度だけ、かれがいるときに、例の体験についてほんのかすかに触れられたのを耳にした。これをやったのは、へそまがりの農夫で、かれとの勝負に負けそうになっていた。スケルマースデイルは立てつづけに点を稼ぎ、得点は二桁になっていた。ビッグナーではめったにない好プレイだ。「その調子だ」と、対戦相手がいった。「妖精の運がついてるわけじゃなさそうだからな！」

スケルマースデイルは、束の間、男をにらみつけた。手にはキューを持っていたが、それを投げだして、部屋をあとにした。

「なぜ放っておいてやれないんだ？」そういったのは、勝負を観戦していた、立派な身なりの老人だった。不満げなつぶやきが広がるにつれて、悦に入った笑みが農夫の顔から消えていった。

わたしは好機のにおいをかぎとった。「これはなんの冗談ですかな」といった。「妖精の国とかなんとか？」

「妖精の国は冗談ではないんだよ。若きスケルマースデイルにとってはな」立派な身なりの老人はそういって、酒を口にした。とある赤らんだ頬の小男が、もっと話してくれた。「旦那さん、うわさで聞いたんですがね」といった。「連中は奴さんをアルディントンの小山のなかに連れていって、三週間も引きとめていたそうですよ」

すると、ひとが集まってきた。羊が一頭動きだすと、ほかもどんどんつづいたので、あっという間にスケルマースデイル事件の輪郭をなぞることができた。かつて、ビッグナーにやってくる前まで、かれは、アルディントン・コーナーにある、ここそっくりの店で働いていた。なにが起きたのかはともかく、事件の現場は、このアルディントン・コーナーだった。話ははっきりしていた。ある日、かれは夜遅くまで小山にいて、その後は三週間、だれにも見かけられなかった。やがてもどってきて、「袖口《そで》は出かけたときのままきれい」だったものの、どのポケットにもほこりと灰がつまっていた。もどってきたときには傷心の態でむっつりしており、機嫌はなかなか直らなかった。月日が経ってからも、どこにいたのかはひとことも説明しなかった。婚約していたクラプトン・ヒルの娘は、それを聞きだそうとしたが、結局別れた。かれがしゃべろうとしなかったせいでもあり、また、彼女の言葉を借りれば、「むかむか」させられたからでもあった。その後、しばらくして、かれはだれかの前でうっかり口を滑らせ、いままで妖精の国に行っていて、そこへもどりたいという話をしてしまった。うわさが広まり、田舎ならではの素朴なふざけあいが影響を及ぼしはじめると、かれは唐突に店をやめ、ビッグナーにやってきて、もめごとから逃れた。だが、妖精の国でなにが起きたのかは、村のひとびとも知らなかった。ここで集会所の面々は意見が割れて、においを見失った群れのようになった。ある者はこうだといい、またある者はいやこうだという始末だった。

この驚異に対する姿勢からすると、みなは明らかに批判的で、疑わしく思っていたが、わたしが見たところ、かなり強い信念が、その用心深い性質の裏に隠れているようだった。わたしは知的好奇心をくすぐられたふりをした。一連の話を常識人らしく疑っているように装《よそお》った。「アルディントンの小山のなかに妖精の国があるなら」と、わたしはいった。「掘りだせばいいでしょうが?」

「おれもそう思うね」若い農夫がいった。

「アルディントンの小山を掘ろうとした者は大勢いたさ」と、立派な身なりの老人がいった。厳かな口調だった。「ときどきだがね。まあ、きょうびはあれこれいわれているが、掘ってなにかを得たという話をした者はおらんよ」

まわりにいるみなが、そろいもそろって、理由もなく信じこんでいるという事実は、思いのほか印象ぶかかった。これほどの確信を抱いているのだから、根っこにはなにかがあるにちがいないと思った。ことの真相を考えただけで好奇心がうずくのを感じたが、それがいっそう強まった。こうした真相を引きだしたいなら、スケルマースデイル本人から聞くしかない。そんなわけで、わたしはさらに力を傾注し、初対面での悪い印象をぬぐい去り、かれの信頼を勝ち得て、自身の口から話してもらおうと手を尽くした。この試みでは、わたしのほうが社会的地位の面で有利だった。ひと付き合いは好きだし、雇われ人でないことも明らかで、ツイードの服にニッカーボッカーという出で立ちだったから、ビッグナーでは当然のように芸術家だと思われていた。ビッグナーの住民は、社会における序列について、驚くべき規範を持っており、芸術家は雑貨屋の店員よりかなり高く位置づけられていた。スケルマースデイル君は、同類の大方がそうであるように、俗物めいたところがあった。かれが「その話はするな」といったのは、突然、がまんできないほどの怒りに駆られたためであり、わたしはいまでも確信しているが、あとで悔やんだはずだった。そう考えると、かれをよろこばせるには、いっしょに村を散策する姿を村人に見せればいいわけだ。ことは順調に運び、わたしの部屋でパイプとウイスキーでもどうかねと誘うと、かれはあっさり応じた。わたしは鋭い勘を働かせて、これには心の問題が絡んでいると見て取っていたし、打ち明け話を引きだすには打ち明け話をもってするのがいちばんと承知していたから、興味をそそる、意味ありげな昔話を、虚実まじえていくつも語った。わたしの記憶が正しければ、こうした訪問の三度目に、三杯目のウイスキーを飲み干してから、わたしが十代のころに、ちょっとしたできごとがみっともない大ごとになったのを体験したと語ると、かれはついに、みずから進んで、沈黙を破った。「ぼくにもそういう経験があります」といった。「アルディントンでのことでした。あれはただただ奇天烈だったな。はじめはどうでもよくて、彼女だけがやきもきしていました。で、手遅れになってからは、いってみれば、気をもんでいるのはぼくだけでした」

わたしは自分を抑えて、この意味深長なひとことに飛びつかないように努めた。しばらくすると、かれはまたひとつほのめかし、やがて、やろうとしていることが明らかになった。これから話そうとしているのは、あの妖精の国での冒険譚だったのだ。かれは、ずっと避けてきた話をしようとしていた。おわかりのとおり、わたしはわなをしかけた。眉につばをつける類の人間、いまひとりの空気が読めないよそ者だったわたしが、恥も外聞もなく、自分をたっぷりさらけ出すことで、かれが秘密を打ち明けられる人間に昇格したのだ。かれは、自分だってさまざまな経験をしてきたのだと誇示したくてたまらず、熱に浮かされた状態になっていた。

はじめは肚立たしいくらいまわりくどかった。内容に切りこむ質問をいくつかして、話をはっきりさせたかったが、この手の問題で早まるとしくじるぞと自分にいい聞かせて、どうにか心をなだめ、落ち着かせた。だが、さらに一度かそこら会うと、完璧に信頼してもらえた。はじめからおわりまで、ことのあらましは聞きだせたと思う——いや、それどころか、ほとんどすべてをくりかえし聞かされた。スケルマースデイル君は、語り手としての力量はひどく乏しかったが、話せそうなことはおおかた話してくれた。こうして、わたしはかれの冒険譚を知るにいたった。いまからその話を改めてまとめてみたい。ほんとうに起きたできごとなのか、それとも空想なのか夢なのか、ひょっとしてふしぎな幻覚を見てトランスに陥っていたのか、わたしの意見は差し控えておく。だが、かれが話をでっちあげたとは、微塵も思わない。あの男は、自分が話したとおりに例のできごとが起きたのだと、ひたすら素直に信じている。だれがどう見ても、あれほど手がこんでいて、首尾一貫したうそなどつけないとわかる。それに、かれの周囲の、単純ながら、ときとして鋭さを見せる田舎者たちが信じきっていることも、かれがうそをついていないという強力な証拠だろう。かれはとにかく信じている——明白な事実を持ちだしてその信念を覆すことは、だれにもできない、と。わたしに関しては、やたらとほめちぎってしまったが、かれの話を伝えるだけにとどめよう――少々歳を取ったので、証明したり説明したりするのは荷が重いのだ。

かれがいうには、ある夜の十時ごろ、アルディントンの小山へ眠りに行ったのだそうだ――ありえそうなのは夏至の夜だが、かれは日付をまったく覚えておらず、夏至の前後の週だったかもはっきりしないという――それは晴れた夜で、風はなく、月がのぼっているところだった。わたしは、かれをいいくるめて、話を組み立てるようになってから、わざわざ三度も小山を訪れた。うち一回は夏の黄昏どきで、月がのぼるころあいだった。冒険の舞台となったのも、そうした夜だったのだろう。木星は美しい威容を月の上に覗かせている。北と北西では、落陽の上の空が緑に染まって、鮮やかに輝いている。空の下で、小山はむき出しの陰鬱な姿を浮かびあがらせているが、そのまわりには、少し距離をおいて、暗い茂みが生えている。そちらへ近づいていくと、おぼろげに見えたり、まったく見えなかったりするウサギたちが、ひどく驚いて逃げまどった。小山の頂上では、ほかの場所で聞こえなかったのに、まばらに群れを成す羽虫のかん高い音がした。この小山は、わたしが思うに、ひとの手で造られた塚であり、先史時代の強大な酋長を祀る古墳ではなかろうか。埋葬にこれ以上広い場所を選んだ人間など、まちがいなくいない。東のほうは、丘陵に沿ってハイスまで見わたせる。その向こうには英仏海峡があり、さらに三十マイルかそこら先では、グリ＝ネやブーローニュに近く、大きな白い灯が、瞬いたり、消えたり、輝いたりしている。西には、ウィールドの谷間が入り組むように広がっていて、ヒンドヘッドやリース・ヒルまで見える。北では、ストアの谷がダウンズへひらけていて、ワイの向こうまで丘が連なっている。南はというと、足元にロムニー・マーシュの全景が広がっている。ディムチャーチやロムニーやリド、ヘイスティングズとその丘は少し離れたところにある。丘陵はぼんやり彼方まで果てしなくつづいており、その先ではイーストボーンがゆるやかに起伏しながら、ビーチー岬へ延びていた。

こうした景色に囲まれて、スケルマースデイル君はぶらついた。前に起きた浮気のことで心をかき乱されていたから、自分でもいっていたように、「行き先など気にしなかった」。腰をおろして、そのことを思い返し、ふてくされて悲嘆に暮れているうちに、眠りこんだ。かくして、かれは妖精の力にとらわれてしまったのだ。

かれが取り乱していたのは口論をしたからだが、その相手というのは、婚約者だった。クラプトン・ヒルに住むその娘との間に、さして重要でもない問題がもちあがった。彼女は農家の娘でしてね、とスケルマースデイル君は語りだした。「とてもまとも」なひとであり、かれにとってこの上ない相手だったのはまちがいない。だが、娘もその恋人もまだ若かった。お互いをねたみ、一歩も譲らずに鋭い目であらを探しており、完全なる美に理不尽なほど飢えていた。もっとも、そうした想いは、人生を送り、知恵をつけていけば、幸いなことにいつしか鈍っていくものであるのだが。口論の詳しい原因については、見当もつかない。彼女がゲートルをつけている男が好きだといったのに、かれはゲートルを履いたことがなかったのかもしれないし、あるいは、かれが、もっと別の帽子のほうが似合うよと彼女にいったのかもしれない。だが、どんなきっかけだったにせよ、きまり悪かっただけのことが恨みに発展し、涙が流れた。彼女は泣きじゃくって、化粧が崩れたはずだ。かれも機嫌を損ねて、うなだれていたにちがいない。彼女が別れ際に放ったのは、他人と比べてどうこうという不愉快な言葉だったのだろう。いままで本当に好きだったのかも怪しいとか、これからは二度と好きにならないとか、いったのだ。この手のことが頭にのしかかっていたから、アルディントンの小山にやってきたかれは、ひどく沈んだ気分だった。やがて、かなり時間が経ってからだろうが、かれは不可解にも眠りに落ちてしまった。

　目を覚ますと、これまで寝たことがないほど柔らかな芝生にいた。黒々とした木が頭上から影を落としていて、空をすっかり隠している。じつのところ、妖精の国では、いつも空が見えないらしい。妖精たちが踊っていた一夜を除くと、スケルマースデイル君は、かれらといっしょにいた間、星をひとつも見なかった。その一夜についても、わたしは疑いを持っている。かれはほんとうに妖精の国の領土内にいたのか、それとも領土外なら、スミースにある線路近くにある低い牧草地の、妖精の輪やイグサがある原っぱにいたのか。

　だが、こうした木々の下は明るかった。木の葉や芝草ではホタルの群れが輝いていた。とてもまぶしく、美しい光だった。スケルマースデイル君が真っ先に抱いた印象は、自分が小さくなっていることだった。それから、いっそう小さなひとびとが、まわりにたくさんいるのを感じた。どういうわけか、かれがいうには、意外とも思わず、怖くもなかったそうだが、それでも慎重にからだを起こし、目をこすって眠気をぬぐいとった。そこらじゅうにほほえむ小妖精が立っていた。眠っているかれを自分たちの特権でとらえ、妖精の国へ連れてきていたのだ。

こうした小妖精の容姿がどうだったかは説明することができなかった。かれが使った言葉はあまりにあいまいで不完全だったし、細かいところはすっかり見落としてしまったような感じだった。小妖精たちが着ていたのは、とても薄手の美しい衣で、羊毛でもなければ、絹でもなく、木の葉でも花びらでもなかった。小妖精たちに囲まれたまま、かれがからだを起こして立ちあがると、額に星を飾った妖精の貴婦人が木々の間の草地を通り、ホタルに照らされた並木道を抜けて、こちらにやってきた。かれの記憶と物語のなかで、主役をつとめる人物だ。彼女に関しては、もっと多くを聞かされた。緑色の透けそうなほど薄い衣をまとっていて、小さな腰には、幅広の銀の帯をしめていた。髪は波うっており、額からかきあげられて、両脇に垂れている。ところどころでカールしていて、まとまっていないわけではないが、奔放だった。額には小さな王冠が載っていて、星がひとつはめこんである。服のそでは大きく開いていて、腕がちらりと覗いている。わたしが思うに、喉も少し露わになっていたのだろう。というのも、首とあごが美しいという話をかれから聞かされているからだ。白い喉元にサンゴの首飾りをかけており、胸にはサンゴ色の花を一輪つけていた。幼い子どもを思わせる柔らかな線が、あごや頰や喉を縁どっていた。彼女の目は、たしか燃えるような鳶色だったと話した。もの柔らかでひたむきな、優しいまなざしを、まっすぐな眉の下から覗かせていたそうだ。これほど細かく描写されていることからも、スケルマースデイル君の頭はこの女性のことでいっぱいになったことがわかる。かれが表現しようとしてできなかったものもいくつかある。たとえば、「彼女の身のこなし」については何度か触れていた。勝手な想像だが、この貴婦人の身ごなしはしとやかなよろこびをふりまくものだったのだろう。

このうるわしい人とともに、そしてこのうるわしい人の客であり選ばれし連れ添いとして、スケルマースデイル君は妖精の国のふところへ迎えいれられた。彼女はみずからもてなし、なんとも親密だった——もしかすると、かれの手は貴婦人の両手にぎゅっと握られていて、かれの眼前には輝く貌があったのかもしれない。とにかく、十年前の若きスケルマースデイル君は、とても美男子だったにちがいない。なので、彼女はかれの腕を取った。きっと、かれの手を引いて、ホタルが照らす草地をそぞろ歩いたことだろう。

いったいどんなことが起きていたのかは、スケルマースデイル君の、要領を得ない、骸骨同然の粗末な説明からではは っきりしない。かれの話はどうも満足なものではなく、ふしぎな場所やできごとを垣間見させてくれるだけだった。たくさんの妖精たちが集まっている場所、妖精の食べ物である「桃色に光る毒キノコのようなもの」、それの「食べないとわかりませんよ」としかいいあらわせない味、揺れる花々から聞こえる「小さなオルゴールのような」妖精の音楽、などなど。また、広々とひらけた場所もあって、そこでは妖精が「乗り物」を乗りまわしていたそうだが、スケルマースデイル君のいう「かれらが乗っていた、そういうもの」がなんなのかは判然としない。幼虫か、コオロギか、小さな甲虫のような、記憶に残らないものだったのかもしれない。水がしぶきをあげていて、巨大なキンポウゲが生えているところもあった。もっと暑い季節になると、妖精たちはそこで水浴びをするのだ。いまにして思うと、苔の茂みにまぎれて、遊びに興じたり、踊ったり、妖精らしい愛の営みを行ったりしていたのだろう。

妖精の貴婦人がスケルマースデイル君を口説いたのはまちがいない。若者がそれに抗《あらが》ったのもたしかだ。それどころか、あるとき、彼女は土手でかれのそばに腰をおろしたこともあった。

そこは静かな、ひと目につかない場所で、「スミレのにおいでいっぱい」だった。そして、彼女は愛をうちあけた。

「彼女が声を低めてささやいたんです」と、スケルマースデイル君はいう。「自分の手をぼくの手に重ねると、あの人特有の、柔らかで、温かみのこもった、親しげな身のこなしでからだを寄せてきました。正気を保つのもやっとでしたよ」

どうやら、かれは残念なほど正気を保っていたらしい。「風向き」を見て取ったのだとかれはいう。スミレのにおいでいっぱいの場所にすわり、愛らしい妖精の貴婦人とふれあっているときに、スケルマースデイル君が優しい口調で切りだしたのは——すでに婚約しているという話だったからだ！

彼女は心から愛しているとうちあけた。すてきな人間の男だから、ほしいものを聞かせてくれればなんでもあげるし——心からの願いだってかなえてあげると語った。

わたしの想像だが、スケルマースデイル君は、彼女の小さな唇をなるべく見ないようにして、それが開いたり閉じたりするのをやりすごしたのだろう。そして、もっと私的な質問をしようとして、小さな店をはじめるための元手をいただきたい、と告げた。それができるくらいの金持ちになった気分を味わいたい。かれはそういった。話に出てきた鳶色の目には少し意外そうな色が浮かんでいたのではないかと思うが、それでも彼女は共感してくれたようだ。その小さな店について、いくつも質問した。ずっと「笑いだしそう」だった。こうして、かれは、婚約しているという立場について、なにからなにまでうちあけるはめになり、ミリーのこともすべて話した。

「すべてかね?」わたしはいった。

「ぜんぶです」スケルマースデイル君はこたえた。「彼女が何者で、どこに住んでいるのかとか、彼女のことはなにもかも話しました。話さなきゃだめだとずっと思っていたので、そうしたんです」

「するとですね、『ほしいものならなんでも手に入りますよ』と、妖精の貴婦人はいいました。『すぐにかなえてあげます。お望みのとおり、お金を持っている気分になれます。そのためには、いまから——わたしに口づけしなくてはなりません』」

スケルマースデイル君は、話の最後の部分が聞こえなかったふりをして、親切にどうもと礼をいった。自分はご親切にしていただくほどの人間じゃないです、といいかけると――

妖精の貴婦人は、一気に距離を詰めてささやいた。「口づけなさい！」

「それで」と、スケルマースデイル君はうちあけた。「ばかみたいですが、口づけしたんです」

何度も何度も口づけしたと聞かされた。これは、ミリーが見せる、大げさな好意のしるしとはまったくの別物だったにちがいない。魔法がこめられているような口づけだった。ここが転機となったのはたしかだ。とにかく、この一幕をかれはかなり重要視しており、長々と念入りに述べた。わたしは正しく理解しようとした。その話を解きほぐし、かれが語ったときのまわりくどい説明や身ぶりから真相を見いだそうとした。とはいえ、いまでも確言できるが、そのできごとはわたしが描写しているのとまったく異なり、ほんとうはずっと美しく、甘やかだった。なにしろ、柔らかくかすんだ光と、かすかにざわめく静寂に包まれて、二人は妖精の草地にすわっていたのだ。妖精の貴婦人は、ミリーについてもっと話してほしいとせがんだ。かわいらしいのかとか、そういったことを――何度も何度も訊いた。ミリーのかわいらしさに関していうと、かれの答えは「まあまあ」だったと思う。そのときだったか、ほかの似たような場合だったか、妖精の貴婦人が語ったところによると、ひとめぼれしたのは、かれが月光を浴びて眠っていたからだという。だからかれは妖精の国へ連れてこられたのだ。彼女はミリーのことなど知らなかったから、ひょっとすると愛してもらえるかもしれないと考えていたのかもしれない。「でも、それは無理だとわかりました」彼女はそう告げた。「だから、わたしといっしょにいられるのは、ちょっとの間だけです。そのあとで、あなたはミリーのところへ帰らなくてはなりません」。お察しのとおり、スケルマースデイル君は彼女にほれていたが、考え方のくせを改められず、いつもどおりに行動してしまった。これは勝手な想像だが、かれは呆然としたまま、光りかがやく美しいものに囲まれてすわっていたのだろう。質問に答えて、ミリーのことや、計画中の小さな店のこと、馬や荷車が必要なことをうちあけたのだ……。しかも、こうした突拍子もないありさまが何日もつづいたにちがいない。この小さな貴婦人がかれのまわりをうろうろして、楽しませようとしているところが目に浮かぶ。上品すぎてかれの複雑な心情が理解できず、親切すぎてかれを放っておけなかったようだった。おわかりだろうが、かれは、いってみれば、世間における自分の立場に惑わされたまま、彼女とともにあちらこちらをさすらったのだ。妖精の国など見えておらず、眼中にあったのは、たまたまめぐりあった、すばらしい縁だけだった。印刷された文章で表すのは、むずかしいというか不可能だが、彼女のきらめく甘やかさは、哀れなスケルマースデイル君の、密林のようにもつれて粗削りでめちゃくちゃな話からでも、にじみでるように輝いていた。少なくとも、わたしには、彼女が物語の真ん中で明るく輝いているように思えた。それこそ、絡まりあう草の奥にいるホタルのようだった。

行事だらけの日々を送るあいだに、このようなできごとが起きたのはまちがいない――ここでいっておくと、一度、ふたりは月の光を浴びながら、スミース近くの茂みに点在する妖精の輪で踊った――だが、いよいよ、別れのときがやってきた。彼女は、広々とした、洞窟のような場所にかれを連れていった。赤い常夜灯のようなもので照らされていて、金庫がいくつも重ねてあった。杯や黄金の箱もあった。うず高い山をなしているものもあり、これはスケルマースデイル君の五感からすると、まちがいなく――金貨だった。小さな地の精たちが宝物にまぎれていた。彼女がやってくると、丁重にあいさつをして、わきにさがった。すると彼女は、唐突にかれのほうを向き、まばゆく輝く目で見つめた。

「では」と、彼女がいった。「あなたはご親切にも、こんなに長くいっしょにいてくださいました。そろそろあなたを帰さなくてはなりません。あなたはミリーのところにもどらなければなりませんからね。こちらにあるのが――お約束したとおりのものです――かれらが黄金をくれる手筈になっています」

「もう、言葉も出てこないありさまでした」と、スケルマースデイル君はいった。「すると、ぼくになにかが触れたように感じて――」(かれは胸骨に触れた)「失神しそうになりました。気が遠くなったんです。からだが震えて、それから――でも、なにもいえませんでした」

かれは言葉を切った。「なるほど」と、わたしはこたえた。

その場面を述べるのは、かれの手に余ったようだ。だが、わたしにはわかる。彼女がさよならの口づけをしたに決まっている。

「で、君はなにもいわなかったのかね」

「ええ」かれはいった。「子牛の剥製みたいに突っ立ってたんです。彼女は一度だけぼくのほうをふりかえりました。ほほえんでいるけど、泣いているみたいで――目のきらめきが見えたんです――そして、行ってしまいました。ちびっこい連中は、ぼくを取り巻いて動きまわっていました。ぼくの手とか、ポケットとか、えりのうしろとか、いたるところに黄金を詰めていたのです」

妖精の貴婦人が姿を消してようやく、スケルマースデイル君は悟った。どんどん詰めこまれてくる黄金をいきなりつかみ出し、かれらをどなりつけ、もうやめさせようとした。「『あんたらの黄金はほしくない』といってやりました。『まだここにいたい。行きたくない。妖精の貴婦人ともう一度話したいんだ』と。彼女のあとを追って走りだすと、かれらに引きとめられました。ええ、ちっちゃな手がぼくの腹をつかんで、引きもどしたんです。かれらは黄金を詰めつづけましたから、しまいにはズボンもいっぱいになって、手からこぼれ落ちました。『あんたらの黄金はほしくない』ぼくはこたえました。『妖精の貴婦人ともう一度話したいだけなんだ』と」

「では、話せたのか?」

「取っ組み合いになりました」

「そのあとで会えたのかね」

「会えませんでした。外に出ると、彼女はどこにも見あたらなかったんです」

かれは貴婦人を求めて走った。赤く照らされた洞窟を出て、長いほら穴を抜け、彼女を探した。その先にあったのは、荒涼とした広い場所で、鬼火の群れがあちらへこちらへ漂っていた。かれのまわりで、小妖精たちが嘲るように踊っていた。小さな地の精たちもかれを追って洞窟から出てきた。手には黄金を持っていて、それをかれに投げつけながら叫んでいた。

「妖精の愛に妖精の黄金！　妖精の愛に妖精の黄金！」

こうした言葉を聞いて、かれは激しい恐怖に襲われた。声を張りあげて、彼女の名前を呼んだ。だしぬけに駆けだして、洞窟の口からつづく坂道をくだり、イバラやブライアが生える場所を抜け、彼女を大声で何度も呼んだ。小妖精たちは気にも留めずに踊っていて、かれをつねったり、つっついたりしていた。鬼火はかれのまわりをぐるぐるまわっていて、顔に突っこんできた。地の精たちは、かれを追いかけながら叫んで、妖精の黄金を投げつけていた。こうしたふしぎな群れにつきまとわれ、じゃまされながら走っていると、突然、ひざ下まで泥沼にはまった。いきなり繁茂して絡まりあう根っこのただなかに出た。足を取られてつまづき、倒れて……。

かれは倒れてころがった。その瞬間、われに返ると、アルディントンの小山で突っ伏していた。ひとりぼっちで、頭上には星が出ていた。

すぐに起きあがりました、とかれは語る。からだがこわばっていて、寒かった。服は露でぐしょぬれだった。夜明けの最初の曙光と身を切る風が、いっぺんにやってきた。すべてはふしぎなほど鮮やかな夢だったと思ったが、手をわきポケットにつっこむと、灰がいっぱいに詰まっていることに気がついた。これはかれらがくれた妖精の黄金だとはっきりわかった。つねられたり、つっつかれたりした感触がまだ残っていたが、傷はどこにもなかった。こうして、ひどく唐突に、スケルマースデイル君は妖精の国を出て、この人間の世界にもどってきた。そのときでさえ、これは一夜のできごとだと思っていたのに、アルディントン・コーナーの店に帰ると、びっくりしている一同に囲まれて、自分が三週間もどこかへ行っていたと知らされた。

「やれやれ。ほんとうに厄介でしたよ」スケルマースデイル君はいった。

「どんなことかね」

「説明ですよ。あんなことを説明するはめになるなんて、経験したためしがないでしょう」

「ないねえ」わたしもいった。かれはしばし詳細な話をして、このひとはこう反応したとか、あのひとはこうだったとか教えてくれた。が、ある名前だけは、しばらく避けていた。

「それで、ミリーは?」わたしはしまいにそう訊いた。

「ミリーに会いたいとはちっとも思わなかったみたいです」かれはいった。

「いままでとちがうように見えたんじゃないかね」

「みんなちがうように見えました。がらっと変わっていたんです。だれもが大きくて、なんというか、粗野に見えましたよ。声もうるさかったです。なにしろ、太陽も、朝になって空にのぼると、ぼくの目をまともに打ちのめしましたからね」

「で、ミリーは？」

「ミリーには会いたくありませんでした」

「いつ会ったんだね」

「彼女に出くわしたのは日曜日のことでした。教会から出てきたんです。『どこに行ってたのよ』といわれました。それで、口論になるなとわかりました。まあ、ぼくは一向にかまいませんでした。彼女が目の前にいて、ぼくにしゃべりかけていても、気になりませんでした。どうでもよかったのです。いままでどこを魅力に思っていたのか、そもそも魅力などあるのか、ぼくにはわかりませんでした。たまに、彼女がいないと、少し思いだせましたが、その場にいるとだめでした。いつだって、もうひとりがまぶたに浮かんで、ミリーはかすむのです……。なんにせよ、彼女は悲しみませんでした」

「結婚したのか」わたしは訊いた。

「いとこと結婚しました」スケルマースデイル君はそうこたえて、テーブルクロスの模様をしばらく見つめた。

かれはふたたび口を開いたが、明らかに、かつての恋人は頭からきれいさっぱり消えていた。話をしたせいで、妖精の貴婦人がふたたびかれの心を勝ちとったらしい。かれは貴婦人の話をして——じきに、この上なく奇妙なことをぽつりぽつりと語った。それは世にも珍しい愛の秘密であり、苦悶せずにはくりかえせぬものだった。それどころか、わたしが思うに、一連のできごとでいちばん奇妙な部分だった。それは、あのこぎれいで小柄な雑貨屋の店員が、ことの顚末を話し終えてからもらした言葉だった。かれはウイスキーのグラスをそばに置き、たばこを指に挟んでいた。見たところ、いまだに悲しそうだったが、その心痛もときが経って鈍くなっていた。もっとも、その癒しようのない心の飢えは、しばらくするとかれに襲いかかった。「食事も喉を通りませんでした」かれはいった。「眠れませんでした。注文をまちがえたり、釣銭の計算ができなくなったりしました。昼も夜も彼女がいて、ぼくをひたすら引き寄せていたのです。そう、恋しかった。恋しくてたまらなかった！　だから、あそこにも行ったんです。ほとんど毎日、夜になると、あの小山に行きました。雨でも行くことが多かったですね。小山まで行って、まわりをぐるぐる歩きました。かれらに呼びかけて、入れてくれと頼みました。叫んだんです。ほとんど泣きわめいているときもありました。まぬけでみじめでした。ぜんぶまちがいだったと、何度もいいました。日曜の午後はいつも、そこに行ったんです。しっとりしていてきれいでしたが、昼間にやってもだめなのはご存じのとおりで、ぼくもよくわかっていました。だから、そこで眠ろうとしてみたんです」

かれはふと言葉を切り、少しばかりウイスキーを飲んだ。

「そこで眠ろうとしました」かれはいった。誓ってもいいが、かれの唇は震えていた。「眠ろうとしたんです。何度も何度も。でも、お察しのとおり、無理でした――一度もできなかった。これは前から思っていたのですが、あそこで眠れたら、なにかが起きそうじゃないですか。でも、あそこですわったり、寝転がったりしても、だめでした――あれこれ考えたり、恋しく思っているとだめなんです。とりわけ、恋しく思っている場合には……。試すだけ試しましたが――」

かれは息をついた。残りのウイスキーをぎこちなく飲み干すと、だしぬけに立ちあがって、ジャケットのボタンをとめた。そうしながら、注意深く、値踏みするような目つきで、炉棚の横にある、安物の油絵風石版画を見つめていた。かれは小さな黒い手帳に日々の仕事で受けた注文を記録しているのだが、それが胸ポケットから堅苦しい姿を覗かせていた。ボタンをすっかりとめると、胸をぽんとたたいて、いきなりわたしのほうを向き、「さて」といった。「お暇《いとま》しなければなりません」

その目や物腰に宿っていたのは、かれにとっていいあらわしがたいものだった。「しゃべっちゃったな」最後に戸口でそういうと、悲しげにほほえみ、わたしの視界から消えた。以上が、妖精の国のスケルマースデイル君の物語だ。すべてはかれが語ったとおりである。

お化けオニ

A・E・コッパード

Illustrated by Vernon Hill
From *Ballads Weird and Wonderful* (1912)

むかしむかし、シーラという名のきれいでかわいい娘が教母《かあ》さまといっしょに暮らしていた。この娘には一風変わった才《ギフト》があった。教母さまのほうも、それはそれは良い教母さまだったけれど、やっぱり一風変わった癖《くせ》があった。二人が奇妙な煙突のある家に住んでいたので、麦もやし屋や桶《おけ》屋や粉屋や革なめし屋や代官といった近所の人たちはみんな、つまり村の名士たちはほんとうにみんな、この二人を変な母子《おやこ》だと思っていた。シーラと教母さまはそういう噂を知らなかったから、気にも止めていなかった。もっとも、噂を聞いたにしたって、それはほんとうのことだものの、たいして気にはかけなかったろうけれど。

あるとき、春もまだ早い時期に、教母さまが扁桃腺をはらして床《とこ》についた。ベッドに寝ているると咽喉《のど》がひどくふくらんできて、長年つけてきた水晶玉の首飾りがきつくなり、とうとうプッツリ切れてしまった。娘は水晶玉を拾いあつめて、それを教母さまのそばに置いた。

「この首飾りをいれる箱があったらねえ」教母さまはシーラに言った。

娘が上を探し、教母さまは下を探した。

「箱はないのかね？　みつけておくれ」と老婦人は急《せ》きたてたけれど、そこには箱のはの字もなく、また貧しさに苦しめられていたから買うお金もなかった。

「おやまあ」と教母さまはため息をついた、「でも首飾りをいれておく箱があったらね」

シーラは亜麻《あま》を一ストーンもらいに糸屋のところへでかけた。その店の母屋《おもや》にある窓敷居をふと見ると、そこに小さな黒い箱がひとつ置いてあった。きれいな箱で、黒檀《こくたん》みたいに黒くて、首飾りをいれるのにぴったりの品物だった。

「首飾りをいれる箱はあったかね？」家にもどってくると、教母さまにそう尋ねられた。

「いいえ、ないわ」とシーラは言った。

「おやまあ。でもこの首飾りをどうしようね？　箱があればいいんだけれど」老婦人はため息をついた。

シーラは日がな一日亜麻をつむいだが、翌朝はまた塩をいくらか買いに雑貨屋へでかけた。そして雑貨屋の勘定台《カウンター》に小さな黒い箱が、きのう見たのとそっくり同じ箱が、置いてあるのをみつけた。まったく同じものだった。ふしぎだわ、とっても変だわ。むくどりの卵を二ついれるとちょうどいっぱいになるくらいの大きさなのだ。あんまりきれいだったから、シーラの心も眼も指も疼《うず》いた。けれど、どうしようもなかった。小物を買うお金がないのだから。娘は塩を家にもって帰った。

「箱は、箱は。箱はあったかね？」老婦人がまた繰りごとを言いだした。

「ないのよ、ほんとに、教母さま。でもね、首飾りはこの薬壷《やっこ》にいれましょうね」

「あら、だめだよ」と教母さまは叫んだ、「だめだよ、だめだよ、ひどいじゃないかね！　しずかに暮したいと思っている年寄りに持てるような、ちいさな箱が、ほんとにひとつくらいはないもんかね？」

　教母さまが階上の部屋でため息をつきながら寝ているあいだ、下でシーラは日がな一日亜麻をつむいだが、また次の朝がくると亜麻仁《あまに》を買いに粉屋へでかけた。すると粉屋の戸口に出してある長椅子に、小さな黒い箱が置いてあった。同じもの、そうだ、同じものだ。以前にほかの場所で見たのと同じ箱にちがいないわ、とシーラは思った。それは奇跡だった、誘惑だった。こうなったのが運命のような気がして、もう黙って見てはいられなくなった。だから粉屋が背中を向けているすきに、娘はこっそりその箱をかすめ取って、亜麻仁といっしょに家へもって帰った。

「はい、ほら、教母さま。きれいな箱があったのよ」シーラは老婦人の手に箱を押しこんで、粉屋さんが教母さまにってくだすったのよと言い添えた。

「あら、いやね」と老婦人は言った、「小さいわよ」でも首飾りをそこに収め、手近にある棚にのせることにした。するとたんに病気が快方にむかった。

　くる日もくる日もつむいでいなければいけないほどの亜麻があったものだから、シーラはその日もつむぎつづけた。朝になって教母さまのおかゆをもっていったとき、娘は小さな棚に目をむけて、首飾りが箱の外にこぼれているのをみつけた。

「あら教母さま、せっかくもってきてあげた小箱に、なぜ首飾りをしまっておかないの?」

「え?」と老婦人は言った。

「首飾りですよ」とシーラ、「ほらね、箱にはいっていないでしょ?」

教母さまは目をこらした。なるほどそのとおりだ。「これはまたひどいねえ!」と老婦人は言う、「もしあたしが死んだらば、首飾りなんぞどうなろうと知ったことじゃないけれど」

「さあ箱にしまわないと。そうでないと水晶玉がバラバラになってしまうわ」とシーラは言って、「とてもいい箱だことね」とささやきながら箱をあけ、そこに首飾りをしまいこんだ。次の朝、娘はいつものようにおかゆをもっていった。

「あら」教母さまにおかゆの鉢を渡すとき、娘はそう叫んだ、「せっかくもってきた箱に、首飾りをちゃんといれておいてくださいな」

「え?」と老婦人は言った。

「ほら、また棚の上に首飾りを出しっぱなしにして」

「あたしは箱にも首飾りにもさわらなかったよ。ええ、金輪際《こんりんざい》ね」

「でも今は箱から出ているわ」

「おやまあ」とシーラの教母さまは叫んだ、「でも神かけて、首飾りには指一本ふれなかったからね! どういうことなんだろうね?」

「わたしが箱に戻しておくわ」シーラはそう言って首飾りをしまい直した。

次の朝もまた同じことの繰りかえし。首飾りは箱の外できちんと山をつくっていた。そこでシーラは内緒で箱を棚から取って、階下の部屋にある煙突棚に置いた。だのに結果は同じこと。くる朝もくる朝も首飾りは箱の外に出ていて、やっとシーラもこの箱に呪いがかかっていることを知った。教母さまがここのところ繰りかえし病《やまい》になったうえに家計も火の車という事情こそあったけれど、娘はそれを盗んできたからだった。悪いことをしてしまったのだ。教母さまは良くなっていたのに、いまは家を影が覆った。冷気みたいに、見えないけれど肌には感じられる影が。それがシーラのうなじあたりにただよって、けっして去ろうとしなかった。亡霊のたぐいというわけではなく、ただの影だった。あんまりおぼろげですばしこいから、ろうそくの灯で照らしても見ることのできない影だった。いくら振り返ってもその影をちゃんと目で捉えられなかったけれど、いつだってそれが近くにいることだけは分かっていた。たまには、小さな影だな、と感じたりもしたが、そのうち影のことなどは鼠ほどにも気にならなくなった。たしかに気分は悪かったけど、べつに恐がらせたりジリジリさせたりするわけではなかったから。またときには、その影がまるで地球よりも大きな雲みたいになって小屋の上を覆い、天から射す光と娘の心から湧きでる知恵の光とを消し去ってしまうかのように見えることがあった。

シーラはきれいで正直な娘だった。だから、やるべきことはたったひとつしかないと思った。教母さまにはこのことをすこしも打ちあけないで、ある日、小さな箱を粉屋の長椅子に戻しにでかけ、だまってそれを置いてきた。家に帰ると、教母さまに声をかけられた。「シーラ、シーラ、あたしの首飾りはどこだい?」

シーラは煙突棚に首飾りを取りにいった。そして恐ろしさにぶるぶる震えながら目をこらした。蜂一匹でも娘を打ちたおせるくらいの震えかたで――だって、そこには黒い箱がまた置いてあったのだから。

「シーラ、シーラや」

「はい教母さま、ここよ」そう言うと、娘は箱をもってあがった。箱が首飾りのためにカタカタと鳴った。なかにちゃんとはいっている。娘はそれを階上にもっていって老婦人の首にかけてやった。前のようにぴったり首にかかった。教母さまがもうすっかり良くなったことを知って、シーラはとても嬉しく思った。だのに翌朝、シーラが火をたきつけているときに、自分を呼ぶ声を耳にした。「シーラや! あたしの首飾りはどこ、シーラ?」娘は老婦人のベッドへ飛んでいった。ほんとに首飾りがなくなっていた。二人してベッドや部屋のなかを探したけれど、そんなところにはなかった。

「ああ、どこいったんだろうね、あたしの首飾りは?」老婦人は泣きべそをかいて言った、「首にちゃんとかけていたし、指一本さわらなかったのにね」

シーラは大急ぎでもう一度階下へおりて、小さな黒い箱のなかを覗いた。そこに首飾りがあるではないか。娘はそれを取って教母さまの首にかけてやった。前のようにぴったりと首にかかった。

さて、こんどはこの箱をどうしよう？　それがあると、家は恐くて気味わるいばっかりだ。シーラは耐えられなくなって、お午《ひる》ごろに箱をしっかり手に握ると、緑色をした静かな草の道にそって牧場を小走りに抜け、それを池の畔まで持っていった。そうしてガラスを張ったように静かな水面へ、その箱を投げつけた。箱は草のあいだに沈む間際の数瞬のあいだ、プカプカと浮かんでいた。シーラは家に帰っていった。こうして家に帰ってみると、煙突棚の上はがらんとしており、教母さまの首にかかった首飾りも無事だった。

「とても気分がいいからね。もうじき起きて亜麻をまたつむげるよ」

明かるい午後のあいだじゅう、シーラは小鳥のように楽しく歌いながら亜麻をつむいだ。家が前みたいに気持よく、楽しいところに戻ったからだった。肩にのしかかる影も、心を曇らせる恐怖もなかった。夕方には、ほかでもないシーラを好《す》いている若者の〈お人好しジョン〉が来ることになっていた。かれは釣りに行っていて、大きなカワカマスを釣って娘のところにもってきた。シーラはかれにキスして、お魚をありがとうと感謝した。若者は口笛を吹きながら帰っていった。

「あら、なんてお魚、なんてすばらしいお魚だことね！」と教母さまは歓声をあげた、「油につけて煮ましょうよ、シーラ、おいしいわよ。なんてお魚でしょうね！」

シーラはカワカマスをひらき、その腹に小さな黒い箱をみつけた。

「ふん、なによ、ちっぽけな箱のくせに！」シーラはうめくように言った、「でも身から出た錆ね。水でだめなら、こんどは燃やすしかないわ」それから娘は箱を火のなかに放りこみ、その上で魚を料理した。部屋がまた影だらけになって、あたりがすっかり恐ろしげになったので、娘は魚を料理しながら辛《つら》い涙をたくさん流した。でも娘がベッドに戻るよりも先に、火のなかに放りこまれていた箱は、ちょっと目を離した隙に火から出て、またもや煙突棚に舞い戻った。シーラは一晩じゅうまんじりともしなかった。やらなければいけないことはひとつ、粉屋に箱をもっていって、犯した罪を白状するのだと覚悟した。そういうわけで、翌朝早く娘は、箱をもって外へ出ていき、粉屋の戸をトントン叩いた。

「やあシーラ、どうかね今日の教母さまの具合は？」

粉屋は大きくてたくましい男だった。あごひげは黒いし、あんまり黒すぎて口から出す言葉までが黒く染まって出てくるようにみえるほどだった。分厚くて朱《あか》いくちびるをもち、小鳥の翼みたいに弧を描いて上方へ向かっているゲジゲジ眉で、そこに食べものがきたならしくこびりついていたけれど、親切な人であることにちがいはなかった。シーラはその人におずおずと箱を差しだした。かれはそれを受けとった。その腕は黒い毛がもじゃもじゃと生えていて、ほこりに汚れていた。

シーラは言った、「わたし、それを盗《と》りました」

「盗った！　ああシーラ、ああ！　とんでもないことをしてくれたな？　盗みはいかんと知ってるだろうに?」

シーラは一部始終を打ちあけた。

粉屋は言う、「だが盗んではいかんよ。理由にならんからね」ひげだらけのくちびるからほとばしり出てくる言葉が、いよいよ黒くひびいた、「で、この箱はだれのだ?」

「それ、あなたから盗《と》りました」

「わしから! あいにくだが、そうじゃないな。そいつはわしのじゃない」と粉屋は言った。「いいえ、いいえ」シーラは男にそう言った。

粉屋は言う、「ちがうよ、言ったろ。それがわしのなら、わしだってちゃんと受けとるが、しかしわしのじゃないから受けとれんよ」

「そんなことありません」と娘は繰りかえした、「だってそこに置いてありましたもの」そう言って、戸口のそばの長椅子を指さした。オークの板がもう反《そ》り返っている古い長椅子だった。ただし柳材を使った脚のところだけが白塗りで新しい。

「きれいな小箱だ。そいつがもしわしのなら、わしがその箱で何をするか分かるかね?」粉屋はそう言って蓋をあけようとした。あかないと分かると、それを耳もとで振った。「なかにあるのはなんだね?」

「なんにもありませんわ」とシーラ。

「いやいや、なかに何かあるぞ。聞いてごらんよ!」かれはシーラの耳もとで箱を振ってみせた。なかに何かある。「というわけさ。だがね、こんな箱は前に見たこともないぞ」

「でもほんとです、ほんとうなんです。わたし、あなたから盗《と》りました。どうか受け取ってください」

粉屋は言った、「いかん、いかんよ、そんなことは言っちゃいかんよ。わしはこの箱が好《す》かん」そうして十字を切り、「神かけて言うがね、こんな箱は前に見たことがない。わしのじゃないから、もって帰っとくれ」と言って、すばやくその箱をシーラの手に押しこんだ。

「取っといてください、おねがい」とシーラは頼んだ。

「だめだ、だめだ」と粉屋はきっぱり断った。

「行きなさい！　そいつをもって帰っとくれ。あんた、盗んだなんてことがあるもんかね。そんなものは受け取れんからね、絶対に。言っとくが、それはわしのものじゃないから、ここへは置いとけない」

シーラは恥かしさのあまり顔を赤らめ、

「盗ったりしてごめんなさい」とささやいた。

「いやね、そのことについちゃわしに何か言う資格はないよ。わしの箱じゃないんだから。それにさ、わしのものじゃないものをどうやってわしから盗《と》れるんだ、わしのじゃないものを盗ったかどで、どうしてあんたをとがめられるかね、このわしが？　わしは神さまじゃないんだからね。こっちにその資格があれば、そうしてやりたいのは山やまだ。けれども……なぜ泣くんだい？　ここで泣いたって仕方ない」

シーラは耐えられなくなって、「あんた、盗ったりしてないだろ、そうだな、え、そうだろ！」と叫ぶ粉屋の怒った声をあとにしながら走って帰った。

シーラは草原にはいりこんで、もう一歩も動けなくなるまで走った。芽を出しかけている樹もなく、草もまばらで、地面さえ冷たかったのに、太陽は容赦なく照っていたから、娘はふしぎな箱を掴んだまま日陰をもとめてセイヨウアカネの葉陰に倒れこんだ。もうだめだわ！　この箱をどうしよう？　これを役に立てるわけにもいかず、そうかといって壊すことも置いておくこともできず、ましてやこの箱から逃げだすこともできない。たしかに悪いことはしたけれど、そのことで他人にうんと迷惑をかけたわけではなかった。おこない自体は悪いけれど、よかれと思ってやったことだ。でも、いまその罪をかぶることになった――それが心やさしく汚《けが》れのない娘のとるべき道だったからだけれど、返ってきたのは嘲《あざけ》りばかりだった。逃げることもできず、心の平穏もなくしてしまったのだ。もうだめだ！　どうしたらいいのだろう？

陽は明るいのに、辛さばかりが心を閉ざしていた。近くでロバが草を食んでいた――シーラはあのロバが箱を食べてくれないかしらと思った。高い空の上では小ガラス《ジャックドウ》が二羽で戦っていた――あの鳥が箱をさらっていってくれないかしら、とも思った。箱を振ってみると、なかでカタカタ音がした。蓋が動いたので、びっくりして草の上に落とした。その箱の前に膝をついて覗きこむと、蓋があいた。

箱のなかから、にやにや笑いを浮かべた小さな老人がムクムクと頭をもたげて出てきた。指ぬきほどの大きさしかない。老人はすぐに箱の側をまたいで外に出ると、立ってシーラにお辞儀をした。

「ごきげんさん」とかれは言った。その声は、風がびゅうと吹くときの草のそよぎによく似ていた。

ちっぽけなやつだ！　老人のすぐ脇にタンポポがあったけれど、それが棕梠の樹みたいにかれの頭の上に伸びて見えた。けれどかれは瓦《かわら》色の上着と黄色の半ズボンを着け、水晶の帯止め《バンド》がある靴をはいて、身ごなしがずいぶん活発だった。長くて明かるい色の髪に、緑色のビロード帽子をかむり、頬はりんごみたいで、金色のひげがふさふさしていた。

「あら、おじさん」シーラは膝をついたままでささやいた、「ごめんなさいね」

「ごめんなさいだって！　ふん、ら、ら、ら！」小人はずるそうに叫んで、まるで役者みたいな気取り歩きをしてみせた。「いいよ、許してあげることなんかワケないさ、え？　そうだよ、なんでもないことさ。あんたは誇りをもってる娘さんだ。それにお詫びの気持でいっぱいなんだね。ああ、いいとも、いくらだって許してあげるとも。誇りなんてなんでもないさ、お詫びの気持だってさ、許してやることなんか簡単だよ。でもね、取引きというものにはちゃん代金を支払わなけりゃいけないからね。それにわしは正直な商売人だよ。ただで何かしてもらっちゃ気がすまないものさ。そんなのはいやだろ、え、いまはいやだろうね？」

「そうよ、おじさん」

「またなぜ?」と小人は尋ねた。

「だって粉屋さんの箱を盗ったのですもの」

「粉屋の箱だって! あきれたねぇ、そんなもんじゃないんだよ。あれはわしのものだ、わしの財産だし、隠れがだし、お屋敷でもあるんだよ。そうさ、正真正銘いつわりなくわしのものだ。わしはシロオ(パレスチナにあった町の名と同じ。悪魔崇拝の町と噂された)だよ」

「え、どなたですって? わたし、失礼ですけど……」娘は身震いしながら言った。

「わしの名はシロオだ」

「ええ、おじさん。でも聞いたことないわ、そんな名前」

道化師《おどけもの》は驚いた顔をした。「なんだって!」

「聞いたことありません、あなたのことなんか」

「ふん」かれは不機嫌な顔になって答えた、「世の中ずいぶん暢気《のんき》に動いてるもんだねえ。お嬢さん、わしはすっかり疲れ果てたよ!」そしてかれは爪先立ちになってせいぜい体を伸ばし、小さな口をあけて欠伸《あくび》をした。

「なら、どうして眠らないの、おじさん?」シーラはそう言ったが、心のなかではこの小人を箱に戻して出られないように蓋をきっちり閉められたらなと思っていた。

「眠るだって! そう、それだよ、わしに必要なのは。なにしろ七百年も眠っておらん」

シーラはきっとした目をしてかれを睨んだ。そんな話はうそにきまっていたからだった。「七百年さ」かれは欠伸しながら繰りかえした。

「そんなこと信じられないわ」とシーラは言った。

「でも、そうなんだよ」道化師は気が短かった。

「間違わないでくれ。七百年間目を醒ましていて、七百年間眠る。それからまた起きて、また眠る。わしはこれでもう充分に育ちきったし、長生きもしてきた。六回も眠ったものね。ユダヤ人の時代よりも前にいた王さまはみんな知ってるよ」

「うそよ、うそ」シーラは言い返したが、くすくす笑わずにいられなかった。

「笑うな、笑うなったら!」小さな道化師は叫んだ。

あんまり頭に血がのぼったので、両腕でタンポポの茎をかかえ、まるで強敵を相手にするように組み討ちをはじめた。しかしタンポポはぴくりともしない。こんどは怒って茎のてっぺんへよじのぼっていって、かん高い口笛みたいな音をたてながら元のところへ滑り降りてきた。

「おじさんがご存知なのは、なんという王さまなの?」シーラは小人がいくらか落ち着きを取りもどすのを見計らって、そっと尋ねかけた。

「忘れたよ」とシロオは答えた。

「でも忘れるはずはないでしょう。忘れちゃいけません」とシーラ。

「おねがいだから手を焼かせないでくれ。あれから長いこと眠ってたんだから」

「ええ、でも目を醒ましていたのも長いのでしょう?」

「そりゃそうさ。王さまの名はたしかチック……チック……いや、ティグリー・プリッシャーといったよ。たぶんそのはずだ。ほかにもたくさんいた……スナッチリブというのを知ってるかね? 知らない! みんな忘れちゃいけない帝《みかど》だよ。ごめん、あんたを許してやらなきゃいけないいな。代金も充分に支払わなきゃな。許しを与えるについちゃ、あんたにその分たっぷりと支払いをせにゃいけない。そうでないと価値のない許しになってしまうからね、あんたにとってもわしにとってもね。あんたをお金持ちにしてあげよう。絹や毛皮を着せてやろう。たぶん、あんたはきれいになるのが好きだろう?」

そこでシーラは小人を指でひろいあげ、バッタでも持つようにつまんで箱のなかに戻し、蓋をぴしゃりと閉じると、白い人差し指でその上を強く押さえた。

「いじわるな、いじわるな小人ね。さあ、この人をどうしよう?」

娘は思案した。名案がちっとも浮かんでこなかったから、立ちあがって走りだした。ただしその箱をセイヨウアカネの下に置いたままで。けれど何歩もすすまないうちに、風が吹きおこるような耳慣れない叫び声がうしろの方で聞こえた。息もつがずに振り返ったが、遠く隔ったセイヨウアカネに異常なところは見当たらなかった。なるほど、箱は消えていたけれど、草を食んでいるロバを除いたら草原には何も見えず、ものが動く気配もなかった。「ホイ!」また叫び声が聞こえた。地面の下からだ。肩に箱をかついだ小人が、娘の足もとに立っていた。「走ってもむだだよ！　むだなことだ！」かれはそう叫びかけて箱を地面にすべり落とし、その上に坐って踵《かかと》で箱をトントンやりだしたが、それがなおさらシーラの気持を逆撫《さかな》でした。

シロオは言った、「すわれよ」娘が腰を降ろして小人に面と向かうと、かれは小さな足をもちあげて黒い箱の上にあぐらをかき、膝をかかえるようにした。

「聞けよ、静かに聞けよ、みんな話してやるからさ。わしはシロオだ。あんたはこのわしから箱を盗った……」

「お返ししました。箱なんかいりません。きらいです」

「…でも盗った」シロオは小さな拳でいらだたしそうに箱を叩きながら言葉をつづけた、「だから箱の呪いに耐えなくてはいけない」

シーラは言った、「ですから、ごめんなさいと」

「ああ、もちろん、もちろん許してあげる。でも静かにお聞き。もっともっと色々なことを話してあげるから。知ってのとおり、わしはこの世のもんじゃない。この世じゃ大っぴらに歩けないし、仲間もいない。それにわしたち二人のあいだで契約が結べないと、わしは人間に許しを与える力をもてないんだ」

シーラが涙を落としはじめた、「おじさん、わたしどうしたらいいの？」

シロオは言う、「静かにお聞き。どうしたらいいか分かるから。わしが贈りものをして、それをあんたが受ける。これは決まりだよ。お金持ちになるような贈りものをあげる。片方だけサインした契約書がある。どんな贈りものを選んでもいいよ。そしたらわしはあんたの家来になる。あんたの家来になったら、どんな小さな願いも、逆にどんなに大きな命令も、実行しなきゃいけなくなる。だから最初に、わたしを許してと命令すればいいよ。そしたらわしは喜んで許してあげる。それで二人とも願いが叶う」

だがシーラは小鬼が思うほど愚かではなかった。ふしぎで不穏なできごとに巻きこまれた娘は、これはえらいことになったらしいとは思ったけれど、毅然として、「いやです」と道化師にぴしゃりと言い返した。

「なんだって！」シロオは気分を悪くして叫んだ。「お聞き、あのバカなお人好しジョンがいるからかい？　言っておくがね、もしもあいつがあんたの心をわしから奪ったら、わしだって黙っちゃいないよ。さあ、さあ、シーラ、何をあげたらいいんだい？　言っておくれ。わしは永遠に死なない友だちなんだからさ」かれは黙って待っていたが、それから欠伸をした、「ああ、とっても疲れた！」

「じゃ、眠ったらいいかが」シーラは怒って声を荒らげ、もう一度跳ねおきると家にとんで帰った。

「教母さま、今日のご気分はいかが、教母さま？」

「良くないんだよ、おまえ、気分がすぐれなくてね。もうだめかもしれないよ」老婦人は寝帽子を脱いでそれを床に叩きつけた。シーラはいつものあったかなスープを一杯よそってあげた。

尾なし猿の骨と芋虫の血でつくったスープで、馬具屋の小僧の吹出ものを治したという妙薬だったから、まもなく教母さまはぐっすりと眠りこんだ。そのあとシーラは階下に行って糸をつむいだ。そのあとはずっと、ふかく考えこみながら糸車をまわした。けれど夕暮れがたに、くるくる回る糸車の腕木《アーム》から不意にシロオが顔を出して、ふかぶかとお辞儀をした。

「シロオだよ」かれはそう言って、話をむし返しはじめた、「あんたに箱を盗られたシロオだよ」

「だってあれはお返ししたでしょ」シーラは真顔になって言った。

「おや、そうかな」――シロオはずるそうにニヤリとして――「あんたの煙突棚にまだ置いてあるぞ！」

そのとおりだった。シーラはそれをつかみとって小鬼の目の前に置いた。

「もっていってください。ここではいらないものですから」

「よかろう」とシロオは言った。「プー！」と言って、小さな指でトンと箱を叩いた。また「プー！」すると箱が消えた。「でもな、シーラ、わしはまだあんたを許しておらんよ。いいね。でも言ってごらん、どんな恩恵がほしいかを？」かれは猫なで声で話をつづけた。

「いやです、何もいりません」シーラはきっぱりと断った。「一粒の土だって受け取りませんわ。あなたは猫をかぶっていますもの。悪さをされたら困ります」

「なら、あんただって猫をかぶってるじゃないか。いい娘《こ》ぶってるし、虫も殺さないような顔してるし」とシロオは嘲った、「そのいい娘《こ》がわしから箱を盗みやしなかったかな」

シーラは黙ったままでいた。

「あんたはわしのことをほんとにひどく誤解しているね」かれは悲しげに言葉をついだ。「いつまでもいい友だちでいられるはずなんだよ。わしも生まれたときは、いまと同じように小さかったが、その後ぐんぐん大きくなってね、しまいには樹と同じ背の高さになったよ」シロオは爪先立ちになって、空へとどけといわんばかりに両腕を伸ばした。「ところがそのあと、また小さくなりだしちまって。小さく小さくなって、いまじゃごらんのように聖餐のパンみたいになってしまった。ところでわしは七百年眠って命をあらたにしなければならないんだが、もしも人間の口から眠れと言われないと、このままずっと生きつづけて萎《な》え凋《しぼ》み、しまいには消えてなくなってしまう運命なんだ。でもこの世は寛大にできてるし永遠というやつも親切だ、それにあんたも助けてくれる。これであんたも罪を償えるわけだ、人のためになれるわけだ。たとえわしが札つきの悪霊だとしてもね、あんたがわしの贈りものを受けとれば、わしだってあんたの奴隷になることをいやと言えないんだよ。わしに眠れと命令すれば、わしは七世紀間眠らにゃならない。そうなりゃ悪さのしようがないじゃないかね」

シロオはいかにも気落ちしたふうに地面にへたりこんだ。声がふるえて聞きとりにくかった。

「でもなぜ、なぜわたしが最初にあなたの贈りものを受けとらなければいけないの?」とシーラが尋ねた。

道化師はまた真顔になった、「じつはわしの仕えているご主人というのが、人間の手を借りないとどうしようもない立場におられてな。ご主人といっても、その本体は雲か幻みたいなもんだし、その声も蜘蛛の巣に吹く風のそよぎみたいなもんだ。おまけにご主人の照らす明かりも、蛾の眼にうつる月明かりと似たようなもんでね。けれども人間の力を借りれば、永遠にもうち克つことができる。ご主人がくださる報償は、とても人間の手にはいるものではないよ――永遠につづく喜びといった贈りものが、ぜんたいこの世にあるものかね？　でも、あげるのはそんな目に見えないもんじゃなく、ちゃんと手でさわれる品物だよ。わしのご主人の名誉をかけて言うんだから、あんたはそれを信用すればいいだけだ。ぜんぶ金でできた〈おまる〉をあげよう。昔クレオパトラが使っていたものだ。立派で、ぴかぴか光ってるやつをね。婚礼の鐘みたいに鳴ったり、かみなりみたいにとどろいたりするよ」

シーラはまじめな顔で言った、「真実はこの世にひとつよ、天の真実がそれだわ」

「え、真実だって！」シロオは大欠伸《あくび》をした、「ああ、そんなものはそこにも、ここにも、どこにもあるよ。そうだろ？」

「あなたからは土くれ一粒だって受け取れません」シーラはそう繰りかえした。

「なら、あんたを許してやらないよ」シロオが嚇しにかかった。

「いつまでたっても呪いにたたられるんだ。おう、ら、ら、ら」そしてため息をついて、「あんたはきれいな娘だったが、今はもう二目《ふため》と見られない顔になったよ」

シーラは答えなかった。髪を振って微笑み、思案した。そんなこと言うのは、自分の器量がちっともよくないからなんだわ。

「ほお、ほお、そうさ」凧の両肢《あし》みたいな手をこすりながら、シロオはつづけた、「あんたはみにくいよ、ずっとみにくいままでいるだろうさ」

でもシーラは、今の話がみんなデタラメだと分かっていたから、笑いつづけた。シロオはすっかり肚《はら》をたてた。なにしろシーラが抱いた疑いの半分だけでも、かれをこれ以上ないほど怒らせるには充分だったからだ。しかし、ああ、最後は特定の人をののしりあう結果になるとしても、わたしたちは自分の意図が気まぐれであろうとまじめであろうと、また悪戯や単なる成り行きであろうと、自分でそう思ったことを決して曲げたくないのが人情というものだ。だから小人は怒って、ぴょんとひとっ跳び、しらみのように荒々しく糸車から跳びあがって、窓ぎわの壁に押しつけてあったテーブルへ移った。テーブルの割れめにちょっと足をとられても、自力で起きあがって走りだした。それからテーブルをよこぎって右手に遁れると、小さな脚を車の幅《や》みたいにすばやく動かして速歩《トロット》をつづけ、とうとう壁にたどりついた。かれはそこでポケットからチョークのかけらを取りだし、振り向いてシーラがこちらを見守っているのを確かめてから、壁にかたつむりの絵を描きだした。角《つの》をのばし殻を背負ったかたつむりをすばやく描きあげた。そして絵を仕上げたところで、かれが指でもってそのかたつむりを突っつき、なにごとかささやきかけると、かたつむりはとたんに命を吹きこまれて、壁の上を這いずりはじめた。シーラはそのありさまを見ていた。するとシロオがよく目立つ二本の角を捕まえて、のんびり屋のかたつむりのヌラヌラと光る肩にまたがった。「はいし！　はいし！」壁の上に円を描いて動くようにかたつむりの舵《かじ》を取りながら、小鬼は叫んだ。そうやってかたつむりを乗りまわしているあいだに、シロオはチョークをもって前のめりになり、お皿ほどの大きさの白い円を描いていった。火事場の馬鹿力《ばかちから》とでもいうのだろうか、シーラの見ている前でかたつむりはときおりすごい速さで動きまわれる証拠をみせた。変だとは思ったけれど、どんなかたつむりだって威勢のいい若者のころは雷石《サンダーストーン》みたいにすばやくて、ほんとうに稲妻が固まったみたいに威勢がよすぎて世界の縁《へり》から跳びだしてしまわないともかぎらないから、わざとゆっくり動いているんだとシロオに説明されて、娘はやっと納得した。

「もちろん、そういう時期はすぐに終わるよ。かたつむりだっていつまでも若くないからね」とシロオは欠伸しながら言った。そうこうしているうちにかたつむりは円のなかを行ったり来たりし、おまけにシロオがどこへ行くにもチョークで白い線を引いていくので、壁の上にいつのまにか白い日の丸模様ができあがり、おまけにそこを通るかたつむりが残していくヌラヌラの粘液を塗られてつやつやとしていた。シロオはやっとテーブルに跳びおりて、上着からチョークの粉をはたき落としたり、吹き落としたり、拭いのけたりした。

「ほら見ろ！」とかれは叫んだ。シーラは自分の姿が鏡みたいにその日の丸模様のなかに映るのを、両の眼でしっかりと見た。すると、びっくり。なんとあわれな姿になったことか！　ほんとうにみにくい顔だったから、自分で自分の姿に腰を抜かした。小人はどこにも見当たらなかった。かたつむりも、溶けた蜂蜜みたいに見えたテーブルの小さなこごりも、みんな消えていた。シーラはその白い円をこすったり引っ掻いたりして、しまいには指を血だらけにした。だのにそれは消えなかった。

こうなると、あの小人から贈りものなんかひとつだって受け取るものかという決心がますます固くなった。あの小人は、どうせ良からぬ目的のためにわたしを奴隷にしようとたくらむ悪《わる》鬼《おに》だったのよ、と思って。

くる日もくる日も、シロオは姿をあらわして娘をいじめた。娘はどうやってもかれを追い払えなかった。かれがどこにいて、どこを歩きまわるのか、それは分からなかったが、いつも欠伸ばかりしているところから見ると、この小人がぜんぜん眠っていないことは確かだった。

かれは姿をあらわして、「おはよう、シーラ。教母さまはどうかね?」と声をかけた。するとシーラはため息をついて、「良くないわ、病気なの。また具合が悪いの。それから冷たい気候がつづいて気がめいってるみたい。ああ、かわいそうな教母さま!」「ふうむ。あの女《ひと》は天気がいいときに笑うんだね。すてきに暑い夏の日を呼んでやろうか? わしならできるよ、知ってるだろ」

「けっこうよ」とシーラは言った、「教母さまは暑い日がきらいなの。日射病になりますもの」

「風の強い日なんかはどうだ?」とかれがもちかけてき、「風がほしいところだろうからね。ひと風吹かせてやろうか? わしならできるよ、知ってるだろ」

「けっこうよ」と、シーラ、「家まで吹きとびますもの」

「ちぇ！　じゃ、雪はどうだ。たまにはいいもんだぞ」

「けっこうだったら。教母さまがこごえ死にますわ」とシーラ。

「へそ曲がりだね、あんたは！」かれは怒って声を荒らげた。「わしはシロオだよ、あんたに箱を盗まれたシロオだ。あんたの教母さまの病気はあんた次第だ。今すぐにでも治せるんだよ。わしをあんたの奴隷にすればいいんだ。そしたらあんたの命令をきかなきゃならんから」

「わたしが贈りものを受け取らなくとも、あなたにならできるわ。だって賢くて魔法の腕もいいんですもの。さあ、やってくださいな、おじさん。一生恩に着ますから」

「ふーんだ！　ただ働きはごめんだね。いやだよ。わしは王の王であるご主人に仕えてる。でもわしとご主人は人間の力が借りられないと空気みたいなもんにすぎないんだ。言うとおりにしてくれないか。そうすればあんたを女王さまみたいに思って奉仕するから。わしが恐いのなら、眠れって命令すればいいよ。わしは七百年も眠ってあげる」

「いやよ」誘いかけられた娘は口が重たそうに言った、「たとえ教母さまのためにだって、そんなことはしません。うそつき、うそつき！　なんでそんなにうそをつくの？」

「おう」と、シロオは言った、「わしが疲れてるからだよ。それに、うそはうそさ」

「どういう意味なの」

「いや、言ったとおりさ」かれは欠伸して、それからまた大欠伸した。「ついでに言っとくが、わしはこの世界の者じゃないよ。あんたがよかれと思うことは、わしにとっちゃみんな悪いことかもしれないし、あんたが悪いと思うことはひとつ残らずよいことかもしれない」

「さっぱり意味が分からないわ」

シロオは答えた、「男には分厚い肉、女には百合《ゆり》のつぼみ。アイアス（ギリシア神話に出てくる英雄）はりんごを食べて暮らしただろ？」

「え？　なんですって？」とシーラは言った。

シロオがまた欠伸をした。すると鐘が静かに、これ以上ないほどうるわしく、しかもやさしく神々しい音色を室内にひびかせた。かすかに大気を乱す魔法の木霊《こだま》、雲から雲へと落ちていった音の星。その音は、壁に描かれた白い丸印から流れたようだった。

「行って確かめなよ」シロオは白い丸印のほうを指さしたので、シーラがそこに目を向けた。汚れないきれいな自分の姿がまた見えた。前みたいに美しい姿が。道化師は言う、「さあさ、その姿見をあげるよ。あんたのもんだよ」

「いや、いや、いや」とシーラはつぶやいた。だがそう言ったとたんに、鏡のなかの姿がまた変わり、あか抜けないみじめな貌にもどった。そしてシロオはもういなかった。

今は一日ごとに気のくるうようなできごとがふえていった。盗みの償いはもう果たしたはずでは？　あの箱は返したのでは？　それでも娘は心が休まらなかった、休まらなかったし、それどころでなく頭の先から爪先まで枷《かせ》をはめられていた。教母さまの病気も、元はといえば自分の悪業のせいだった。それがいまでは、病気が治る治らないも娘の若い魂を危険にさらすことと引き換えになった。娘がみにくくなったということも近隣に知れわたるところとなって、単純な姿見のいたずらでは済まなくなった。近所の子どもが娘を嘲り、お人好しジョンも足が遠のいてしまい、ほかの若い村娘のお尻を追いかけるようになった。小鬼の贈りものを受ければ美しさが還ってくるさ、とお人好しジョンは思っていたが、しかしそのことで娘は夜も日もない悲しみに投げこまれた。おまけに教母さまの扁桃腺も、首飾りがちぎれて水晶玉をいれる箱が必要になってからこの方《かた》いちばん悪い状態になったので、シーラはとうとう誘惑に負けて、またも悪魔をこの世に解《と》きはなつことになってしまった！　だれもが知っているとおり、悪魔はここのところ何年もの長きにわたって鎖につながれていた。底なしの穴のなかで鎖につながれていた。だがふたたびここに姿をあらわしたのだ——それはたしかに悪魔だった。次に悪魔がここへやって来たのは、ある雨模様の三月の夕暮れどきで、森にはびゅうびゅうと風が吹き、枯れた大枝が折れて落ちるような一日だった。「あなたのご主人っていうのは、どなたなの？」とシーラは尋ねた。「ティグリーさんとかいう王さまなの？」

「ちがうね、ちがう、ちがう、ぜんぜんちがう。わしのご主人は王のなかの王だ」と小鬼は叫んだ。

「王さま！　王のなかの王！　でも何をしてる人なの？」シーラはそう叫んだ。しばらくは小鬼もまったく口をひらかなかった。それから、おもむろに、「聞きな、しずかに聞きな。話してやるから。そのお方はな……」シロオは息をつぎ、内緒話でもするように片手をくちびるに押しあてた。その目が不安そうに脇をうかがった。「そのお方は、だれにも答えられないような謎なぞをぜんぶ知ってる。またどれにもできないような謎なぞの答えをぜんぶ知ってる」

シーラは訝しげに言った、「どんな謎なぞなの？」シロオは言った、「あんたに教えてもはじまらない……それにな……」

「それなら、答えのほうは？」

「そういう謎なぞには答えなんぞないんだよ」

「それなら、そのお方はなぜ謎なぞを出すの？」

「なぜって、もちろんだれにも答えられないからさ」

「そんな、変よ」シーラは動揺していた。

「信じないわ。謎なぞも、答えも――ふん！　そんな人なんかいないわ」

「しっ、しっ、シーラ！　ご主人に会わせてやれたらって思うよ。しっ！　信じられないほど恐ろしくて大きなお方に、会わせてやれたらな。ほんとに、ほんとに」

するとシーラは言った、「会わせてくださいな」

小人はあぐらをかいて身震いした。「でもだめだ。しかし会わせてやろう。会わせてやるよ、会わせるよ。しっ！　手にトウシン草のろうそくをお取り。そしてみんなこのテーブルの高さに持っていなよ」

そこでシーラはトウシン草のろうそくを取って、言われるとおりにした。

「しっ！」シロオがまた言った、「会わせてやるから」そう言うとかれは立ちあがって、まじめな顔をして焔のすぐそばに忍び寄っていった。そのために小鬼の影が壁に大きく映しだされ、妙ちきりんな帽子とひげと髪の毛と、それに上着と半ズボンと靴とが、子どもと同じ大きさで映しだされた。

「そこだよ」とかれはささやいた。「見えないか？」

「あは、は！」とシーラは笑った。「なによシロオ、それはあなたじゃないの。あなたの影じゃないの」

「しっ！」とかれは言う、「しっ！　黙れったら！　あれが王のなかの王、永遠の喜びと永遠の恐怖の王なんだぞ。そうだとも、あれがさ」

しかしシーラは相手をそしらないではいられなかった。「そんなの王さまではありません。またわたしをだますのね。あれはあなた自身よ、あなた自身の影よ。ほら、ごらんなさい！」

娘はトウシン草のろうそくをもちあげて、テーブルの下に明かりを隠した。心臓が止まるかと思った。明かりを隠したのに、小鬼の影は壁に残っているのだ。その影はゆっくりと振り向いて壁ぞいに歩いた。歩くと、足もとが光るので、ちょうど火の上を歩いているように見えた。そうして視界から消え去ろうというときに、影がその顔を上に向けて大きな欠伸《あくび》をするのが見えた。

恐ろしさから解放されるのに長い時間がかかった。なぜならば、外はすごい嵐が吹きあれていたし、内ではまたすごい悪運が娘の震える魂のまわりで渦をまいていたからだった。娘は気がふれたように小鬼をさがした。しかしもうかれはいない。こんど出てきたら、虫をつぶすみたいにして足で踏みにじってやるんだから、とシーラは心に決めた——たぶん、それで自由になれるはずだわ。けれど暗い気分は夜といっしょに過ぎさって、明るく晴れやかな日があけると、シーラはその肚立ちをけろりと忘れ、シロオのことを思いだすのにも哀れむような親《やさ》しい気持が湧くだけになった。

あとになってシーラが窓ぎわでおかゆを食べているときに、そのお皿の縁からひょっこりとシロオが首を出した。「やあ！」かれは二本の腕を支えにして体をもちあげ、お皿の縁に腰かけると、足をぶらぶらさせながら、シーラがスプーンでひと口ずつおかゆを食べるようすをながめはじめた。

「気をつけてね。そうでないとわたしのおかゆに滑り落ちるわよ」とシーラは言った、「あなたを食べるなんて、わけないことなんですもの」かれはただ笑って、指であごひげをすくだけだった。

「いいものを見せてやろう。窓をあけなよ、シーラ。見せてやるからさ」

それでシーラは窓をあけた。あかるくて鳥のさえずりも快い朝だった。春の小鳥たちが楽しげに歌い、空は光る雲に覆われていた。はしばみの木が窓の外に生えていて、どの枝にも金一色の〈ねこ《キャットキン》〉（ヤナギやクリの木に出る猫の尻尾みたいな花序）が垂れさがり、そのまたどの〈ねこ〉にも前夜の雨が残した露玉《つゆたま》がひとつ先っぽにぶらさがっていた。ところどころに、まるで虹のしたたりや小川のきらめきでできたような彩り《いろど》がみえるのを除いたら、どれも透き通っていた。

「シーラ、わしをあの樹へのせてくれ」シーラは手を下の方にもっていき、シロオが一本の指先によじのぼり終わるのを見とどけてから、木の実をつけた樹の細枝へ、用心しいしい小鬼を運びつけてやった。するとかれは、ヤマガラみたいに陽気に枝から枝へと伝っていき、一枝にひとつ、長くてふさふさした〈ねこ〉をみつけては胸にかかえこむようにしてしがみつき、そのあいだに片手をそっと下にもっていって露玉をてのひらに受けとめた。やがて、てのひらが露でいっぱいになると、かれはしばらく、子どもが毬《まり》をこねるような手つきでそれを丸めていた。それから窓べにいるシーラに向かってその玉を投げてこようとした。それはどうやら、卵が叩きつけられるみたいにして強くテーブルにぶつかったらしく、宝石とまちがうほどの輝きを発しながらビーズ玉のようにコロコロ転がった。ほとんどが白かったけれど、小鬼は緑やら青やら黄色やら赤やらもいくつか集めた。

「降りるから手を貸してくれ」シーラは小鬼が降りるのに手を貸して、固まった水玉がうんとあるテーブルにかれを立たせてやった。水玉はかれに比べると相当に大きくて、そのあいだを歩く様《さま》はちょうど羊飼いが羊のあいだを歩くような感じだった。シロオは言った、「これで良い首飾りができるぞ。きっと、飛びきりすてきなやつができるな!」そう言われて、シーラがよくよく見てみると、なるほど水玉にはすべて糸を通す穴があった。

「玉をつなぐ糸を作るよ」と、かれは叫んだ。

「しゃがんでおくれ」

かれはシーラの金髪の頭から二、三本の毛を引き抜き、その毛を肩にのせてテーブルを歩いていった。それからビーズのそばに髪の毛を置いた。とても大きくて美しい髪の毛だ。かれはそれを両手でひねってクルクル回し、一本の光り輝く糸を捻りあげた。

「きれいなビーズだ!」

「そうね、ほんとに」シーラは作業をみまもりながら陽気に言った。

「きれいなビーズ、きれいなビーズ!」かれは光り輝く糸に手ばやくビーズ玉を通しながら、そう繰りかえした。ぜんぶの玉が糸を通った。

「あんたに似あうかな?」

次にシロオは、首飾りの糸の片端をもちあげはじめた、「おいで、こっち、こっち!」小舟を岸に引き上げるような騒ぎだ。ビーズ玉がテーブルの板材にそって、小石の転がるような音をたてて動いていく。シーラはもういちどテーブルの方に頭を近づけ、首飾りを首に巻いた。でも、シロオが首飾りの片端を手にもったまま離そうとしなかった。

「そっちの端を渡しな」とかれは言った。シーラがそのとおりにした。首飾りが娘のやわらかな首のまわりにギュッと締まった。「あ……！」と小鬼がため息を洩らした。シーラは立ちあがったけれど、首飾りの両端はまだ小鬼がしっかり握ったままで、ちょうどロケットみたいに娘の咽喉にぶらさがっていた。左手で首飾りの片端をもち、右手でもう一方の端を握りながら。「もういいわ」シーラは小鬼がテーブルに立てるようにと身をかがめた。

「もういいわよ」かれが手を離さないもので、娘は二度言った。

「聞こえないの！」シーラが首飾りを揺すったけれど、シロオは言うことを聞かず、手を離そうとしなかった。かれの小さな拳に首飾りの紐の端がしっかりと捲きつけてあった。おまけに、ぐっすりと眠っている。とうとう眠ったのだ。シーラの首を寝床にして、永遠に。小鬼が返事しないのでシーラは恐くなった。小鬼の手を首飾りから引きはがそうと努力したけれど、おそろしいことにかれは息もしていないし温《ぬく》みもなかった。固くこわばって、しかも冷たかった。ほんとうに眠りについた瞬間いっぺんに金に変わってしまったのだ。首飾りを頭の上まで引っぱりあげて外してしまおうとしたが、頭が通るだけの隙間がなかった。くるったように首飾りをつかんで、それを引きちぎろうとした。しかし髪の毛を捻りあげた糸はおそろしく頑丈だったから、切れもしないし弛《ゆる》みもしない。ナイフを使っても切れなかった。罠にはまったのだ。魔物が娘にとうとう贈りものをしたのだ。ああ、これですっかり娘の負けだった。ずるくて冷酷なやつめ。これこそがかれの望んでいた眠りだった。

「チーン！」甘い鐘の音がひとつ、姿見からひびきでるように思われた。首飾りを引きちぎろうともがいたシーラは、ふと我れをとり戻した。シーラがまるで人形みたいに目を凝らしているると、ふいに穏やかさが湧きあがってきてチクチクと心を刺した。だから娘は姿見のそばに忍び足で近寄り、なかを覗きこんだ。また元通りの美しさが戻っていた。前よりもずっときれいだった。見ていてもうっとりとするほどだった。そのすばらしい鏡の像を娘はあんまり長いことみつめたので、いつのまにか恐ろしさを忘れだした。できてしまったことは仕方がなかった。シーラの力ではどうしようもなかったのだ。望んでそうなったわけでもない。自分は罠にかけられたのだ。すてきな姿見から目を離すと、このできごとの原因《もと》となったあの小さな黒い箱がまた煙突棚にちょこんと載っていることに気づいた。たぶん……たぶん生きている本物のシロオがあそこに隠れているのかも？　シーラは箱をあけた。なかは金貨でいっぱいだった。そこへ教母さまが階段を降りてきた。「また気分が良くなったよ、シーラ、昔みたいにすっかり元気になったわよ！」

このできごとはみんな、昔むかしの話だったが、シーラは枯れることのない花のように、なお美しさを保ちながら暮らしている。年もとらないし、不幸になることもない。自分では七百年生きるのだわと信じこんでいた。そしてそのあとはどうなるのだろう？　それはまあいい、教母さまは天寿を全うして大往生されたけれど、小さな黒い箱にはいつも金貨がいっぱいで、しかもシーラはこの世でいちばん器量良しの娘だったから、悲しむのはまだまだ先のことだった。でも娘は嫁いでいない。これはどうしたわけなのか？　それに、舞踏会へ出かけるときは決まって、首に眠っているシロオの体の上に銀貨を重ねるように吊しておくのも、なぜだろう？　だが、そんなことはどうでもいい。かみさんを持つ男たちはみんな、その娘を見ると、こう思った、ああ早まった、嫁をもらうんじゃなかった、婿に行くんじゃなかった、と。また独身者《ひとりもの》は独身者で、あの娘でなければ嫁はもらわない、婿になんか行かないと、だだをこねた。そうして未婚の男はだれしもこう告白するのだ、あの娘じゃなきゃ嫁にしないし、婿にも行かない、と。そしてみんながシーラに対して変わらぬ忠節を誓ったのだった。

過ぎ去った国の姫君《プリンセス》

A・E・コッパード

Illustrated by Maurice Milliere
From *A Printed Engreving Poster* (no title, ca.1910)

遠い昔、ひとりのプリンセスがとても小さな王国をおさめていた。ほんとにとても小さくて、野心など湧いてこないところだった。国がもう少し大きければ、彼女は女王陛下と呼ばれていたろうし、もし七倍も国が大きかったら、女帝と呼ばれていたにちがいないのに、と人々は噂しあった。ところがあいにく、国が小さかったから、蛮人たちはその王国のことを「あの原っぱ！」で通していた。そのほか悪口は数かぎりなかったけれど、プリンセスは気高い心の持ち主で、そうしたことを気にかけなかった。あるいは、気にしたとしても、それをおもてに出すのは誇りが許さなかった。

ところで話かわって、プリンセスの館、美しいその館は、ほんとうならお城とか宮殿とか呼ぶべきかもしれないが、とにかく壁が高く、ピンクのタイルに飾られて、ぐるりを囲んで外敵の侵入をしっかりと防いでいた。入口はいばらや樹々の茂みに覆われて市民の目を閉めだしていたが、門からは長い並木道がうねうねとのびて館にとどいていた。門というのがまた、ふしくれだったオークでできていたが、たくみに塗装したり磨きこんだりしてあって、もっとずっと珍しい木に見えるよう細工がほどこされていた。その木に次のような文字が彫ってあった――**押売り無用、回覧板無用、お心づけ無用**と――。プリンセス殿下に対してこんな失礼な掲示はまるで関係がないことは、だれもが知っていた。しかし、なぜそうなってしまったかといえば、人民があざわらいするような王座が館にないことを、市民に知られてしまっているからだった。なるほど――そのとおりだが、しかし合点のゆかぬ話ではないか。諸君だって、時計の役をはたさない鐘には不平を鳴らすに決まっているだろう！　プリンセスみずから言われたように――「気高い心なくて、なんの王冠ぞ！」――と、あえて名は出さないが、もちろん、どこかの人民をあてこすってのおことばである。館の裏手には、すばらしい庭園があった。まるでプリンセスご自身のように、なによりも美しかった。そのなかほどに、ごくごく密かなあずまやがあり、枝を落としたイチイの回廊と、イワナシにセイヨウヒイラギでこしらえた半円形の垣とに護られていた。細いせせらぎがあずまやの下を流れていたが、これはとくに手を加えて作ったのではなく、偶然にできあがったにすぎなかった。そして、イトスギの並木にさえぎられたせせらぎの川床と堤が、こんどは偶然ではなく、意図してそういうふうに作られたのだが――タイルと、優雅なきざはしがついた、すばらしい終着点となる沐浴の池へつながっていた。プリンセスはここで、日の光に誘われるがまま、絹の衣とリネンの服をさらりと脱ぎすてられ、暗いビロード色の水におはいりになる前に、クルマバソウの木が取り巻いているあずまやの芝の上を歩かれることを日課としておられた。

ある日、プリンセスは池から出られたとき、その白い肌にたくさんの紅い花びらがまつわりついているのに気づかれた。「なんと美しいことね」プリンセスは手鏡をお取りになり、そう叫ばれた。「でも、どこから流れてきたのでしょう？」プリンセスは早い機会についでを見つけられ、大法官にこの一件を尋ねられた。大法官はスミスという名で、世事にはなかなかに長けた人物だったが、いささか俗に汚れすぎていた。

「沐浴のお池に真紅の花びらでございますと！」

「そうです、流れにのってはいってきたのです」

「それはしたり！　いやはや！　早速に調査いたさせましょう！」

　大法官は探して探して、さがしまわった——このスミスという男は、やりだしたら徹底する癖があった——しかし調査はいつまで経っても終わらない。そこで大法官はぶあつい文書を発出し、各自おのおの、プリンセスが沐浴なさる流れや池にごみや屑を棄てて汚したなにびととも知れぬ不将《ふらち》者を見つけだして捕えよ、その不埒な男あるいは女、あるいは者どもを発見し、裁判にかけ、極刑に処する道をひらく情報を注進した者には褒美をとらす、と命令したが、さっぱり甲斐がなかった。プリンセスは湯浴みをつづけられ、いつもどおりに花びらを付けて流れから楽しそうにお出ましになった。その姿は、真紅の斑《まだら》をもったヒョウのようだった。プリンセスは銀の鋼で花びらをすくい取り、それを陽の光で乾かし、寝台のへりに隠しこまれた。ちょっと滲みるけれど、とても快い香を満たしていたから。そんなある朝、ごく早い時刻に、ほんとうに早い時刻に外へおでましになり、川のふちをたどって館につづく草原へ歩いて行かれた。夜明けのあとの静けさに包まれた世界は、とてもやさしく、もの珍らしく見えた。プリンセスは、まだ使いかけの干し草の山あたりでおみ足をとめられ、周囲をごらんになった。干し草の山のうしろから、ときならぬ羽音がわきあがり、千羽にもおよぶホシムクドリが空に飛びたった。空をうつ羽音を聞いているうちに、鳥たちは川を越え、まるで黒い雨つぶのように一羽ずつエルムの樹に降りていった。ふと気がつくと、真紅の花を咲かせた背の高い木が一本、そこにあった。長くて黒い大枝が川にまで伸びていた。近くの草原には、まるで色を塗った小箱みたいに小さな赤い小屋が、三角形をした緑の茂みに取りまかれて、そこにあった。えもいわれぬ気品をもつ小屋で、その名を〈望河亭〉といった。プリンセスが近づかれると、急に戸があき、タオルを巻いた——それだけであとは生まれたまんまのすがたをした若者が、あらわれた。若者は楽しそうに真紅の花を咲かせる木まで跳んでゆき、いちばん下の枝にとびつくと、流れに身をおどらせた。かれは一本の象牙のように川面をすべったが、揺れやまない木から真紅の雨が降りそそぎ、喜びにあふれた若者を包みこんで、かれが向こう岸に泳ぎついて堤に立ちあがったときには、すばらしい真紅の斑がついた一匹のヒョウのようなすがたに変わっていた。プリンセスはもはやそれ以上盗み見をつづけるわけにいかなくなられた。そっと元来た道を辿り、だまって館へ帰ると朝食の席につかれたが、あのふしぎな木の下に暮らす若者がみつけられなかった愚かしさを思いおこして、スミスに八つ当たりされた。

プリンセスはさっそく、大急ぎで〈望河亭〉に招待状を送られた。若者の名はナルキッソスといった。そして約束の日に、かれが夕食のご相伴にやってきた。夕食のメニューは緑のぶどう、黒いイチジク、甘い蠟みたいな木の実、溶けたアメジストのようなワイン。プリンセスはこの若者をすっかり気に入られ、ためにかれもしげしげと訪うようになり、帰りの時間も遅れていった。相手の若者はただの詩人、ところが一方はプリンセス殿である。だから所詮この愛はいくらプリンセスが望んだところで、結婚にむすびつくものではなかった。しかしプリンセスもつまるところただのプリンセスであって、一方の若者はいやしくも詩人であったから、プリンセスを妻にめとるつもりなぞさらさらなかった。若者は、まるで銅のような赤い巻き髪をもち、子どものようにつつましやかな目をしていた。その声は千羽もの陽気な鳥の歌をしのいだ。暮れなずむ宵のひとときになどかれのかすかな笑い声を聞くと、プリンセスはあらためて奇妙な、そそるような魅惑をそこに感じられた。だれもがかれを愛し、なんとか気持を引きつけ、手もとにとどめておこうとするのは、かれがとても器量良しのためだ、とプリンセスは承知されていた。しかし、肝心の若者は詩——つまりみずからを表現する術以外のことにすこしも目を向けなかった——それがプリンセスにはたまらなく淋しかった。手もとに置くことができるのは、かれの詩と消えゆく面影だけ。だのにかれのほうはプリンセスを避けつづけた。まるで風が、引きとめる腕や森や羽根、ブライア（ヒースの一種）や小鳥の胸羽のすべてを避けて通るように。若者はとても人間の男には見えず、ちょうど月明りの下の短い音楽のように、彼女の手をするりと擦りぬけ、気がつくよりも早く消え去ってしまう幻の人像《ひとがた》にほかならなかった。

その若者が病に倒れたとき、プリンセスは寝台のそばで看病した。

「言っておくれ」プリンセスは燃えるように赤い若者の髪を、いざないを込めたてのひらでまさぐりながら、つぶやかれた。「わらわを愛していると」

でも、かれが答えるのは、いつもきまって、こうだった。「わたしはあなたを愛する夢を見ます、あなたのことを夢みるのも大好きです。でも、わたしがあなたを愛しているかどうか、だれに分かるというのですか？」

プリンセスはふるえながら、でもとても横柄に、詩人に命じられた。「おまえがわらわを愛しているかどうか、このわらわに分からぬとでもお言いか？」

「あなたの国の草むらにいるキツネに訊きなさい、山のウサギにも。あなたがわたしを愛しておられるかどうかは、わたしには知り得ようがありません」

「わらわはおまえに、心からの誓いをいたしましたよ、ナルキッソス。このような愛の心は世界よりも寛《ひろ》いものです」

「砂漠に吹く風は、木の茂みにも吹くものです」

「わらわをすこしも愛してはいないというのですね」

「ことばはむなしいものです、プリンセス様、しかしわたしが死んで、この花のような白い手を心臓のあたりに置いたとき、もしも眠らぬ夢を見ることがあれば、そこであなたにお答えいたしましょう」

「愛する男よ」と、プリンセスは言われた。「もしもおまえが死んだなら、墓の上に銀の祠《ほこら》をたてましょう。そしてなかには緑色のガーネットと桃色のサファイアで飾った金の柩を安置しましょう。わらわの魂はひとりそこに住まって、おまえを待つでしょう。おまえがふたたび帰るまで、わらわは生きることができませぬ」

詩人は死んだ。

プリンセスは悲しみのあまりわれを忘れたが、大法官に命令を出すことだけは忘れなかった。するとと大法官はすばらしい葬式を準備した。銀の祠と、宝石を飾った金の柩とを作るよう注文が出され、プリンセスのあずまやよりもずっとみごとな新庭園に、墓がひとつ掘られた。そして、〈望河亭〉の窓には「貸します」の札が貼りだされた。とうとうナルキッソスは、そのきらびやかさとともに地下に葬られ、いちばん黒い喪服を着けられたプリンセスもスミスの腕を借りて涙ながらにその場を立ち去られた――スミスの晴れ姿があった。

その夕べは日の沈むことがなかった――かわりに、すこしずつ空から消えていった。暗闇が牧場に忍びこみ、そこから霧が立ちはじめ川面を覆った。そうして、いつもの夜の音が聞こえだした。プリンセスは、もはやすべての希望が失われつつあるその淋しい心を抱いて、館の一隅にすわっておられた。いいや、すべての希望が失われつつあるというのは、とんでもない。

もうとっくに希望が消え果ててしまった心には、ただぽっかりと穴があいているだけだった。
深夜、蠟引きの屍衣を着たナルキッソスの魂が、葦のように弱よわしく、墓から立ちあがった。そして墓を出て、おぼろな月明りの下、祠と光り輝く柩のそばにたたずんだ。かれは指で宝石を叩いてみた。でも、そこからは音も、火も、声も、聞こえてこなかった。「おお、聖なる愛よ」と、亡霊はため息をついた。「おそれたことがほんとうになってしまった。ああ、ほんとうに、ほんとうになってしまった！」そしてかれは半分透明な腕をもう一度あげて、墓の銘文をこすり消し、かわりに、崩れかかった灰色の指で最後の詩を書きこんだ――

汝が心には誇りと嘆き
わが心には愛と嘆き

そうしてかれはふわふわと立ち去り、プリンセスの庭園にあるあずまやへ着いた。そこはしんと静まりかえり、寒ざむとしていた。月が短い光線を、ディアナ女神の石膏像に注いでいた。亡霊はあのクルマバソウの木の下に身を横たえて永遠の眠りにつき、安らぎ、待つことにした。かれは、〈時〉がやがてくれる予想しにくい褒賞の中身を、なんとか事前に知りたいと思った。思いながら、ゆっくりと土の下に沈んでいった。プンとふくれた渦がひとつ、海辺の渚をひたひたとすべっていくように。

くる日もくる日も、くる月もくる月も、律義なプリンセスは新しく設えた哀悼の森へ出かけられた。庭になった墓地は聖なる花に飾られて、それはみごとだった。祠は磨きこまれ、光り輝き、銘も力づよく、くっきりと見えた——亡霊がこの銘を消しても、生きている人間の目には無意味なのだ。柩のなかには自分の魂がじっとうずくまり、恋い焦れつづけていることを、プリンセスはご存じだった。ガーネットとサファイアのかげに燃えている魂の小さな焔が、目に浮かぶようでもあった。そしてこの気分は、ある意味でプリンセスに幸せを運んだ。ところがそのあいだ、プリンセスのあずまやは荒れるに任された。かんぬきは門にかかったまま錆びつき、灌木は伸び放題、木の幹にはジクジクと湿った黴がこびりつき、大枝は朽ちて裂け、薔薇は腐り、またひきがえるや毒虫が淋しい茂みのなかに潜んでいた。それは哀れむべき光景だった。それはちょうど、プリンセスの心が楽しいあずまやを去って、文字どおり、高価な祠に暮らすようになってしまったかのようだった。

しばらくして、プリンセスは国事のために館を離れなければならぬ義理ができ、何カ月も旅に出られた。そしてプリンセスが帰国されたとき、大法官の顔はみじめで暗かった。金の柩が盗まれたというのだ。驚きと口惜しさがプリンセスの心を満たした。墓地へ出向いてみたが、そこは新しく伸びでた雑草に覆われて、いかにも物寂びてみえた。

まるでプリンセスから心が盗み取られてしまったように、「ああ」と、プリンセスは嘆かれた。「何ということでしょう!」そうして、プイと振り返ると、もとのあずまやへ向かわれた。そこは悲しげな眺めだったけれど、見たこともない新しい木が生えており、ほどなく花を咲かせようとしていた。

プリンセスは、すぐに池を掃除してあずまやをもとのように美しくなるよう手入れをせよ、と命じられた。それが終わったある晴れた日、陽の光がやさしい折りに、プリンセスはふたたびあずまやにおはいりになって、黒いローブを脱ぎすてられた。そしてしずしずと、象牙の竿のようなおすがたでビロードのようにやさしい水にはいられた。銀の網でさがしたけれど、今は花びらが一ひらも浮いていなかった。けれど、池から出られるときに、見知らぬクルマバソウの大木から伸びた枝に長い髪がからまった。そして髪をほどくほどに、木はプリンセスの上に美しい真紅の花びらをハラハラと降りそそいだ。花びらは落ちて、プリンセスの腰に、そのやさしい肩に、まつわりつき、つやつやと輝かしい膝に口づけをした。

「妖精幻想詩画帖」解説

荒俣宏

人の一生は不思議なもので、その寿命を八十年としても、水泡《うたかた》のように消える感があるいっぽう、これでけっこう一つや二つの仕事を残せるくらいの長丁場とも思えることがある。たとえ、記憶されるべきもののほとんどない退屈の繰り返しだった人生としても、無役無趣味を全うするだけでもこれは相当ながんばりを要するものと、あらためて思う。過ぎてしまえば回顧するのはごく一瞬、さながら倍速の早回し動画のように儚《はかな》い命にちがいないが、幸運にも編者には、ファンタジーという文学と、得がたい先達やありがたい読者を得て、なにやら残せたものがある。その奇蹟に感謝するしるしとして、本叢書を編纂することとした。

編者が生を享けた戦後すぐの日本復興時代は、現実ばなれした夢想文学の翻訳など世間があざわらう無用の所業だったが、根が天邪鬼ときているので世間のそしりを意に介さず、役にも立たぬと見えた幻想怪奇文学に小学校のころから熱中した。以来約七十年、その夢から醒める気配もなく日々を過ごした。しかし、その夢がいつのまにか、二度と目覚めぬ別の夢に変わりかける年齢に達した。そろそろここらで無常の暮らしに幕を下ろすかと観念したときに、明治以来の文芸書老舗である春陽堂書店と縁がつながり、記憶の奥に積み残された自分の仕事を、ふたたびよみがえらせる機会をいただいた。

春陽堂書店は、まったくの偶然だが、自分が師と慕った平井呈一のはじめての著作を出版した書肆なのである。たぶん、平井先生が結んでくれた奇縁なのだろう。このタイミングを勝手に天恵と解釈することにし、戦後の日本でおきた欧米怪奇小説受容の歩みを振り返る気になった。旧作にできるかぎりの手直しをほどこしたので、若い読者にも読んでいただければありがたい。

時を打ちまかした〝少年〟のあいさつ

その第一巻となる本書は、訳者が中学時代から平井呈一先生、高校時代から紀田順一郎に師事しながら、まだ日本の出版界に「幻想小説」というジャンルの価値が認められなかった状況に風穴を開けようとしたときの思いが籠っている。乱歩やデ・ラ・メアが「うつしよは夢、夢こそまこと」を座右の銘としたように、編者は自分でひねりだした**「若くよみがえる夢が、〈時〉を打ちまかす」**という呪文めいた惹句を唱えながら、ほぼ孤独な試みにいどんだ。今から見るとお笑い草だけれども、むかしこのフレーズを寺山修司さんが聞いて喜んでくれたことも、励みになった。

この「時を打ちまかす」無謀な闘いの〝生き残り〟をあらためて集めてみたら、主に「妖精」の登場する、いかにもイギリスらしい「ファンタジー」が大部分を占めていたことが分かった。幸運なことに、英国ファンタジーは十九世紀半ばから二十世紀前半までにわたる、いわゆる「挿絵本の黄金期」とも重なり、非常に多くの傑作挿絵版を生みだしていたせいもあった。その恩恵を、「眼の歓び」に満ちた挿絵入り本のかたちにして読者にお贈りできるのが喜ばしい。

ケルト磊《こいし》や懐かしや

そもそも近代イギリス文学において、編者がいちばん早くインスピレーションを受けた魔法の言葉は、「ケルト」だった。それもたぶん、なんとなく怪奇幻想小説が好きそうな早稲田大学に集まった英文学者（ここには東大を追われたあと短時間ながら教鞭をとった小泉八雲も含まれる）、すなわち日夏耿之介や、ケルトを「セルト」とも書いた尾島庄太郎あたりに感化されてのことだった。とにかく、ケルトと名の付くものはみんなファンタジーに関係があると思いこんだ。

古いケルト時代に源を発した妖精物語がとつぜん復活したのは、産業革命以後に忘れさられようとした自国の文化遺産を再評価する運動、言い換えればイギリス文化の古層を掘り起こす気運が生じたことに拠っている。だから、ファンタジーという言葉の渦に磊《こいし》を投げても、かならずどこかでケルトに当たるのだった。海外からの影響としては、産業革命と文明化の流れに一周分も乗りおくれたドイツ圏の存在が大きかった。イタリアやフランスの洗練された芸術に対抗するためには、いっそ先進国で過去の遺物となった古くて原始的な民俗文芸《フォルクローレ》（民謡・童謡や神話伝説）をよみがえらせることでしか、国民の誇りとなる民族芸術はよみがえりえないという、なんとも野蛮な思潮が湧き上がったのだ。しかし、この野蛮と反骨の精神が近代の虚飾を突き破り、俗世を遠く離れた夢と宇宙へ光をあてた。それがイギリスでゴシック・ロマンスの連鎖的噴火を誘発し、さらに古代智の墓を掘りひらいて、十九世紀から勃興した民俗学や考古学の新科学にも後押しされながら、最後にケルトという西洋文化の神話的源泉にたどり着き、進歩幻想に憑りつかれた世界に「異質」のキイワードを提供することとなった。いま多ジャンルに拡散した幻想怪奇文学は、そうした風潮の小さな副産物というか、「おまけ」や「付録」の類《たぐい》だったといったほうがよい。

そんな経緯がイギリスに及んで、自国文化の礎を構成した古代ケルト文化への関心が再噴火した。イギリスの民俗にふかく根を下ろした妖精や英雄の復活であり、日本で言えば、平安時代以前に成立していた記紀や万葉集といった古文芸が、江戸時代以降に研究されだし、国学や古学と称される日本的文化のルーツ探しという新たな展開を生んだ事情と、よく似ている。

本書はそのような思潮のひろがりでた世界の関心の行方を、妖精物語の系譜を介して跡づける。ただし、イギリスに分布するケルト文化圏をスコットランド系、アイルランド系、そしてそれ以外の地域、すなわちウエールズなどを含むイングランド系と、きわめて複雑に区分けされている現状にかんがみ、大雑把すぎるがアイルランド系、スコットランド系、そしてウエールズを含むイングランド系に分けて進行する。掲載作品は原則的に制作年代順に配置し、こちらの都合によって多少の変動も加えた。

見えない世界を見せることに成功した本のこと

本巻解説はまず、十九世紀イギリスの中心都市だったロンドンで刊行された絵入妖精詩の名作からスタートする。とくに妖精の姿の定着に目を向ける。その意図をわかりやすくするために、ページをめくったとたん、まさに開巻驚異！　わー、妖精だ！と躍り上がるような挿絵と詩が飛びだすような、妖精の中の妖精を結実させた代表作を、配置した。これにより、ファンタジーが〝視覚〟という現代的なメディア性を獲得し、拡散の原動力とした時代の意味を、読者に示したかったからである。

『妖精の国で』ウィリアム・アリンガム作、リチャード・ドイル画
"In Fairy Land: A series of pictures from the elf-world" 1870,
William Allingham（詩、1824-1889) & Richard Doyle（画、1824-1883)

冒頭に収めたこの作品は、ケルト文化の地域割りからいうと、アイルランド・ケルトに区分

されるが、イギリス妖精文学のうちもっとも美しい絵本のカラー挿絵を収録するために、この本の先頭に置いた。妖精たちの日常を朝から夜の順に紹介しており、妖精の暮らしの楽しさやおもしろさをよく再現する。もちろん、こんなものは架空の眺めに決まっているが、それでも見えない霊界を目で見せる試みが、最初の視覚メディアである舞台、すなわち演劇の分野で開始された。たとえばシェイクスピア劇は「グローブ座」と名づけられた奇妙な宇宙模型的舞台で演じられ、十九世紀にはいればろうそくと鏡の活用によって舞台に半透明の幽霊を出現させる仕掛けが流行する。シェイクスピア劇で幽霊といえば、『リチャード三世』『ハムレット』『マクベス』、それに『ジュリアス・シーザー』という四代表作にそろって登場するわけだが、人気を博した理由の一部はこの幽霊を舞台にほんとうに出現させる仕掛けを考案できたことにもある。

舞台の幽霊を引き合いに出したから書くわけではないが、舞台の持つ視覚的機能や効果は、シンボル的な意味で「完璧に構築された世界の秩序」を崩壊させる力となった。つまり現実《リアリティ》の破壊といえる。極端な話、幽霊など実在しないという「世界の基本秩序」であっても、舞台でほんとうらしく見える幽霊を目撃させれば、すくなくとも舞台は、外側を包むルールや法律や権威に囲まれた現実空間のただ中に、「異世界」を作りだせる。そこが演劇の破壊力であり、その最も効果的な力が「見えない世界を見えるようにする」という機能にある。ケルト幻想が19世紀に「絵のある本」(ルイス・キャロルの言い方)に結びつき、画廊でも妖精画が目白押しとなった。

妖精の視覚的定義と地域差のこと

むろん、幻想文学が舞台や絵と連動したことだけで、冒頭の役目は終わるわけもない。ケルト的幻想とそのイメージが、現実に「滅びゆく民族」の哀しみから成り立ち、しかもそのヴァリエーションを各地域に無数に増殖させた事実へも導いて行かなければならないからだ。実際、今では世界中で妖精の正しい姿と確信されている「精霊・仙女」の定型の背後に、あらゆる変化の源になった妖精の原型群と、その「地域差」がひそんでいる。しかも、こういう複雑な文化現象は、視覚効果のような一般論だけでは語れない。

たとえば、アイルランドでイエイツが実践した運動をスコットランドで連鎖誘発させようとした作家、フィオナ・マクラウドも指摘したように、ケルトの文芸にあらわれる「妖精」的なものの姿は、ときにアザラシやクジラのような海の海獣だったりする。あるいは人間の老人や武具を携えた戦士である場合もある。さらに、それら妖精があらわすケルト的哀しみの深さは、地域によって大きな差が存在するようなのだ。スコットランドでは、ケルト人の魂は「哀しい」。でも、アイルランドでは「夢幻的」、そしてウエールズやイングランドでは、「懐かしい」、というように。したがってわたしたちが定番として知っている明るく麗しい天女のような姿は、イングランド圏において特徴的な夢幻的ファンタジーの地方種を意味している。つまり夢の世界にふさわしい、現実の人間世界に疲れた近代人を癒す「自然の精霊」になっている。とりわけ、冒頭に置いた『妖精の国で』は、そんなイングランド的妖精世界の芳香をいちばん濃密に感じさせる作例といえるだろう。

編者がこの大判絵本を初めて目にしたのは、大学を卒業して社会人になってから数年も経たないとき、たぶん一九七二年ごろだったろうか。そのころ四谷に、欧米の美しい挿絵本が入荷することで有名な雄松堂という大手の洋古書店があって、そのショールームでたまに展示即売会が開かれていた。たまたまショーケースに、緑色の表紙に金文字で「fairy land」と書いてあった大きな本を発見し、中を開いてみると、まるで覗きカラクリを見るように細部がこまかい大判の妖精画があらわれた。あまりに美しかったので、おそるおそる値段を見ると、九万円の値がついていた。自分の月給の二倍だったが、魅せられた心が理性を打ち負かし（？）たのか、編者は地獄へ堕ちるつもりでこの一冊を購入した。

それほど好きな作品だったから、いつか日本でも復刻したいと願っていたが、いま、約半世紀を経て実現した。今回は、例外的に新訳も用意してお届けする。

ドイル家と妖精画の因果について

この作品に描かれた妖精のイメージは、イギリスのヴィクトリア女王時代に成立し、書籍を通じて世界へ送り届けられた。それを運搬したメディアは、書くまでもなく「絵入本」であった。妖精の国の細部を綿密に具体化した第一の貢献者であり、インフルエンサーだった。この鋳型を創り上げた画家は、リチャード・ドイルという大衆画家だった。つまり、ドイルが描いた妖精の姿は、書籍や雑誌メディアの翼に乗って、ひろくイギリスに拡散され、イングランド風の妖精イメージを固定させた。

それまで妖精は「見えなかった」ものだが、それを見えるように無理やり衣裳と所作の全般を割り振ったところは、日本にあってやはり「見えない存在」だった妖怪のイメージを固定させた水木しげるの業績に似ている。だから読者も、『妖精の国で』を見た瞬間、妖精についてのあらゆる属性を完備した妖精画にぶつかって、共感できた。妖精といわれて、リチャード・ドイルが描いた妖精以外のイメージを思い浮かべられないほどに。

リチャード・ドイルをおじにもったコナン・ドイルが、そんなドイル家お墨付きの妖精イコンを本から切り抜いて捏造された「コティングレーの妖精写真」を世間に広めたとき、イギリスで素直に妖精の実写と信じこんだ人が多かったのも、当然の話だった。すなわち、妖精の視覚的定義は、日本でもイギリスでも、第一義的に『妖精の国で』によって決められたらしい。もともと目に見えなくて、さまざまな姿に造形されていた妖精のイメージ的地域差は、ドイル型妖精の拡散によって、消滅してしまったともいえる。

妖精を含むケルト文化の普及に貢献したドイル一族は、リチャード本人もさることながら、家族から妖精にかかわりある人物を何人も輩出している。まずリチャードの父ジョンが何人もの弟子を抱えた戯画の作者だったことが大きい。リチャードだけでなく、その弟でコナン・ドイルの父チャールズも、自宅の工房に呼んで戯画家修業をおこなわせた。こうしてドイル家の妖精画は発信力を得る。チャールズは自身でも熱烈な妖精好きであり、たくさんの妖精画を描いた果てに、ほんとうに妖精が見えるようになったとすら伝えられる。その絵柄も兄のリチャードによく似ている。

いわばイギリス第一の妖精家系といえるドイルの絵に、愛らしい詩をくわえた詩人アリンガムも、アイルランドの血を引き、ケルト文芸の復興時代とされる十九世紀後半に活躍した人だった。

絵で見る妖精世界の普及と妖精本の流行

このすばらしい妖精絵本を企画編集したのは、色刷り木版画を活用した絵本の出版家であったエドマンド・エヴァンス Edmund Evans (1826-1905) だった。エヴァンスにとっても、この絵本は「当時最大サイズの色刷り絵本」という評判を得た自信作だった。子どもを楽しませる挿絵入りの絵本が世にあらわれるきっかけを作った人物であり、とくにクリスマスの贈り物として彼の絵本が歓迎された。妖精物語や怪奇幻想小説が流行したのも、こうした社会の動向に関係している。それまで妖精は「耳で聞かされる伝承」という形態で伝わっていたのだが、これら妖精画の出現と、古くはシェイクスピアの『真夏の夜の夢』、新しくはジェイムス・バリーの『ピーターパン』といった舞台劇を通じて、小さくて羽をつけた美しい仙女などの「眼に見えるキャラクター」となり、子どもの夢をはぐくむ役を果たした。

エヴァンスはドイルが描いた妖精画のシリーズをみずから木版に彫り、一八六九年にアリンガムに依頼して、この絵本によくなじむ愛らしい物語詩を添え、一八七〇年に刊行した。しかし、アリンガムとドイルのあいだでは詩と絵の内容調整を一度もおこなわれなかったといわれる。その影響で、詩と絵のつながりがなくなってしまったが、詩と絵を別物として楽しめるという思いがけない魅力副産物が生まれた。出版当時から人気を博し、一八七五年には再刊されるほどであった。なお、本巻の挿絵はこの一八七五年版を使用している。

ちなみにいえば、このような妖精のヴィジュアル化は、シャーロック・ホームズ物語を創始した作家コナン・ドイルが、大人気のホームズ物を連載した雑誌『ストランド・マガジン』一九二〇年十二月号に寄稿した〝妖精の実写写真〟によって、最終的な完成を見た。当時の読者がこのショッキングな実写写真を見て、妖精は実在するという思いに至ったが、人々に信用された最大の理由は、写真に写された妖精の姿が、絵本に描かれたそれにあまりにも似ていたからだった。実際、この写真を撮影した二人の少女は、本の挿絵になったドイル風の妖精画を切り抜いて使用したのだった。

もう一人の妖精絵本作家、W・クレーン

『夏の女王　またはユリとバラの馬上試合』　ウォルター・クレーン作画
“Queen Summer– Or the Tourney of the Lily and the Rose –” 1891, Walter Crane(1845–1915)

妖精イメージの固定化に貢献した二番目の作品は、色彩と花のシンボリズムにあふれたクレーンの『夏の女王』である。この絵本も、ほんらいは多彩な色刷りが見どころなので、本書でもカラーで収録したかったが、製作コストの制限により、モノクロページでしかお届けできなかったのが心残りだ。原書は『妖精の国で』と同様に、この時期のイギリスで大流行した「色刷り木版挿絵を用いた児童向け絵本」の傑作といえる。花の妖精が美しく描かれているが、リヴァプールの生まれといわれる著者クレーンにも、ケルトの血がしっかりと継承されている。

今回訳出した『夏の女王』は、原本が四十二枚の色刷り挿絵からなる詩編で、挿絵と詩文の双方がみごとに一本化しているのは、どちらもクレーンが担当したからである。夏の女王が地上の庭で花の王宮に君臨するという設定は、当時の流行でもあった花の擬人化としてのフェアリーに拠っている。この物語は、おそらく、イギリス史で有名な「バラ戦争」という史実を題材にしているようだが、敵対する二つの花は赤いバラと白いユリ、つまりそれが象徴するイングランドとフランス、あるいはジャンヌ・ダルク時代にノルマンディーおよびブルターニュ地方の覇権を奪いあった英仏二国をイメージさせている。物語は騎士による優雅な戦《いくさ》で始まるが、

最後は両国が和解し、愛を結びあうという、まことに幸福な結末になっている。

クレーンは、当時のケルト文化復興運動とも絡んだ「中世の芸術を理想とするラファエロ前派」に所属し、ウィリアム・モリスやジョン・ラスキンに傾倒した人だった。しかも、画家として知られるだけでなく才能ある詩人でもあって、世紀末に流行した色刷り木版画の挿絵を含む絵本作家としては、じつに理想的な存在だったといえる。その代表的絵本に、スペンサーの『妖精の女王』があり、しばしばイギリスの児童向け挿絵本の元祖と呼ばれる。

彼の装飾性は、イギリス中世の手仕事と篤い信仰心を「美学の理想」としたウィリアム・モリスに学んでおり、その絵本作りもクラフト（手仕事）の感覚を残している。これらの作品は子どもの読者を想定して制作されたが、実際には心清らかなイギリスの人々（とりわけ農民階級）にささげられたものであった。当時のイギリスには、昔ながらの木版刷りを用いて日本の浮世絵のように色を重ね刷りする手法が復興しており、これをよみがえらせたのが前述したエドマンド・エヴァンスなのである。この色刷り技法は、現在ではクロモリトグラフすなわち色刷り石版画(Chromolithograph)の一種と思われているが、じつは色刷り木版画(chromoxylograph)である。木版を使用する技法は二十世紀以降に廃れて、石版に置き換えられていたから、世間では石版刷りと混同されていたのかもしれない。クレーンはそのエヴァンスに弟子入りして、石版よりもずっと中世的な素朴さを持つ木版画に注目し、子ども向けの木版色刷り挿絵本（クロモズィログラフ）の技術を学んだのだった。

クレーンはおびただしい数の挿絵本を制作したが、最大の傑作は、前記したスペンサーの長編妖精物語詩を題材にした挿絵本『妖精の女王』（一八九四―九六）であろう。シェイクスピアが『真夏の夜の夢』など妖精劇を創作した時代が、イギリスにおける第一の「妖精ブーム」期とするならば、クレーンがスペンサーの長編叙事詩『妖精の女王』を、そしてビアズレーが『アーサー王物語』を、それぞれ挿絵本として制作した十九世紀末は、妖精物語の復興期にあたるであろう。

なお、ウォルター・クレーンは、肖像画家の父をもち、父の指導の下で若くして石版と銅版の技法を習得した。しかし、モリスとともに「ラファエロ前派」と呼ばれる中世の美を重んじる学派に属したジョン・ラスキンに勧められて、子ども向けの挿絵本を制作するようになったという。クレーンによると、「書物装飾は、挿絵と活字と内容とがその本の持つ概念のすべてを作りあげることをめざさねばならない。一ページ、一ページにあらわれる内容と装飾とが、ひとつの完全な結合を達成していなければならない」とする。これは挿絵本作りの黄金律といえる。彼の著作には、『古今の挿絵本について』（一八九六）という名著もある。

アイルランドこそケルト文学の本拠地

『ケルトの黄昏』より三編（「物語のかたり手」、「三人のオバーン族と悪い妖精たち」、「宝

石を食う者」)(新訳) W・B・イエイツ
"Three Tales from" The Celtic Twilight" ("A Teller of Tales", "THE THREE O' BYRNES AND THE EVIL FAERIES", "THE EATERS OF PRECIOUS STONES" 1893.)
William Butler Yeats (1865–1939)

ここからは、冒頭口絵で強調した「絵による妖精のユニバーサル・イメージ」を脱して、本来の地域多様性が存在した古いケルト文化の紹介にもどろう。「夢幻的なケルト」という気質をいちばん色濃く持つとされたアイルランド系の作家から語りたい。

アイリッシュ・ケルトの代表といえば、日本にもなじみの深かった詩人・劇作家のW・B・イエイツを思いうかべる。イエイツはアイルランドの故地に残されていた数々のケルト文化を材料にして、全国的なケルト文学復興運動を盛り上げた。そして、その気質が「神秘性」にあったことから、幻想ファンタジー中興の祖ともなった。そのような気概をもっともよくあらわした作品が『ケルトの黄昏』といえる。

前記したように、大正から昭和初期にかけて日本の文学者の間に〝ケルト文学〟の小さな流行期があった。ケルト文学といえば、イギリスのアイルランド、スコットランド、ウエールズなどに残存するケルト族の民話や民謡をも意味する。日本で言うなら琉球の民謡や伝承に近い位置にあって、キリスト教伝来以前の文学の特徴を保つ。そんなケルトの文学は口承あるいは歌謡の形で伝えられ、中世になってようやく文字に書き残されるようになる。

イエイツの作品でも、自然への畏敬と霊的な世界のありさまが詠われており、いわゆる妖精と呼ばれる影の存在も詳しく語られている。それはちょうど、鎌倉時代以後に能や狂言の発展により鬼女や酒呑童子や道成寺物語のような幻想譚が文学化された事情を思い出させる。十九世紀以後は、上に挙げたイギリスのケルト文化圏で起こった民俗文化の復興の流れに乗り、現在「幻想文学」あるいは「ファンタジー」と呼ばれる新たな文学群を創り上げる礎になった。そうした新しくて古い夢幻詩が復興しはじめたイギリスやドイツに留学した森鷗外や夏目漱石ら、また自らもケルトの血を引くラフカディオ・ハーンらが、この文学の一部を明治時代の日本に紹介したのだった。

ちなみに、ケルト文学を好んだ芥川龍之介も、『ケルトの薄明』と題して部分翻訳をおこなっており、奇しくも本書に収録した「三人のオバーン族と悪い妖精たち」と「宝石を食う者」の二作品を選んでいる。まずは、『ケルトの黄昏』序文にイエイツが記したケルト的魂の本質にかかわる話から読みはじめてほしい。

ケルト文芸の現代派、ダンセイニの世界

『サクノス以外には破るあたわぬ堅砦』ロード・ダンセイニ
"The Fortress Unvanquishable, Save for Sacnoth" in "The Sword of Welleran and Other Stories"

1908 Lord Dunsany (18th baron of Dunsany 1878-1957)

アイリッシュ系ファンタジーの二番手には、イエイツの手引きで劇作家となり、二十世紀の幻想ファンタジーをけん引したロード・ダンセイニを置くことにしたい。

『指輪物語』などのいわゆる現代的英雄ファンタジーは、ダンセイニの作品が大きな影響を与えた結果とされることが多い。ただし、ダンセイニは民俗的な意味でケルト世界に惑溺した作家ではなく、ファンタジーという形式に自分独自の夢幻世界を持ちこんだ革新性を身上としたモダン作家だった。したがって、ダンセイニの貢献は、欧米の現代ファンタジー作家をケルト世界に引きこんだ中興の祖と評価されるのだろう。ちょっと、日本における小泉八雲の貢献ぶりに似ているかもしれない。編者もまさに、ダンセイニに魅惑されてファンタジーに心を向けた一人だった。

ダンセイニの夢幻世界というのは、古典的なギリシア・ローマ、あるいはアラブやアフリカ、そして中国や、ひょっとすると日本までも含めた「エキゾティック」な国々であり、故郷ダブリンのアベイ・シアターで盛んに発信されたケルトという地方的な「アイリッシュ」の感覚とは、大きく隔たったものだった。ひとことで言えば、『指輪物語』に先行する創作的な空想世界だったといえる。

これはもしかすると、アイリッシュ・ケルトに熱中した主役であるイエイツに遠慮したか、あるいは反発したせいだったかもしれない。その証拠に、ダンセイニの戯曲は、じつのところアベイ・シアターのようなケルト復興を熱烈に後押しする劇場では、むしろ前衛的でありすぎ、客の入りが悪かったからだ。その代わり、アメリカや日本などの異文化圏で高く評価され、人気が高かった。そのせいか、ダンセイニが世界に知られる人気作家になった一九二〇年代でも、「あなたはどうしてケルトの伝承をもちいないで、あんな異国めいた空想世界を書きつづけるのか?」と、よく質問を受けたらしい。それに対し、彼はこう答えている。

「わたしは、この目で見たことを書いたりはしない。そんなものは、誰の手になろうと大同小異だ。ただ、わたしが夢見たことだけを書くのみなのだ」

ここで自分の話を書くのは気が引けるが、編者は戦前の日本でおこったアイルランド文学ブームのことなどいっさい忘れられた戦後世代の高校生であった。だがあるとき、古本屋で見つけた推理小説雑誌『宝石』に載っていた「エメラルドの袋」という作品を読んで、その不思議な短篇の作者が「ダンセニー卿(むかしはこのような表記で日本に知られていた)」という貴族だと知って驚いた。散文だけれども、韻文や詩を感じた。そのあとに、これもまた長いこと忘れられていた日本未来派の作家・稲垣足穂の『一千一秒物語』をみつけて、その独特で宇宙的な作風を知り、なんてまあ、ダンセイニに似ているものよと思った。そうしたら、稲垣足穂もダンセイニの信奉者だったことがわかり、日英二人のモダン・ファンタシストの愛読者になったのである。

そんな関係から、編者が初めて単行本の翻訳を依頼されたとき、迷うことなくダンセイニの短編集をわが手で送りだそうと考え、その推薦帯コメントを足穂さんに書いてもらおうと思った。足穂さんのことは澁澤龍彦の本にもよく出てきたので、京都の住まいを探しだして、小文を書いてくださいとお願いした。思えば、そのとき編者は二十五歳、図々しいにも程があったが、足穂さんから葉書が来た。

「最近もうファンタジーはやってないが、ダンセイニ卿なら推薦文を書いてあげよう」と、見知らぬ東京の若者だかバカ者だかに、つぎのような帯コメントを送ってくださった。これがまた、ダンセイニの本質を突《つ》いた文章で、すばらしかった。

「明暗交錯の愛蘭土《あいるらんど》、ダブリン西北約四十キロ、タラの丘近くに残っているダンセニー城の西向きの居室からは、夕焼ぞらを背景にして伝説の山々が見え、幼い第十八代城主に、〈世界の果て〉への夢想を培った。加えて後年の陸軍大尉としてのボア戦争出征は、どこにも無い〈沙漠の神神〉を導入した。彼の幼少期には一切の現代流雑誌画本が禁じられていたと云う。このいささかも旧文学の手垢が付いていない、真に男性的な、アングロサクソン的新文学を、あえて諸氏に推薦する所以である　稲垣足穂」

以上の足穂さんによる紹介が、すべてを尽くしている。近代アイルランドが生んだ幻想文学者ダンセイニは、アイルランド第三の旧家とされるダンセイニ男爵家の十八代当主だった。本名をEdward John Moreton Drax Plunkett（略称エドワード・プランケット）というが、執筆などには男爵名であるダンセイニ卿を名のるのが常だった。この家系を眺め、また劇作家デビューに当たり、骨の髄までアイリッシュ・ケルト文化や風土ででき上がった『ケルトの黄昏』の著者イエイツからみっちりと教えを受けたことを併せかんがみるに、ダンセイニの戯曲や創作神話は、まさしくケルト文芸の黄泉《よみ》がえりだと考えたくなる。しかし実際は、すでに書いたとおり、バンシーやレプラホーンが活躍するケルト的妖精譚を作品の中でほとんど活用しなかったのが、彼の大きな特徴なのだ。「近代の文学者はイギリスとアイルランドの文学、とりわけ戯曲に学ばなければならない」と豪語していた菊池寛でさえ、唯一ダンセイニだけがケルト的神秘主義の精神を受け継ぎながら、ケルト文化を題材とせず、それをはるかに凌いで独創的な神話や、アラビアや中国、日本を含む東洋の異教的な題材を扱っていることを不思議がっている。ダンセイニは、故国のケルト文芸復興運動にもっとかかわっていたら、アイルランドでも抜きんでた作家になった可能性があるのに、と。

　だが、悪いことにはその反面もある。アイルランド内で不人気だった彼の作品は、アイルランド以外の外国ではイエイツを凌ぐ人気を誇り、たとえば見知らぬ東洋の小国日本でも新アイルランド劇の旗手として人気を誇ったのだ。菊池寛も芥川龍之介も、あるいは厨川白村もダンセイニを愛読し、あの松村みね子に『ダンセイニ戯曲全集』を翻訳させたように。

　とくにダンセイニの英語は平易で美しく、しかもその作品は戯曲の場合でも短篇であったために、英語教育の教材として用いられ、旧制中学などの英語劇にはダンセイニ劇が引っ張りダコとなった。また、アメリカではスチュアート・ウォーカーを主役とするポートマントー座がニューヨークでダンセイニ劇を公演して大評判を得た。この成功によりダンセイニは劇作家としてだけでなく幻想文学者としても熱狂的な信徒を得て、出不精だったH・P・ラヴクラフト（アメリカ第一の幻想怪奇小説家）をも講演会の客とさせたのである。その意味で、ダンセイニは、ケルト文芸の題材をあえて用いることなく、自前の夢幻世界を想像することで、アイルランド・ケルトの幻想性を世界に発信させた作家だったといえる。

ついでにお話ししておこう。古い歴史を有するダンセイニ城は、ダブリン近郊にある伝説の「タラの丘」に隣接した所領に今も建っている。編者は三十年前にこの城を訪れ、病気療養中であった十九代当主と面会した。父にあたる十八代目の文学作品やケルトの伝統、そして部屋にあったライオンの剥製を見ながらダンセイニの獅子狩りのエピソードなどを拝聴した。玄関からサロンに通じるカーブを描いた廊下の壁には、ダンセイニの親友だった画家S・H・シームが描いたダンセイニ神話のための挿絵原画が列をなして掲げられており、眩暈《めまい》がしそうだったのを覚えている。十九代当主が高齢で、しかも病気療養中、おまけに東京から出した訪問伺いの手紙が届いておらず、突然の訪問となってお孫さんの夫人から叱られたが、ほんとうに親切に城内を見物させてくださり、おまけに、あのダンセイニが趣味として自宅のオーヴンで焼いていた蝋封用の手製蝋印まで、記念に頂いた。それは東洋の神の像を彫りこんだ印《いん》で、ダンセイニ自らデザインしたものだった。あんまり毎日オーヴンで蝋印を焼き上げているので、料理人からクレームが出たほどだったそうだ。その印が大きな箱にたくさん残っていて、わたしが気に入ったものを惜しげもなくプレゼントしてくださった。

そのとき当主からうかがった話では、日本人の作家が一人、はるか大昔に（第二次世界大戦以前らしい）城を訪問したことがあったそうなのだ。いったい誰だったのだろう？　非常に興味深かったが、平成になり未谷おと君という若いダンセイニ研究家を通じて、藤井秋夫という演劇評論家が「ガダガン・スクエアの邸宅」にしばしば訪れ、演劇談を交わしたという記述を得た。この人ならば、ダンセイニ城にも出向いた可能性が高い。ちなみに、俳優の佐野史郎さんもダンセイニ城を訪れている。佐野さんと話したときに、「以前、日本人の作家がここへ来た」と聞かされたそうなので、次にダンセイニ城を訪れる人は、「以前、日本人の俳優が来た」という話を聞く可能性大である。ちなみに、現在でもアポイントさえ取れれば、城のなかとシームの原画は見学が可能だそうだ。

話が長くなりすぎた。本書に収録した作品の解説に移る。はじめに訳した「サクノス以外には破るあたわぬ堅砦」は、ケルト幻想の名残を持つ中世ロマンスをダンセイニ風に描きだした機智と詩情にあふれる初期の奇談である。

出典は、ダンセイニの第三短編集『ウエレランの剣"The Sword of Welleran and Other Stories"』。なお、挿絵はダンセイニが愛した挿絵画家シドニー・シーム（Sydney Sime）が担当している。ちなみに、Sime の読みはフランス語発音により、シームである。この第三短編集は、初期に彼が創造した独自の神々の世界〈ペガーナ〉シリーズを脱して、中世的な騎士の物語に関心を移した時期の集大成と言える。さすがに自家が城持ちの貴族であるから、城の構造もおもしろいのだが、それをあっさりと切り捨てて終わる幕切れが新しい。ちなみに、本巻の扉絵に用いたのは、一九一〇年に限定本として刊行された、この作品だけの単独単行本に用いられた珍しい挿絵である。ウィリアム・モリスのケルムスコット・プレス版を彷彿させる貴重書であり、デザインと挿絵はウィリアム　F・ノーザンドの手になる。

「高利貸」　ロード・ダンセイニ

"USURY" in "Time and The gods" 1906 Lord Dunsany ((18th baron of Dunsany 1878-1957))

二番目の作品はダンセイニが処女作『ペガーナの神々』（一九〇五）に次いで一九〇六年に刊行した第二短編集『時と神々』、すなわちまったく独自の神話世界を創造した連作の一エピソードである。とにかく美しく、また皮肉な幕切れがするどい。アメリカの怪奇小説家H・P・ラヴクラフトがダンセイニを熱読すること篤く、アマチュア時代から書きつづった夢幻的な詩編も、このシリーズに影響された結果だった。もう一つ特筆にあたいするのは、挿絵を描いた挿絵画家S・H・シーム（一八六五－一九四一）である。ダンセイニは自費で処女神話集を刊行するにあたり、ペガーナ神話のイメージを画像として表現できる画家を探し、当時いくつかの文芸雑誌に諷刺的な絵を寄稿していたシームを見つけ、丁重に依頼したという。この組み合わせが奇跡を起こし、ダンセイニはシームが亡くなるまでこの画家に自著の挿絵を依頼しつづけた。

この作品を読んだときの思い出は、今も消えていない。編者は今から約六十年前、慶應義塾大学の入学式を終えたその足で、三田の赤レンガ図書館に飛びこみ、所蔵されている海外怪奇小説の書目を片っ端から調べた。外は雨ふりで暗かったので、緑色の燈が美しい閲覧室が恐ろしく神秘的に見えた。閉館までおよそ四時間、一心不乱に検索しまくり、夢にまで見たダンセイニの『時と神々』原本と、野尻抱影が雑誌『中学生』の編集者時代に〝発見〟したフランスのコント作家モーリス・ルヴェルの短編集を探し当てた。そして興奮も冷めやらずに席へ戻り、最初に読んだのが、この「高利貸」だった。しかも、シームの挿絵が口絵として添えられていた。シームの作品とはこれが初対面であった。うれしくて仕方がなく、後にその絵を水彩で模写して部屋に飾った。この絵はいまだに編者の書斎にある。

ケルト語の伝播について

ここからは、いよいよ地域別に特徴あるケルト幻想文学が順次紹介される。

まず登場する、地域性ある妖精文学の故郷の一つは、その地の先達を務めた作家フィオナ・マクラウドが「哀しさのケルト」と呼んだスコットランドである。このセクションでは、古い村々に伝承されていた妖精譚や「千里眼」現象などの噂話を「神秘的な現実」という視点から肯定し、いわばオカルティズム研究の先駆となる業績を挙げたロバート・カークの評論『秘密の共和国』からスタートさせる。

だがその前に、ケルト文化の全体像を概観しておこう。ケルト文化に大きく関係するイギリスの英雄譚や妖精物語を好む読者にとって、言語的基盤をなすゲール語の由来は、興味ある問題と思われるからである。

イギリス、あるいは地理的にブリテン諸島と呼ばれる地域を、文化圏ないし言語圏で眺めると、ローマ帝国の進出があってキリスト教世界に変革されるまでは、アイルランドが原ゲール語圏、スコットランドがピクト語圏、そしてイングランドがブリソン諸語圏に区分されていたという。ピクト語というのは、ハイランド地方に先住していたと噂される伝説的な種族が用いた言語といわれ、この一族と対峙したローマの記録では、全身に彫り物がしてあったという。彼らは五世紀当時、スコットランドのほぼ全域に暮らしていたが、アイルランドからゲール族が侵入したことで他地域に追いだされ、そのあと地にゲール語が定着したと考えられる。いっぽう、現在のイングランド地域に流布したブリソン（あるいはブリトン）諸語は、ウエールズ語で「アングロサクソン族やゲール族でない種族」を意味するブリソン族の言語といわれる。これに対してゲール語というものは、アイルランドとスコットランドの語族、およびウエールズ語、コーンウォール語、ブリトン諸語とする二系列に分かれるようだ。しかし、どちらもケルト語に属する点では共通しており、環境の違いから生まれた民俗性や、子音の発音が異なるなどの事例を除けば、イギリスに存在した「ケルト文化圏」の主役と考えてよい。つまり、ゲール語は他の近縁ケルト語や方言とに近い関係を持っていたのである。

その後、ブリテン諸島にはラテン語、アングロサクソン語などが流入して、ゲール語と混交し、今の英語に変化したというように言われている。

ケルトの民俗と、その「哀しみ」

しかし、日本人にはケルト系言語の地域的な差を区別する力も感性もないだろう。ならば、民俗の特性あるいは民族性から比較すれば理解が得られるだろうか。試みに説明すれば、ブリテン島に住んだもっとも古い民族は、日本に置き換えると〝コロポックル族〟に相当する存在と思える「ピクト人」だったといわれる。が、この民族は日本の例と同様に、実在したかどうかわからない。ピクト自体が東洋系の民俗習慣を有したともいわれている。そして、このピクト人を追い出すようにして住み着いたのが、いわゆるケルトであった。ケルト民族は各地に勢力を張って固有の文化をはぐくむのだが、現在のウエールズ地域に根を張ったのが「カムリ Cymru」族だった。これに対し、島の北側にひろがったのが「ゲール Gael」族で、このグループはさらにアイルランド系とスコットランド系に分裂した。そして、それぞれの文化圏の中核として成立した宗教システムが「ドルイド」だったのである。

ドルイドが抱いた特徴ある世界観は、「太陽崇拝」と「生命の輪廻転生」であった。ドルイドの賢者は深い森の中に住んで祭祀と集団生活をつかさどった。この信仰形態は東洋的であり、また前六世紀におこったピュタゴラス学派にも似ていた。また、庶民はドルイドの神話や伝承をひとまとめに「シャナカス seanchas」と呼び、無伴奏の唱歌として聞かせ伝えたという。

なお、ドルメンやメンヒルといった巨石遺跡はケルト文化の生みだしたものとされることもあるが、これらはもっと古い時代に造られたというのが近年の見方である。

しかし、そのような言語学的ならびに民族学的な認識とは別に、文学の面からケルト諸族の風俗や感性を明らかにしようとする運動が、十九世紀からはじまった。その代表的な文学者といえるスコットランドのフィオナ・マクラウドは、本書にも収録した「イオナより」という短編の中で、イギリス各地のケルト文学の特徴を指して、スコットランドの「哀しみ」、アイルランドの「夢幻」、そしてその他南部のイングランドの「軽快さ」と表現した。これが適切かどうかは諸説あるだろうが、日本人にはピンとくるところがある。実際、これから紹介するスコットランド出身の作家たちの物語は、みな悲恋を語り、センチメンタリズムの色合いが濃い。

『秘密の共和国』ロバート・カーク

"The Secret Commonwealth of Elves Fauns and Fairies" 1691? Robert Kirk (1644-1969)

この古典的著作は長らく「まぼろしの書」だった。中世のイギリスで日常生活に共存していた妖精に関する、ほぼ同時代の知見や記録を網羅した百科辞書といわれ、妖精研究には必需品であったが、原本はなかなか入手できなかった。唯一、怪奇小説のアンソロジストとして知られたピーター・ヘイニングが、自著のいくつかに一部だけの抄録を載せたことがあり、それだけでもありがたいと思える状況であった。ただし、ヘイニングというアンソロジストは、レアな古典を掘り当てる「ゴッドハンド」といわれていたが、その名声を維持しようとしたためか、ときおり自分で偽筆した作品をさも本物のように持ち出してくるので、油断がならなかった人物でもある。

そんなわけで、カークという人物に関しては、もっと広範な資料捜索が必要だった。編者が知る限りでは、一八九三年に古本市場に売りに出された「手稿のコピー」を入手して、その限定版を作成した怪異民俗研究家アンドルー・ラングの残した復刻が、もっとも信頼できる資料とされている。以下は、おおむね、ラングの記録から抜いた話である。

ラングがこの希書を復刻した際に付した「まえがき」によると、著者ロバート・カークはスコットランドのアバーフォイルという土地の聖職者だった。彼の故郷では妖精や霊視の話が日常の現実として語られていたが、それらを「黒魔術」とみなす長老派キリスト教会の弾圧から、カーク師は素朴で善良な市民を護る活動もおこなっていたそうだ。また、長老派への反論資料として、村々のふしぎな伝承を収集してもいた。それを整理したものが、『秘密の共和国』なる魅惑的なタイトルの書物なのだが、カークの生前にはこのタイトルを有する原本が手稿完成に至っていなかったといわれる。

ラングによると、カークは神学の研究をおこないエディンバラ大学で学位を取得している。聖職者という仕事柄、ケルト諸族の言語であった「ゲール語」の研究を深めていた関係で、彼は『聖書』をゲール語に翻訳する仕事に「雇われた」とされる。一六八〇年代になり、カークは、書き上げたゲール語版聖書の出版をめざしてロンドンへ乗りこんだ。そして一六八五年に、ロバート・ボイルという有力者から財政的な支援を得て、この出版を実現させたのだった。ボイルはさらに、カークがスコットランド地方の妖精伝説や「第二の視覚」と称される霊視の資料収集にも力を注いでいる事実を知って、関心を示していたともいわれる。だが、ボイルの助言を得て霊的世界の記録をも出版しようと決意したカークは、運のないことに、仕事を完成する前に失踪してしまうのである。

伝説によれば、霊の世界の秘密を世に知らせようとしたために、悪魔によって妖精境へ連れ去られたというのだ。アバーフォイル教会を引き継いだグラハム某師の書いた記録には、ある日教会墓地の近くにある「妖精の丘」を歩いていたカークが、とつぜん転倒して地中へ引きずりこまれ、失踪したとある。この伝承について、カークの手稿を手に入れた作家ウォルター・スコット（ラングが購入したコピーはスコットの旧蔵品だったと思われる）は書いている。「埋葬が済まされた後、ある親戚縁者の前にカーク師の霊があらわれて言うには、自分はいま地下なる妖精境に囚われており、ここを抜けだす唯一の機会は、自分の失踪後に我が妻から生まれる赤子が洗礼を受けるとき、洗礼者が手にした小刀を自分の頭の上に投げつけた瞬間だけであって、それ以外に地上へ脱出する方法はない」と語ったそうだ。実際に、赤子の洗礼をおこなったグラハム師は、いきなりカークの霊が出現したのに仰天しすぎて、手にした小刀を投げつけることができなかった。そのせいか、カークの姿も消え、二度とあらわれることがなかったという。

まさしく！　妖精境の囚われ人という大テーマは、カークの失踪事件に端を発したのである。以上によって、カークが書いたとされる妖精境の実態研究文献は、彼の「失踪後」、一世紀以上も埋もれたのち、ようやく一八一五年に『妖精の女王』の著者ウォルター・スコットがその草稿を入手し、ごく少部数の復刻版が刊行され、また、その草稿をアンドルー・ラングが再入手するまで世に知られることがなかったのである。なお、スコットは、カーク自身が「失踪」直前の一六九一年に自身の手で少部数の印刷本を作成したと書いているが、ラングの調査でそのような版の存在は確認されなかった。なお、今日流通する本書のタイトルは、ラングが一八九三年に自分自身による再復刻時に与えたタイトルである。ラングは本書の内容を精査し、単に古い伝承を語るだけでなく現在の心霊学的考察を加えていることから、この書を「心霊研究」の元祖であると評価している。

本書に再録した抄訳は、昭和五十九年ごろ、まだカークのアンドルー・ラング版さえ「まぼろしの書」であった時期に出たピーター・ヘイニングによる抄録をテキストとしている。ちなみにいえば、カークの草稿とされる写本は現在もエディンバラ大学図書館に所蔵されている。

『城―ある寓話』　ジョージ・マクドナルド
"The Castle — A Parable" in "Adela Cathcart" 1864　George MacDonald (1824-1905)

マクドナルド！　これはまた、典型的なケルト系の名前である。彼の名をひと目見て、スコットランドの神秘的な風景を思い浮かべない人はいないはずだ。彼のルーツはイギリス内でも最も大きなクラン（氏族）のひとつといわれ、有名な同名のハンバーガー・チェーン店の家系にも行きつくとのことである。

そのスコットランドでは、すでに十七世紀にカークのような神秘学研究家が登場しており、十九世紀にはカーク同様に聖職者でもあった詩人兼物語作家・ジョージ・マクドナルドがその後を継いだ。マクドナルドは、スコットランドの北部、ハイランドの一画にあるアバディーンシャアの生まれで、北方スコットランドにかつて君臨したマクドナルド氏の一族に連なる。彼が打ちだした幻想は、ひとことでいうなら「夢」だといえる。現世は夢、夢こそ真実、と述べた日本の作家江戸川乱歩と同じく、マクドナルドも夢に取材した多くのファンタジーを世に送った。

エディンバラ大学に学んだ彼は、卒業するとすぐに教会へはいったが、若いころから文筆を能くし、とりわけ十一人の子のために書いた夢幻的な童話が評判になった。そして一八六五年ごろには、エディンバラに近いアバーディーンの自宅別荘が、文学サロンのような役割を果たすようになった。なにしろ、ルイス・キャロルやウィルキー・コリンズ、それにジョン・ラスキンのような人たちが集まっていたというのだから壮観である。とりわけ数学教師をしていたルイス・キャロルは、マクドナルドの娘から熱心な勧めを受け、『不思議の国のアリス』の原稿を出版社に送る決心をしたとさえいわれている。マクドナルドと親交を結んだどの人物も、共通して「ファンタジー」に魅せられており、ドイツで活躍したノヴァーリスやカフカにつながる「夢の文学」をめざす力になったのだった。

マクドナルド自身は当然ながらキリスト教にも深い理解を持っていたし、さらに古いケルトやギリシアやローマ、あるいはユダヤ教にもさらに大きな興味を抱いていた。そこにまた、古代世界と異郷世界への関心が加わって、「夢の世界」が構築されたといえる。

その意味でいうなら、マクドナルドによる第一の作品「城」は、「ある寓話」と副題が付いているように、まるで、夢から覚めたときに「今の夢はいったいどんな意味だったんだろう」と考えこんでしまうような寓話になっている。現に、ここに登場する城は、恐ろしく古いばかりでなく、いったい全部の構造がどうなっているかすら定かでない。誰が住んで、何が隠されているかもわからない。つまり、城は、わたしたちには最後まで探察を尽くすことができない「謎」そのものなのだ。この神秘性や測りがたい不思議こそ、ケルト的感性の本質といえる。

この作品は、『アデーラ・カスカート』（一八六四）という短い挿話を入れこみにした連作集が出典である。まず話の骨格を示そう。あるクリスマスの晩のこと、世俗のことにうんざりしているカスカート家の娘アデーラを楽しませようと、ジョン・スミスという人物が、友人たちを集めて、取って置きの体験談を語らせる百物語の形になっている。この作品は、語られた挿話の一つであり、他にも「軽い王女」や「影」といった傑作短編を含んでいる。アデーラはこうした話を聞いた後、ふたたびこの世への関心を新たにするという仕掛けになっている。城の意味する「寓意」に読者はひきこまれることだろう。ただ、本作は「軽い王女」とは異なり、児童文学ではなくむしろ成人向けの重厚さが支配しており、幻想文学の本流に属する作品とみなせる。

「お目当てちがい」ジョージ・マクドナルド
"Cross Purposes" in "Dealings with the Fairies" (1867)

マクドナルド第二の作品は、彼のファンタジーの粋を集めた童話性の高い短編集、『妖精とのおつきあい』（一八六七）からの選出である。しかし、雑誌初出は『ビートンズ・クリスマス・アニュアル Beeton's Christmas Annual』一八六二年版である。童話とは、イギリスより一足早く評価が高まったドイツロマン派により文学として復活した様式であり、現在の児童文学とは異なる新鮮さと哲学味を含んでいたのだ。

そこでマクドナルドは、妖精ファンタジーに「信仰」と「神秘」と「素朴」といった中世世界へのあこがれを盛りこんだ。中世人と同じ純朴な心を持つ児童に向けて、物語を書き綴ったかのようにだ。彼には長編ファンタジーの名作『リリス』や『ファンタステス』といった成人向け諸作もあるけれど、純朴な心と対面する児童文学には、夢の軽みとでもいうような「現実を越える無重力」性が宿されており、これを文学の新たな機能と感じたのだろう。ここに訳出した作品も、童話が有する奔放な無重力性を代表する。とにかく舞台が目まぐるしく変化し、思いがけない危機や出会いに遭遇するのだ。主人公の二人は、目をつむってエイと飛び降りるだけで、妖精界と現実界との間を行き来できてしまう。つまり、現実と夢想は紙一重のわずかな差によって仕切られている夢みたいなものだという世界観である。この超常的な感覚は、ケルト文化の中に出てきた「夢みる人々」のそれと同一であった。ただし、おもしろいのは、二人の主人公が「夢」の世界を何やら現実と同じような「わずらわしい」ところと思っている点で、妖精とのおつきあいも楽ではなさそうである。

「イオナより（ゲール族について）」フィオナ・マクラウド

"Prologue — From Iona" in "The Sin-Eater and Other Tales" 1895 Fiona MacLeod（本名 William Sharp 1855-1905）

いよいよ、スコットランド・ケルトの情念を「哀しみ」という一語に集約させた真打、フィオナ・マクラウドの登場である。ここでは、主役はもう妖精でも異境でもない、人間そのもの、とりわけイオナという小島の自然環境に包まれて静かに死を待つ人々のほうである。彼はその心情をこう語っている――、

「イオナ――この小さな島に、ヨーロッパの異教世界をあかあかと照らすランプがあった……ここは、知識と信仰の心休まるふるさとだった……そしてここには希望が待っている。イオナの物語をかたることは、神へと帰り、神に行きつくことなのだ」

まるで世紀末のフランス・プチロマン派詩人がうたうかのような切々たる言葉だ。アイルランド・ケルトの知的な軽みとは一線を画す、絶海の孤島に一人暮らすかのような哀しさといえ

るかもしれない。このような「絶海の孤島」をスコットランド・ケルトの魂がめざし行く最後の聖地であるとすれば、あまりに絶望的すぎる。

しかし、この哀しさがじつに厄介なところは、せっかく理想化された夢の聖地が現実よりもずっとリアルで美しいことにある。というのも、この神秘家は現実においても故郷の自立復興運動に邁進した活動家であり、ケルト的伝統のすべてを護ろうとした文化戦士でもあったからだ。そのような目標を明確にするため、彼は自分の思想を、「新しい異教」と呼んだ。それまでの反キリスト教徒を意味するのでなく、キリスト教が認めない古い神秘思想や、新しい自然主義、新しい自然哲学、そして何よりもそうした発想を芸術として発信することをめざしたからだった。

「雌牛の絹毛」フィオナ・マクラウド
"Silk O' The Kine" in "The Sin-Eater and Other Tales" 1895 Fiona MacLeod（本名 William Sharp 1855-1905)

この作品は、まるで『古事記』か『風土記』でも読んでいるような錯覚に陥る古代の悲変譚だ。古代世界では生き方にも死に方にも「道」あるいは「大義」というべき理想形があったが、それを守ることはしばしば哀しみを受け入れることでもあった。仏教ならば「無常」とか「諦観」とでも呼ぶべきものだろう。マクラウドが語る物語は、この作品がそうであるように、きわめて潔い。彼はこれを「運命」として表現した。人の希望や願いの上にあって人の一生を差配する天の原理である。

ただし、この運命はしばしば嫉妬や絶望によって複雑な境遇を人々に与える。

たとえば「約束」という短編では、手を踏まれた王子が、その手を踏んだもう一人の王子に対して、奇妙な運命を与える。それは、お互いが相手の王子に成りすまして暮らすことで、手を踏まれた屈辱を癒す一年間を、別人として暮らすことだった。その試練の一年間に、二人はお互いが愛する女の死を見ることになり、産ませた子に自分の命を奪われることにもなる。また、「琴」という短編では、異国の王に恋した女が罰として老いた琴弾きに引き渡される。琴弾きは王の命令にそむかず、すでに異国の王の子を身ごもった女の身を引き取るけれども、自分は彼女と交わらず、女が元の恋人と密会する過ちを三度まで許す気になる。琴弾きがよんどころなく家を空けたとき、琴が三度目の女の密会を報せた。屈辱的な自制はこれで解かれて、琴の音の魔力が女に罰を与えると、女は燃える愛の炎のために出火した家の中で焼死する。このような士族（クラン）の間に繰り広げられる悲恋の殺し合いこそが、マクラウドにとっての「ケルト的哀しみ」だったようだ。

二つのペルソナ（仮面）による神秘劇の演者

「海の惑わし」フィオナ・マクラウド

"The Sea-Madness" in "Wind and Wave: Selected Tales" 1902 Fiona MacLeod（本名 William Sharp 1855–1905）

この物語は、さらに謎めいた運命を扱っている。というよりも恐ろしい夢に憑りつかれている。憑いた物は海なのだ。死者を呼び、死者を食う何者かを出現させる運命の力そのものなのだ。主人公のアンドレは時折この力にとり憑かれ、正気を失い、海を呪いに行く。はたして、彼がその間に探そうとするのは、海に呼ばれた自分の恋人の魂なのか、それとも彼を運命に導こうとする海そのものなのか。アンドレは海の惑わしにとらえられると、数週間も村から消えるのが常であった。

まるで柳田國男の『遠野物語』でも読むような、平地人の心胆を凍らせる神隠しの物語であるが、この「二重の人格」が入れ替わるアンドレは、ひょっとするとマクラウド自身なのかもしれない。というのも、フィオナ・マクラウドという女性名は、男性作家ウィリアム・シャープの「アバター」すなわちもう一人の自分の名だからである。

説明が後先になったが、マクラウドの正体は、William Sharp（1855-1905）というスコットランドのケルト的文化文明に魅せられた男性作家である。若いころは大学に通い、法律事務所でも働いたが、生来の病弱気質と、本書にも作品を収録したダンテ・ゲイブリエル・ロゼッティと知り合い、ラファエロ前派の詩人や画家たちと交流した。彼の時代、イギリスの周辺部に残るケルト文化の復興を求める人々が、アイルランドではイエイツ、イングランドではロゼッテイ、そしてスコットランドではパトリック・ゲッデスといった「ケルト主義者」を軸にした古代復興の流れが高まっていた。シャープは同郷の生物学者で自然や古代民俗を重視した都市環境を維持できる「都市圏」の計画に力を注いでいたゲッデスと親しくなった。そのゲッデスが興した季刊雑誌『エヴァーグリーン（Evergreen、常緑を意味し、自然発生的な生活圏の叡智をも象徴）』（一八九五創刊）にあって編集に携わったのがシャープなのである。環境学者ゲッデスの主張により、残された古いケルト民族を、新たな近代都市建設に取りこもうとする運動を担った。この雑誌で評判を得たのが、ケルト的な哀しみを感情豊かに歌い上げる謎の女性作家フィオナ・マクラウドだった。

この女性人格は、精神医学的に誕生した部分もあろうが、最初は編集者として『エヴァーグリーン』を切り盛りする男性のシャープとは別に、ケルト神話にどっぷり浸かった女性詩人を仮設することで、シャープの詩的才能を解き放とうという編集上の策略から出た実験のようなものだった。実際に女性名で作品を発表すると、彼はいつしか、この架空の女性が自分の部屋にほんとうにいて、いつも突然彼の部屋の戸を開け、ふしぎな神話を語りだすかのような錯覚を覚えるようになった。そしてこの心霊的な経験は次第に二つの人格に引き裂かれるストレスとなり、マクラウドとして執筆する作品のコントロールも失うほどになった。シャープによれば、これは狂気の入口であったらしい。たしかに人格をコントロールすることの緊張は大きかったと推測できる。なぜなら、シャープはこの事実を生涯秘密にするため、フィオナ名義で書く原稿は妹に筆写させて別の場所から投函させたし、所在を知られぬようにフィオナを裕福な既婚者ということにして、ヨットで優雅に北の島々を旅する有閑マダムのイメージを創り上げ、彼女の居場所を特定されぬように努力したからだった。

ではなぜ、そんなことをしたのか？ 彼が自身の活動を「新異教主義《ペイガニズム》」と呼んだ意味に関係があるかもしれない。男性の声としての理性的な近代文明と、女性の声としての非理性的なケルト情念との同居を達成する方法。それが一人格の中にいる二仮面《ペルソナ》の存在。これにはいとこで妻でもあったエリザベスや、ケルト文化復興に尽力した女性作家たち、ならびにイエイツに紹介されて入会したオカルト教団「黄金の暁秘教団」からの影響も考えられる。ついでに書いておくと、本書に収録したイエイツやアーサー・マッケン、そしてひょっとすると『ドラキュラ』の作家ブラム・ストーカーまでがこの教団に参加していたといわれる。しかもこの新オカルティスト教団を指揮したのは、女性の指導者（たとえば舞台女優でもあり、ワイルドの『サロメ』を上演したフローレンス・ファーや、本叢書第二巻に登場する夢の神秘家アンナ・キングズフォートなど）であって、それまで西洋神秘主義の霊感源を独占していたフリーメーソンの「男性主義」を覆していた。そこにも、男女一対の新しい神秘哲学が作用していたらしい。

ともあれ、フィオナ・マクラウドには、深掘りすればするほど未知なる精神史の化石が発見されるように思われる。

ウエールズとその他地域のケルト魂

「しあわせな子ら」アーサー・マッケン
"The Happy Children" in "The Masterpiece Library of Short Stories", ed. J. A. Hammerton, 1920. Arthur Machen (1863–1947)

アーサー・マッケンといえば、日本でもその著作がおおむね翻訳されている著名な幻想作家である。彼が中世風に「グゥエント Gwent」と呼んだケルト時代の面影を有する故郷の眺めは、なによりも彼の偏愛する神秘の源泉だった。彼は十八歳で処女詩集を出版したが、それが『エレウシス密儀』と題された古代の秘儀に関するものだったことは当然だった。したがって、マッケンの作品の多くが、ロンドンすら含めた大都会や文明に置き忘れられた地方都市の中でひそかに生き残ってきた「古代秘教の復活物語」であることも道理にちがいない。彼の作品にしばしば登場する「小人」にしても、ケルト以前に存在したピクトという幻の先住民族を想定していると読み取れる。

今回訳出したこの短編は、彼のジャーナリスト時代を代表する「戦争の不安にかかわる」掌編の一つである。第一次世界大戦時に「アーサー王の兵」がイギリスを助けたという都市伝説の決定打となった「弓兵」も、彼の名が大ブレークした時代に書かれた。

第一次大戦のさ中、敵国ドイツの秘密行動についての流言がイギリス国内でささやかれ、国中で疑心暗鬼を生じた時期があった。「弓兵」はその空気に敏感に反応したフェイクだったが、一時忘れかけていた世紀末小説の旗手マッケンをふたたび世間に引きずり出したのだった。本作品はそのすぐあとに発表されたので、同じようにドイツ軍の秘密作戦を話のきっかけに置いている。ここでは、ドイツ軍がイギリスの辺境でなぜか待避壕を造りだしているらしいという話になっている。

しかしマッケンが取材に出かけてみると、古い町である現場はそんな気配もなかった。マッケンは気落ちするが、気晴らしに周辺の観光をしてみようと思い立つ。バンウィックという古い町について居酒屋で温かいものを食べ、夜の街をそぞろ歩きだしたのだが、そこで思いがけぬ光景に出会うのだった。白衣を着た子どもたちがたくさん町の中を歩き回り、ダンスをおこない、なにか儀式のような歌をうたって通り過ぎって行く。マッケンはとたんに活気づいて、なにかいわくある古代の密儀なのではないかと注目する。

この不可解な子ども弥撒《ミサ》は、十二月二十八日におこなわれる。この日はローマのヘロデ王が子供を大量殺戮した忌まわしい日の前夜にあたっており、無垢の子どもの死を悼む秘儀であったことが分かる。マッケンもまた、消えたケルトや征服者ローマの記憶をこのような密儀に求めていたのだった。

彼自身が告白しているが、この話は取材ルポ風に書かれているけれども、フィクションである。ただし、古い子どもの密儀に関する言い伝えや古文書にヒントを得たリアリティがある。ウエールズで生まれたマッケンの気質もまた、ケルト的幻想に源泉を有するものだったのである。

ちなみに、マッケンは「黄金の暁秘教団」のメンバーだった。この教団と縁故を結んだのは、ロンドンの演劇・芸術家集団に関係していた音楽教師アメリア・フォッグと結婚したことにあって、彼女から、オカルティストのA・E・ウェイトを紹介されたことで入団したのだった。だが、この妻は一八九九年に癌をわずらって死亡し、第二の妻と巡り合うまでマッケンの創作意欲を失わせた。

マッケンはウェイトを通じて新たなエリート・オカルティズムを紹介されたわけだが、ロンドンやパリの知識層を魅了した新オカルトにはどうしてもなじめず、中世イギリスに流行したケルト思想の混じっているキリスト教会で伝えられたアーサー王や聖杯伝説のほうに、深く回帰していった。そんな経緯を垣間見せるのが、ここに選びあげた短編なのである。

「リアンノンの霊鳥」　ケーニス・モリス

"Sien ap Siencin" in "Secret Mountain and Other Tales" 1926, Kenneth Vennor Morris (1879-1937)

作者ケーニス・モリスは、マッケンと同じウエールズの生まれである。彼の経歴で興味深いのは、若い時分から晩年近くまで二十年余をアメリカのポイントローマで神智学協会員として活動したことだろう。最晩年には故郷ウエールズに帰り、同地で神智学のロッジも創設した。

しかし、本巻に収録した彼の短編はきわめてケルト的な神話の装いをそなえている。彼が若いころに蓄積した故郷ウエールズの神秘的な記憶と、そのころイギリスでめざましかったオカルト文化復興運動が影響したと考えられる。その点で見ると、ロシア女性ブラヴァツキーが創始した神智学運動なども、むしろケルトを離れて東洋宗教を吸収した超ヨーロッパ的な広がりを特徴としており、人類全体の起源を重視する新しいタイプのオカルティズムだった。ゆえにアメリカでも根づき、秘教団体というよりもむしろ社会改良や平和平等をめざす新興運動となったといえる。そのような方向でのリーダーとなったオルコットなどは日本にも布教に来たほどだった。

モリスはそうした環境にいて、新たな教義を世界に広げる現場で活動した関係から、ペンネームを多用して多くの雑誌に投稿する作家であった。したがって実名での単行本刊行はきわめて少なく、ようやくまとまった作品紹介が始まったのは、二十世紀末のことである。

モリスが残したケルト的作品は、『マビノギオン』をインスピレーションとしている。『中世ウエールズ神話』とも訳されている通り、故郷ウエールズの武勲神話を語る古譚集だ。とりわけアーサー王伝説が啓示源と考えられており、マッケンもモリスも、聖杯伝説などを主軸としたウエールズ人らしい興味を抱いていた作家と言えるだろう。
本巻では、モリスの作品のうち、英雄譚というよりもウエールズ人の村社会の素朴な信仰生活に取材した民話性に着目した一編を採った。これを読むと、イエイツやフィオナ・マクラウドと同質の「ケルト的哀しみ」を感じさせ、死と不死の問題が彼ら民族の根本的関心事だったことを再認識する。なお、モリスの作品は前述のように多くが無名な雑誌にペンネームで掲載された関係から初出などの書誌情報がよくわからない。この作品も、一九二一年に『ラジャ・ヨガ・メッセンジャーズ The Raja-yoga Messengers』なる雑誌に載ったが、そのときのタイトルは“Sion ap Siency”だった。

「栄光の手」　リチャード・ハリス・バラム
“The Nurse's Story — The Hand of Glury” in “The Ingoldsby Legends, or Mirth and Marvels』(1840–1847), Richard Harris Barham (1788–1845)

日本に限らず、欧米の古い民話や伝承には、妖精物語の源泉をなすようなさまざまな魔法が語られている。イギリスでは、いまも「栄光の手」と呼ばれる呪物が語られ、たとえば、短編怪談の大傑作とされるＪ・Ｊ・ジェイコブズの「猿の手」にも、人の願いをかなえるふしぎな手（多くは刑死した人の手が用いられたが、獣の手も代用された）の話が語られる。この呪物はヨーロッパ全体に伝わっていて、死体の脂から作ったろうそくを併用することで、人を呪い殺す道具にされたり、あるいはこれを持つ人に幸運をもたらすと信じられた。この呪物を栄光の手 Hand of Glory と呼ぶのは、フランス語で同じ意味になる main de gloire に由来し、そもそもこのフランス語が魔の植物マンドラゴラの訛《なま》りであったといわれている。本作は、そのような伝承が現実の暮らしに影響していた古い日々を偲ばせるバラッド（詩編）である。

作者のバラムはイングランドのカンタベリー生まれ、小民族や中世イギリスの伝承などを研究する〝好古家〟を代表する神学者であった。また文筆家でもあって、さながら日本の民俗学者柳田國男のように、ヨーロッパ各地に残された民話や伝承を収集した人物でもある。イングランドはイギリスの中でも「勝ち組」であり、その伝承研究もどこかに余裕がある。この作品も滑稽さをたたえた軽い古譚の雰囲気がおもしろい。

そんな彼が出版した代表作『インゴルツビ伝説』（1840–47）は、トマス・インゴルツビと名のる語り手が収集した古話集の体裁をとり、散文詩形式で書きつづった作品。明治時代には日本でも紹介されたほど有名な奇談集だった。ただし、そのスタイルがあまりに古典的過ぎたのか、戦後の怪奇小説紹介の流れにはほとんど乗ることがなかった。わずかに紀田順一郎氏が実現させた新人物往来社刊の精選傑作集成「怪奇幻想の文学」シリーズに一編を収め得たにすぎない。現在のわたしたちから見ると、いかにも古めかしい文章にみえるが、まだ近代小説の書き方が成立していない時代では、このような言葉遊びや地元の噂がほとんど無造作に出て来るのがふつうだったようだ。

本作「栄光の手」は、中でも有名な逸話であり、雑誌初出は『ベントリーズ・ミセラニー、Bentley's Miscellany』一八三八年二月号である。スコットランドに伝わる民話を素材としたが、とくに、この呪物の作成法が書かれている点が興味深い。というよりも、ハリー・ポッター・シリーズにも登場するので、もはや日本の読者にもおなじみかとと思われる。

天上と奈落のはざまに生きたファンタシスト

「召された乙女」　ダンテ・ゲイブリエル・ロゼッティ

"The Blessed Damozel" in "Germ" no. 2 (Feb.1850), Dante Gabriel Rossetti (1828-82)

この詩は、ラファエロ前派の画家として有名だったロゼッティの代表作といわれるが、多くの詩を書いたロゼッティが、その自作をモティーフとして油絵にも描いた唯一の事例であり、ロゼッティが最も愛した作品だったと考えられる。初出は一八五〇年、ラファエロ前派の機関誌『ジャーム』だった。天に召された乙女が地上に残した恋人との天界での再会を待ちかねている心情を描いている。この愛らしい詩に対しては、多数の友人から、死をイメージした油絵をも描くよう要請がよせられた。結果、ロゼッティは一八七一年になってウィリアム・グレアムの願いをうけいれ、数年を費やして、祭壇の下に飾る油絵として描きあげた(後年、同じ主題でもう一枚も描いている)。さらに音楽畑でも「召された乙女」の作曲がおこなわれ、ドビュッシーらが作品を完成させた。いわば、一九世紀後半にイギリスで生まれた最も神聖な「愛の報われぬロマンス」となった。

この時代、中世の職人的誠実さで制作された素朴美術が評価され、その魂を受け継ぐ画家たちが「ラファエロ前派」を結成し、ウィリアム・モリスも同じく中世の写本技巧を復活させる手工芸の書物や家具などの制作を開始している。いわば中世愛が世の中を蔽ったその一角に君臨したのがロゼッティであった。

ロゼッティはイタリア系の移民であった。彼の父はイギリスへ亡命してきた貴族、それも詩人学者であって、イギリスに渡った後もキングス・カレッジのイタリア語教授を任じた人物である。また、この父親は、同じくイタリアからの亡命学者であったガエターノ・ポリドリの娘フランシスを妻とし、長子ロゼッティを得ている。しかもフランシスの兄は、有名な詩人バイロンの主治医で怪奇小説『吸血鬼』を書いたジョン・ポリドリであるから、吸血鬼を初めて小説に登場させた医師はロゼッティのおじに当たる。したがってロゼッティの名もイタリア風にダンテ・ガブリエーレ・ロセッティと発音したくなるが、彼自身はロンドン生まれなので英語発音に準じる。

文学者の父の血を享けて、幼いころから文学に興味を持ったが、やがて絵画に熱中するようになり、ロンドンのロイヤル・アカデミー付属美術校時代にジョン・エヴァリット・ミレーらと「ラファエロ前派」を設立した。当時のイギリスでラファエロと言えばイタリア・ルネサンス期の最も権威ある画家とあがめられていたので、そのラファエロ以前の画風に価値を認めるという主張は、きわめて挑戦的だったといえる。

『運命の女《ファム・ファタル》』の誕生

では、どんな新画風だったかというと、当時ジョン・ラスキンが唱えていたルネサンス以前の素朴な自然主義の信奉する絵画だった。すなわち、神の創始した自然をそのまま写生し、神話、聖書、伝承など信仰心にあふれた光景を描きだすことにあった。しかし、ロゼッティは他の仲間のように写実的な細密画を描くのが苦手だったらしく、象徴的で装飾的でもあるロマンチックな絵を好んだ。とくに恍惚や愁いなどの表情に富んだ天使的女性像を追求した。この独自性の裏には二人の女性との複雑な恋愛関係が存在する。一人は、ロゼッティの絵のモデルで妻ともなったエリザベス・シダル。もう一人は彼がシダル以上の理想のモデルとして溺愛することになるジェーン・バーデンだった。そんな中、ジェーン・バーデンはロゼッティの弟子であったウィリアム・モリスと結婚してロゼッティと一線を画してしまう。いっぽう妻シダルは、確執の末に薬物に溺れてこの世を去り、ロゼッティ自身も彼女たちとの問題で心を病み、最後には妻を追うようにして薬物に溺れる晩年をすごすこととなった。これらのできごとを想い合わせると、ロゼッティが描いた陰影ある女性像には、複雑な愛の対象となった二人のモデルへの思いが反映されていたのかもしれない。やがて、このように男を死に追いやるような魔性の女性を指して、「運命の女《ファム・ファタル》」と呼ぶようになった。天界で恋人の到来（これは死を意味する）を待つ乙女も、果たして「運命の女」なのであろうか？

社会の鏡としての妖精物語へ

「小鬼の市」 クリスティーナ・ロゼッティ

"Goblin Market", in "Goblin Market and Other Poems", 1862, Christina Rossetti (1830–94)

イギリスで書かれたヴィクトリア時代の物語詩のうち、もっとも愛された一編を、ここに紹介できることは、編者冥利に尽きる喜びだ。しかも作者は、ダンテ・ゲイブリエルの妹クリスティーナ・ロゼッティであるところにも意義を感じる。彼女も詩才があり、二十歳のとき兄のゲイブリエルが主宰するラファエロ前派の機関誌『ジャーム』にこの一編を寄稿した。その時期は一八五〇年四月とされ、一八六二年に詩集『ゴブリン・マーケットその他の詩』として単行本でも刊行している。この詩集は、兄による愛らしい装丁と挿絵もあるアール・ヌーヴォー本の名品といわれる。さらに一八九三年に出されたローレンス・ハウスマンによる挿絵本も非常に味わい深く、挿絵本コレクター垂涎の作となっている。本書の趣旨にもよく合致する作品なので、兄とハウスマンの両方の飾画をここに収録した。

ロゼッティ家に生まれた末っ子のクリスティーナは、言語学者で詩人でもある政治亡命貴族の父と、信心深いポリドリ家出身の母とに教育を受けた。幼いころから信仰生活にはいったが、妖精譚や神話・伝説に大きな関心を寄せ、イギリスのゴシック・ロマンスをも耽溺する子であった。また、ロゼッティ家には多くの文化人が訪問してくるので、ごく自然に社会や文学の事情にも敏感になった。

また近所にはマダム・タッソーの蝋人形館があり、ロンドン動物園も近かったので、兄ともども、動物を愛し、のちに動物を実験材料にする慣習の反対者になった。

しかし、父が健康を害して療養生活にはいったあとにこの世を去ると、兄弟も学校生活や芸術活動のため実家を離れてしまい、女だけが残された家庭でクリスティーナが家事のすべてを担わなければならなくなった。このとき、イギリスで盛り上がりつつあった「アングロ・カソリシズム」すなわちカトリック本山への回帰と日々を信仰にささげる生活を基本とする運動を知り、きわめて敬虔な信仰生活にはいった。同時に女性の置かれたみじめな境遇を改善するフェミニスト運動にも共感して、元娼婦であった女性たちの社会復帰を助ける活動をおこなっている。

そして、ここが『小鬼の市』とも深くかかわるクリスティーナの転換期となる。

彼女は娼婦に身を落とした女性のみじめな状況を、若いころから眺めていた。

不幸な彼女たちがこの地獄から救われ、立ち直れる道を真剣に模索していたようなのだ。その結論が、妖精詩にたくして語った女性の立ち直りの物語詩だった、と理解する読者が、昔から多数いる。実際の元娼婦救護活動は『小鬼の市』出版のずっと後から始まるようだが、彼女の活動をあとづけるために、いくつかのキイワードをしめしたい。

まずなにを置いても重要なのは、ローラとリジーの姉妹が「小鬼」ことゴブリンによって、禁断の果物と引き換えに金色の髪を切るように要求される部分である。金色の髪を切るとは、当時の隠語で「処女をうしなう」ことを指し、つまり娼婦になることを意味した。第二に、小鬼の商人が売りつける、甘いがゆえに悪魔的な誘惑となる禁断の果物。これは人が持つ欲望、とくにセクシャルな欲望を暗示する。アングロ＝カトリックならずとも、エヴァを誘惑した蛇の武器、甘いリンゴの実だとすぐに気づくだろう。そして第三に、「イグサと葦の生えている小川」が、姉妹の暮らす古く素朴な村と小鬼が誘惑の実を呼び売りする「市」との間を分けているという風景。『聖書』を読む人なら、この小川が「堕落へのバリア」あるいは「境界」になっていると理解できるはず。誘惑に負けて堕落の実を味わってしまった姉妹を救おうとして小鬼と対決するリジーは、勇気をもってローラを救い、元の穢れない身に回復させる。ここに、堕落した女性の回復を是認するクリスティーナの信仰心があらわれる。

とはいえ、産業社会となったロンドンでは、身を売った女性の復帰する道はほとんどないのが現実だった。したがって彼女自身も生身のリジーとなる道を選んだのだろう。「頼りになるのは姉妹（女性同士）」という読み解きは、クリスティーナの真意を離れて、当時の若い女性たち、それも田舎からロンドンへ働きに出た独身女性たちへの励ましになったにちがいない。

ＳＦ作家もファンタジーから始めた

「妖精の国のスケルマースデイル君」　Ｈ・Ｇ・ウェルズ
"Mr. Skelmersdale in Fairyland", in "The London Magazine" (Vol. 10, 1902-03),
Herbert George Wells (1866-1946)

この純粋な妖精物語を読んだ読者は、作者名を見ておどろかれるかもしれない。なぜなら、ＳＦの開祖ともいわれる科学の作家ウェルズだからだ。ところがこの作品には科学性がまるでない。ほんとうにウェルズが書いたのだろうか？

むろん、あのＨ・Ｇ・ウェルズ本人の作である。彼が「妖精郷の囚われ人」の話を書いたのには、わけがあるのだ。彼は若いころ、「進化論の推進者」と呼ばれたハクスレーに生物学を学んだこともあり、科学学校で学生教師（学生の身分で講師の務めを果たせる職）にも就いていたが、とにかく両親が財産もなく、彼自身も小さいときからドレイプ工場の見習いなどたくさんの下働きを体験してきた。そのとき渡り歩いた地域はイングランドやウエールズ周辺の地方都市、ここに選んだ作品のように「妖精郷に囚われた人」がいくらでもいるところだった。

読書家だったウェルズも、このようなふしぎな物語を乱読したと考えられる。また、この徒弟時代に彼は文芸の仕事とも行き合っている。その一つが雑誌に雑文やコントを寄稿する仕事であり、実数もさだかでないほど多くの雑文を筆名で書きまくったようなのだ。そのため、新ジャンルのSF短篇で名が知られるまでは、何でも金になる原稿書きを引き受けすぎたせいで、もはやどれがウェルズの若書きであるか判別もつけられないといわれる。だが、これで資金を稼いで学問に精進したおかげで、結婚して子どもに恵まれ、実名で作品を発表できる作家になった。だが、ここまで辿りつくのに三十年を要したらしい。彼はこの時期を修業期間と位置づけて、生物学者として訓練された蓄積を爆発させる新文学「SF」に力を投入させたようだ。また政治問題でも進歩をめざす社会主義の支援者としても台頭していく。

ファンタジー作法の掟を決める

こうして名を挙げたウェルズだが、じつはファンタジーというジャンルで最初に関心を持ったテーマには、SF的題材と別に、人魚や天使、それに妖精といった古典的な架空生物があった。一九〇一－〇二年頃に『タイムマシン』で名を挙げたとはいえ、生活維持のために多作することが欠かせなかったので、当時すでに復活のきざしがあった幻想系の話にも筆をのばしたのだった。そこで、ひととき「ファンタジー」を書くことに集中し、妖精伝説が今もささやかれるウエールズ近隣の地で教師をした経験を生かしたと考えられる。

ちょうどこの時期、ウェルズは理論的に不可能な科学的題材、たとえば『透明人間』や『モロー博士の島』などに対して投げかけられた世評を前にして、SFへの反応が一般読者には「ファンタジー」と理解されている事実を知った。とすれば、怪奇幻想物と同じような小説の書き方をSFに導入できるのではないかと、思い立った。そこで彼は、文学全体にも適合する「ファンタジー執筆の秘訣」を発見したといわれる。その執筆ルールとは、信じがたいアイデアを提示する際にその舞台をできるだけ日常現実の場に設定し、「信じがたくばかばかしい」、という印象を中和することで、不信を棚上げにすることだった(このルールは古くコールリッジが言いだした)そこで彼は、近年まで幻想怪奇ロマンスとして扱われてきたメアリ・シェリーの名作『フランケンシュタイン』やコナン・ドイルの探偵小説『ヴァスカーヴィル家の犬』なども「ファンタジー」の新種と認めることで、彼が考えたファンタジーの制作法を科学小説にも応用し始めた。実際に、当時のフランス系文芸雑誌でも、ウェルズのSFやドイルの探偵小説を「新しき超自然恐怖小説」と呼んで評価したことも後押しになった。

それを証拠だてるように、ウェルズは一八九五年に天使の出現をテーマにした『すばらしい訪れ』を書き、一九〇二年には人魚を扱う『海の淑女』を発表した。そして本書に訳出した一編も、まさしくウェルズが考えた「ファンタジー」の制作法を体現した作品なのである。

ごく普通の田舎町を舞台に、どこにでもいるような地味な店員が登場し、本人も真実かどうか理解できない「妖精の恋人」と出会う。その場所はなにやらケルトにさかのぼる聖なる丘だったことで、マッケンのいわゆる「夢の丘」の儚い夢体験と一体化される。したがって、この流れにまったく異次元や霊的蘊蓄は語られない。妖精の恋人と過ごした至福の時間や、その実在を証拠だてるものはすべて、彼が現実界に戻った瞬間に消えるという仕組なのだ。

すなわち、「信じがたいできごと」は否定され、現実の秩序は完全に守られて終わる。したがって、この恋愛を実体験したふつうの店員は、なおいっそう秩序から疎外される。編者はこの作品から『ふしぎの国のアリス』と同じく、夢見ることの絶望と悲哀を感じた。本作品が「夢文学」の一種といえる証拠だろう。

ケルトの夢世界は平穏な田園生活にある

「過ぎ去った王国の姫君」アルフレッド・エドガー・コッパード

"The Princess of Kingdom Gone" in "Voices in Poetry and Prose" (Vol. 2, no. 5, 1919), Alfred Edgar Coppard（1878-1957）

中世の古典的な田園的静けさをたたえた薄明の短編小説といえば、イギリス世紀末の小ロマン派が愛した題材だった。しかもその設定に、古城、王国の姫君が選ばれれば、読者は一瞬のうちに騎士道と宮廷的恋愛の中世ケルト世界へと運ばれる。

コッパードはそのような古く保守的な暮らしがまだ息づいていたイングランドの田園地帯に

暮らした。しかしその文体は、モーパッサン以来確立した近代的コントとしての短篇小説作法によっており、その日常風景を退屈なままにクールに語り上げた人だった。したがって、本人は切れ味のよい散文の技巧で評価されるリアリストと呼ばれたけれども、幻想的な傾向の作家には必要な「都会的な幻想詩人」（たとえばボードレール）の感性を若いときに培った苦労人だったともいえる。

まるで童話世界の日常のような静けさも、夢見を誘うような中世世界の平穏な楽園性もあるがままに描写できる作家だった。

そこで本編の作者を紹介しよう。アルフレッド・エドガー・コッパードは、ケント州の港町フォークストン生まれで、まともな教育は受けたことがなかった。それでも故郷は古い伝承が残るところだった。若い時分は一流のスプリンターで鳴らしたこともあるが、もっぱら地方で肉体労働に従事し、一九二十年ごろにオクスフォードにおちついてから、文学サークルに友人をみつけている。作家をめざしたのは、なんと四十歳を過ぎてからだった。作品の特徴は、澄明な文体と、本巻にも登場するアイルランドの劇作家ロード・ダンセイニと一脈通じる幻想性にあり、本国ばかりかアメリカでの人気が高まった短編の名手である。

コッパードは自身でも中世的な暮らしを幼いときに経験していた。ケント州フォークストンというロンドンからかなり南東方向へ隔った、まだケルト文化の名残のある港町で生まれている。コッパードはこの町で、仕立て屋の父とハウスメイドの母とのあいだに生まれた。両親は貧しく、学歴もなく、その子エドガーも劣悪な環境に育った。幼児のころには、海岸沿いにリゾートもある風光明媚なブライトンに移っている。ここは潮の満ち干に応じて動くピア（移動式岸壁）や水族館があり、ヴィクトリア女王も訪れたという。編者はこの街にあった有名な異国風宮殿ブライトン・パビリオンを訪れたことがある。

コッパードは九歳で配達係の仕事につき、その後はロンドンに出たのを皮切りに、多くの土地を渡り歩き、労働党員としても活動しながら、詩や散文を書きためた。

その後コッパードは一九二十年ごろにオクスフォードにおちつくと、同地でエリザベス朝の劇作を愛好する文学仲間と交わり、医師で作家のウィニフレッド・メイ・デ・コックとも知り合って結婚、そのあとも穏やかな田園生活をつづけた。編者がこの作家の静かで枯れた短編小説に興味を持ったのは、小泉八雲の翻訳家として知られた英米怪奇文学の翻訳家平井呈一の影響である。思えば、いろいろないきさつがあって東京を追われ、千葉の田園にうずもれるように暮らしていた平井先生の境遇は、どこかコッパードの生涯を思わせた。編者は中学生のころ平井先生の翻訳を愛読するようになり、高校一年で押しかけ弟子になったのだが、ある日の面会の折に、先生が溺愛するコッパードに関する思い出話をしてくださった。

「コッパードはわたしが最初に翻訳し原稿料を戴いた作家でね、『文章俱楽部』という雑誌に『シルヴァ・サアカス』というおもしろい短編を載せたんだ。どこかの小さな街に暮らす貧乏人が、インチキ・サーカスの団長から仕事をもらう。動物のぬいぐるみを着て、ほんとうの猛獣の檻にはいって闘えというのだ。しかたなく毛皮を着て檻にはいると、猛獣が襲ってきた。怖くて逃げようとしたら、その猛獣もこうささやいた。『安心しろ、おれも雇われて猛獣の毛皮を着てるんだから』と、そういう話だった。するとね、これを訳した数年後に寄席に出かけたら、この話が落語のネタにつかわれていたのでびっくりしたんだよ」と。

平井先生が語られた落語は、『動物園』という題で実際に演じられていたのである。だが近年、この話の真偽を調べた人がいて、落語ネタはコッパードの翻訳からでなく、別ルートの民話から取り入れられた事実も明らかにされた。古い民話を愛したコッパードならではのエピソードであった。

なお、日本でコッパードが広く知られるようになったのは、「シルヴァア・サアカス」をはじめとする幻想味のある短編が訳されたことをきっかけとしている。詩的文章の達人として一九三〇年代にアメリカの書評誌で新進気鋭を謳われた時期があったせいか、コッパード作品は戦前から少数の日本人読者にも読まれたのである。コッパードを研究した日本人に、早稲田大学教授だった中西秀男がいる。『近代短篇小説』（開文社、昭和三十三年刊）という論集で、アンブローズ・ビアスやエリザベス・ボウエン、H・G・ウェルズらの幻想系短編名手と並んで、コッパードの作品を論じた。中西さんはキャサリン・マンスフィールドと抱き合わせで一章を費やし、「マンスフィールドの作品と一般普通の短編との相違である詩的・空想的な印象は、程度はかなり強いが、A・E・コッパードの短篇にも見られる」と書いている。

ただ、コッパードを幻想小説作家とする定評は、戦後の昭和三十年代からのものであり、初期の段階ではむしろ名もない辺境の農民など底辺の人々の悲哀を描いた作品で知られた。たとえば、そうした作品を三編収録したコッパードの作品集が昭和十年二月十五日に、大洞書房という東京の出版社から出されている。しかし残念なことに本文は翻訳ではなく英文のままであり、英語の勉強に使われた出版物のようだ。

さらに、『女人芸術』第三巻一号（女人芸術社、昭和五年一月一日号）に村岡花子訳「混沌」という短編が掲載されている。フェミィという薄幸の主人公が、ただ男たちに使役されながら、娘時代、結婚時代をすごし、病気を得て亡くなるときに「いったい私は何しに生まれたの」と言葉を残す話だ。

こうした静かだが諦念をこめた物語の味わいが、多くの労農問題を抱えたソヴィエト文学者にも評価されたと思われ、しばしばソヴィエトの社会主義文学者からも注目された。さらに、ロンドンの社会主義政治集会では社会派文学者として講演をおこなったという（『一九三〇年代』、サイモンズ著、志水速雄 訳、日本文献センター出版部、一九六七）。『朝日年鑑』一九四七年版でも、イギリス文学の現況記事（成田成壽著）に、「短編小説作家としてのA・E・コッパード、H・E・ベーツ、若手作家としてのグレイアム・グリーンなどがその方面から最近注目されている人々である」と紹介された。

編者は二十代にこのコッパードの幻想小説を日本に紹介したく思い、五編ほどの翻訳を雑誌に寄稿したことがある。今回の翻訳叢書に彼の作品が多く収められたのは、この事情によっている。高校時代の旧友で編者同様に幻想文学の翻訳家になった野村芳夫とともに『リトル・ウィアード』という同人誌をはじめたときも、最初に訳した作品は、コッパードの「不幸な魂」という短編であった。

「お化けオニ」　A・E・コッパード
"The Bogey Man" in "the field of mustard", 1926. Alfred Edgar Coppard, (1878–1957)

この作品もコッパードらしい田舎暮らしの少女の単調な暮らしを描いた民話風の物語である。内容については、素朴な妖精物語というだけに留めて読者に一読を乞うばかりだが、作中に出てくる小さく意地悪な妖精、すなわちドロール Droll についてだけ簡単に説明しておこう。この名称は、描写された服装からみても連想されるように、「道化師」ないし「道化役者」を意味し、騒々しい厄介者をあらわしている。しかし、ヨーロッパ圏ではこの妖精を悪魔の手先「インプ imp」というものだとする指摘もある。この悪い妖精は悪魔の小姓といったキャラクターであり、いたずらをする子どもに付けられるあだなでもある。

イギリスでは魔女の手先と言われ、妖精の中で最も小さな存在と考えられている。何しろ小さいものだから、箱や小瓶にはいりこんでおり、ときにはその容器の所有者に呼び出されて、仕事を言いつかるという。ロバート・ルイス・スティーブンソンは、「瓶にはいった小鬼 Bottle Imp」という短編小説を書いており、本作品でもドロールが箱にすみついていることから、このインプこそが小人の正体であるとすることは妥当と思う。

気づかぬうちに長々と書いてしまった。ここらで本巻に登場した作家と作品の解説を終えることにしよう。

（二〇二四年十二月十五日　編者）

海の惑わし　フィオナ・マクラウド
原題　"The Sea Magic"
初出　*The Sunset of Old Tales*（1905）
収録　『ケルト民話集』荒俣宏訳（月刊ペン社/妖精文庫31、1983/2）

しあわせな子ら　アーサー・マッケン
原題　"The Happy Children"
初出　*The Masterpiece Library of Short Stories*（1920）
収録　新訳

リアンノンの霊鳥　ケーニス・モリス
原題　"Sion ap Siencyn"
初出　*The Raja-Yoga Messenger* (July 1921)
収録　『世界幻想文学大系35 英国ロマン派幻想集』(国書刊行会 1984/5/30)

栄光の手―乳母の物語―　リチャード・バラム
原題　"The Hand of Glory"
初出　*Bentley's Miscellany* 1838/2
収録　『世界幻想文学大系35 英国ロマン派幻想集』(国書刊行会 1984/5/30)

小鬼の市　クリスチーナ・ロゼッティ
原題　"Goblin Market"
初出　*Goblin Market and Other Poems*（1862）
収録　『魔法のお店』（奇想天外社、1979/11/10）|『世界幻想文学大系35 英国ロマン派幻想集』(国書刊行会、1984/5/30)『新編　魔法のお店』（筑摩書房/ちくま文庫、1989/9/26 |『ヴィクトリア朝妖精物語』（風間賢二編、筑摩書房/ちくま文庫、1990/9

召された乙女　ダンテ・ゲイブリエル・ロゼッティ
原題　"The Blessed Damozel"
初出　*The Germ* No. 2 (February 1850)
収録　『世界幻想文学大系35 英国ロマン派幻想集』(国書刊行会 1984/5/30)

夏の女王―ユリとバラの馬上仕合―
ウォルター・クレーン
原題　*Queen Summer, The Journey of the Lily and the Rose*（1891）
初出　同上
収録　『世界幻想文学大系35 英国ロマン派幻想集』(国書刊行会 1984/5/30)

妖精の国のスケルマースデイル君　H・G・ウェルズ
原題　"Mr. Skelmersdale in Fairyland"
初出　*The London Magazine* Vol.10（1902-03）
収録　新訳

お化けオニ　A・E・コッパード
原題　"The Bogey Man"
初出　*The Field of Mustard*（1927）
収録　『別冊・奇想天外 No.10 SFファンタジイ大全集』（奇想天外社、1980/3）

過ぎ去った王国の女王　A・E・コッパード
原題　"The Princess of Kingdom Gone"
初出　*Adam & Eve & Pinch Me*（1921）
収録　『世界幻想文学大系35 英国ロマン派幻想集』(国書刊行会 1984/5/30)

初出一覧

妖精の国で　詩　ウィリアム・アリンガム
挿絵：リチャード・ドイル
原題　*Fairy Land:A Series of Pictures from the Elf-World*（1870）
初出　同上
収録　新訳

「ケルトの黄昏」より三篇　W・B・イェイツ
原題
1.“A Teller of Tales”
2.“The Three O'byrnes And The Evil Faeries”
3.“The Eaters of Precious Stones”
初出　*The Celtic Twilight*（1893）
収録　新訳

サクノスを除いては破るあたわぬ堅砦
ロード・ダンセイニ
原題　“The Fortress Unvanquishable Save for Sacnoth”
初出　*The Sword of Welleran and Other Stories*（1908）
収録　『ダンセイニ幻想小説集』荒俣宏訳編（創土社/ブックス・メタモルファス 1972/6/25）|『妖精族のむすめ』荒俣宏訳（筑摩書房/ちくま文庫 1987/7/28）

高利貸　ロード・ダンセイニ
原題　“Usury”
初出　*Time And the Gods*（1906）
収録　『リトル・ウェアード』10号（同人誌、1968/8）『ダンセイニ幻想小説集』荒俣宏訳編（創土社/ブックス・メタモルファス 1972/6/25）

秘密の共和国　ロバート・カーク
原題　*The Secret Commonwealth: Of Elves, Fauns, and Fairies*（1815）
初出　同上
収録　『世界幻想文学大系35 英国ロマン派幻想集』（国書刊行会 1984/5/30）

城―ひとつの寓話―　ジョージ・マクドナルド
原題　“The Castle : A Parable”
初出　*Adela Cathcart* III（1864）
収録　『五つの壺』（紀田順一郎・荒俣宏編訳、早川書房/ハヤカワ文庫FT7 1979/6/15）

お目当ちがい　ジョージ・マクドナルド
原題　“Cross Purpose”
初出　*Cross Purpose*（1862 Christmas）
収録　『五つの壺』紀田順一郎・荒俣宏編訳、早川書房/ハヤカワ文庫FT7 1979/6/15）『ヴィクトリア朝妖精物語』（風間賢二編、筑摩書房/ちくま文庫、1990/9）

イオナより　フィオナ・マクラウド
原題　“Prologue — From Iona”
初出　*The Sin-Eater and Other Tales*（1895）
収録　『ケルト民話集』荒俣宏訳（月刊ペン社/妖精文庫31、1983/2）

雌牛の絹毛　フィオナ・マクラウド
原題　“Silk O' The Kine”
初出　*The Sin-Eater and Other Tales*（1895）
収録　『ケルト民話集』荒俣宏訳（月刊ペン社/妖精文庫31、1983/2）

著訳・編者プロフィール

荒俣宏（あらまた・ひろし）

一九四七年東京都生まれ。小説家・博物学者・翻訳家・妖怪研究家・コメンテーター、日本SF作家クラブ会員、世界妖怪協会会員。一九七〇年代より、「団精二」の筆名で海外SF&怪奇幻想文学の翻訳をスタート。一九八〇年代、「月刊小説王」（角川書店）で連載した初の長編小説『帝都物語』が三五〇万部を超え、映画化もされるベストセラーに。その後、『世界大博物図鑑』（平凡社）、『荒俣宏コレクション』（集英社）など、博物学、図像学関係の本も含めて著書、共著、訳書を多数著す。現在、京都国際マンガミュージアム館長。角川武蔵野ミュージアム博物館担当。

荒俣宏　幻想文学翻訳集成
欧米幻想ファンタジー精華【第一巻】
妖精《ようせい》幻想《げんそう》詩画帖《しがちょう》

二〇二五年三月五日　初版第一刷発行

訳者・編者　荒俣宏
発行者　伊藤良則
発行所　株式会社　春陽堂書店
〒一〇四―〇〇六一
東京都中央区銀座三―一〇―九　KEC銀座ビル
電話　〇三―六二六四―〇八五五（代表）
https://shunyodo.co.jp/

印刷　ラン印刷社
製本　加藤製本株式会社

本書へのご感想は、contact@shunyodo.co.jp
ISBN978-4-394-90461-8